KB006910

마지막 사도 2

초판인쇄 : 2023년 01월 19일
초판발행 : 2023년 01월 31일

글 쓴 이 : 장용민

편 집 : 천강원, 임지나, 김도운
디 자 인 : 이종건, 신다님, 최은정

펴 낸 이 : 황남용
펴 낸 곳 : ㈜재담미디어
출판등록 : 제2014-000179호
주 소 : 04035 서울특별시 마포구 월드컵로 8길, 48
전자우편 : books@jaedam.com
홈페이지 : www.jaedam.com

인쇄·제본 : ㈜코리아피앤피
유통·마케팅 : ㈜런닝북
전 화 : 031-943-1655~6 (구매 문의)
팩 스 : 031-943-1674 (구매 문의)

ISBN : 979-11-275-0860-9 04810
979-11-275-0858-6 (세트)

마지막 사도

THE LAST APOSTLE

장용민 장편소설

2

차례

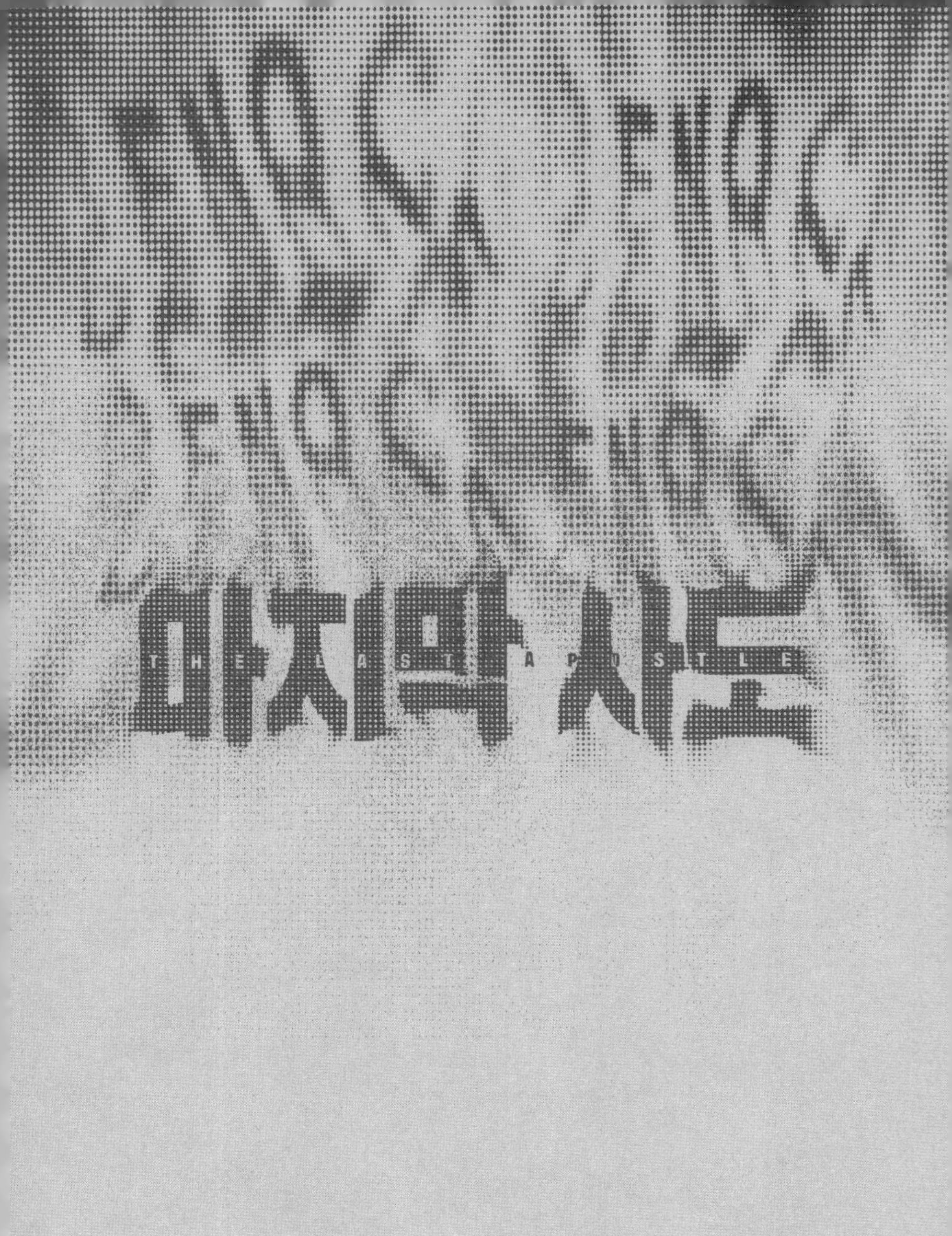
마지막 사도
THE LAST APOSTLE

히틀러의 벙커

—

번개가 치고 있었다. 그 뒤를 이어 천둥소리가 세상을 가를 듯 으르렁거렸다. 하워드는 습관적으로 시계를 바라봤다. 하지만 그의 시계는 멈춰 있었다.

"열한 시 반이에요."

린지가 말했다. 하워드는 준비해둔 장비를 챙겨 차에서 내렸다. 그들은 베를린 시내에 있는 아파트 단지 인근 공터에 있었다. 이전에 안토니오 왕자의 궁전으로 지어졌고, 독일 총리 사무실로 사용하다 제3제국의 심장이자 히틀러의 집무실로 총 세 번 탈바꿈한 건물이 있는 자리였다. 제국의 수도에 어울리는 의사당을 지으라는 히틀러의 명에 건축가 알베르트 슈페어가 일곱 개의 구조물로 설계한 이 건물은 연합군의 폭격으로 파손되어 흔적도 남아 있지 않았다. 히틀러의 벙커는 바로 이곳에 있었다.

하워드는 하늘을 바라봤다. 시커먼 구름으로 가득한 하늘은 성물에 접근하려는 두 사람을 꾸짖듯 천둥과 번개를 불러모았다.

"정말 여기 있는 거겠죠?"

린지가 떨리는 목소리로 말했다. 막상 벙커로 들어가려니 불안한 모양이었다.

"린지. 바늘을 찾으려면……."

"짚더미로 들어가야겠죠."

린지가 알고 있다는 듯 말을 이었다. 그들은 이곳에 도착하자마자 입구의 위치를 파악한 다음 어둠이 내리기를 기다렸다. 벙커가 있던 자리는 잔디가 깔린 공터였는데 울타리도 없었고 경비도 보이지 않았다. 경찰이 한 시간에 한 번 순찰할 뿐이었다. 세계를 불바다로 만든 독재자의 은신처는 이제 역사 유적지는커녕 관광코스로도 사용되지 않았다. 그저 인근 주민들이 산책하거나 아이들이 공놀이하는 빈터에 불과했다. 자정이 가까워지자 모두 사라지고 가로등 불빛만이 자리를 차지하고 있었다.

그들은 플라타너스 아래에 위치한 벙커 입구로 향했다. 오랫동안 관리를 안 한 탓에 무성하게 자란 잡초가 입구를 덮고 있었다.

"이곳이 히틀러와 에바의 시신을 불태운 곳이에요."

하워드가 입구 근처 잔디밭을 가리키며 말했다.

"그는 무솔리니가 파르티잔에게 처형당한 후 성난 군중들에게 갈기갈기 찢겼다는 얘기를 듣고 자신과 에바의 시신을 불태우라고 명령했어요. 그가 자살하자 측근인 괴벨스가 부하들과 함께 이곳에서 휘발유를 붓고 불까지 붙였지만 시신을 매장하지는 못한 채 벙커로 돌아갈 수밖에 없었죠. 소련군이 코앞까지 쳐들어왔거든요."

"처참한 최후로군요."

린지는 마치 그곳에 히틀러와 에바의 시신이 놓여 있기라도 한 듯 무거운 표정으로 바라봤다.

"베를린을 함락한 소련군이 이곳에서 히틀러의 시신을 발견했는데 불에 타서 형체도 알아볼 수 없었어요. 때문에 전후 히틀러의 행방을 놓고 연합군과 소련군 사이에 논쟁이 벌어졌죠. 시신의 신원을 확인할 방법이 모호했거든요. 유일하게 그의 신원을 확인할 수 있었던 건 치아뿐이었는데 치과 주치의가 사망한 후라 불가능했어요. 그래서스탈린은 죽기 전까지 히틀러의 행방을 쫓았다고 해요."

입구를 가리던 잡초를 모두 제거하자 빛바랜 철문이 모습을 드러냈다. 철문은 잔뜩 녹슨 큼직한 자물쇠가 위아래로 채워져 있었다. 하워드는 주위를 살피고는 아무도 없는 것을 확인하자 절삭기를 꺼내 들었다.

"진실을 맞이할 준비가 됐소?"

입구를 열기 전에 하워드가 물었다. 린지는 고개를 끄덕였지만 불안한 기색이 역력했다. 하워드는 지체하지 않고 자물쇠를 잘라낸 후 철문을 열어젖혔다. 그러자 반세기 동안 갇혔던 공기가 흘러나오며 퀴퀴한 냄새를 사방에 내뿜었다. 히틀러의 벙커는 8.2미터 지하에 자리잡고 있었다. 1936년에 1차 건축이 끝난 벙커는 전세가 불리해짐에 따라 몇 차례 확장공사를 한 후 1943년까지 건축이 이어져 현재의 모습을 갖추게 되었다. 히틀러는 1945년 1월 16일에 이곳으로 사무실을 이전했다. 심호흡한 두 사람은 천천히 입구로 들어섰다.

콰콰쾅. 거대한 천둥소리에 이어 번개가 또다시 하늘을 갈랐다. 놀란 린지가 하워드에게 바짝 다가붙었다.

"천둥소리는 질색이에요."

린지가 무안한 듯 말했다. 하워드는 준비한 손전등을 켜고 입구를 살폈다. 폭격으로 여기저기 손상된 계단은 끝없이 지하로 이어져 있었다. 하워드는 천천히 계단을 내려가기 시작했다. 지하로 내려갈수록 주변을 둘러싼 어둠이 점점 더 두터워지고 있었다. 지금 하워드와 린지가 발을 내딛으려는 곳은 무려 열 명이나 스스로 목숨을 끊은 무덤이다. 그래서인지 음산한 공기 속에 불길한 기운이 감돌았다. 하지만 하워드는 망설이지 않고 지하로 향했다.

"하워드, 저는 왠지 이런 곳에 성스러운 창이 있을 것 같지 않아요."

린지는 아직 지하로 내려오지 않았다. 단지 자정에 어두운 지하를 탐험해야 하는 두려움 때문만은 아닐 터였다.

"그게 아니라 예수의 성물을 만나게 된다는 게 두려운 거 아니요?"

하워드가 물었지만 린지는 대답하지 않았다. 계단은 지하로 십여 미터가량 이어져 있었다. 가는 내내 아무런 장식도 없었고 심지어 거미줄마저도 보이지 않았다. 미물마저도 이곳을 꺼리는 모양이었다. 한참을 내려가자 드디어 계단이 끝나고 지하 벙커가 모습을 드러냈다. 그곳은 입구를 지키던 초소였는데 바닥에 부서진 콘크리트 조각과 소련군이 버리고 간 낡은 수통 등이 널려 있었다. 그리고 지하수가 발목까지 차올라 있었다.

하워드는 주위를 비춰 보았다. 그러자 한쪽 벽에 그려진 커다란 벽화가 나타났다. 철십자 훈장을 가슴에 단 독일군이 방패와 칼을 들고 연합군 시체 더미 위에서 하늘을 가리키고 있는 그림이었다. 아크릴 물감으로 독일군의 기상을 표현했는데 그 위를 소련군이 한 것으로 보이는 붉은 낙서가 어지럽게 덮고 있었다. 비록 그림이긴 했지만 산더미처럼 쌓인 시체를 밟은 모습이 섬뜩했다. 방에는 벙커 내부와 연결된 철문이 있었다. 하워드는 이곳에 오기 전 인터넷에서 다운로드한 벙커 설계도를 펼쳤다. 청사진에는 각 방의 위치뿐만 아니라 히틀러와 에바가 자살한 장소까지 자세히 기록되어 있었다. 그들은 1936년에 지어진 첫 번째 벙커, 포어벙커에 들어섰다.

"이쪽이에요."

하워드가 철문을 열며 본격적인 벙커로 들어섰다. 그러자 좁은 복도가 나타났다. 복도는 여러 개의 방과 연결되며 미로처럼 이어져 있었다. 두 사람은 바닥을 채운 지하수를 가르며 복도를 지나기 시작했다. 벙커는 제2차 세계대전 당시 아이젠하워가 사용했던 런던 지하 벙커보다 작은 규모였다. 복도는 한 사람이 간신히 지날 수 있을 정도로 좁았고 방들은 사람이 거주하기엔 지나치게 삭막했다.

하워드는 설계도를 유심히 보며 양옆에 늘어선 방들을 살폈다. 방문이 부서져 있었고 소련군이 한 낙서가 어지럽게 널려 있어서 흉물스러웠다. 입구에 있는 방들은 총기를 보관하는 창고와 경비병을 위한 막사, 그리고 유사시 수동으로 전력을 공급하는 발전실 등 대부분이 설비를 위한 공간이었다. 두 사람은 묵묵히 그곳을 지나갔다. 식당으로 쓰인 곳을 지나가자 또 다른 복도와 연결된 방들이 나타났다. 그곳에 부서진 이 층 침대가 일렬로 놓인 방이 있었다.

“이곳에서 나치 선전장관이었던 요제프 괴벨스가 가족과 함께 자살했어요. 괴벨스에게는 여섯 명의 자식이 있었는데 모두 히틀러의 H를 따서 지었죠. 헬가, 힐데가르트, 헬무트, 홀디네, 헤드비히, 하이드룬. 그는 히틀러가 자살하자 이 방으로 돌아와 동반자살을 준비해요. 그는 먼저 자식들에게 모르핀을 주사했어요. 죽기 전의 고통을 없애기 위해서였죠. 그런데 첫째 딸 헬가가 모르핀에서 깨어나요. 열두 살이었던 헬가는 죽음이 뭔지 알고 있었어요. 헬가는 살기 위해 몸부림을 쳤지만 소용없었어요. 결국 모두 청산가리를 먹고 죽었죠. 뒤이어 부인 마그다와 함께 자신도 자살했어요.”

린지는 슬픈 표정으로 아이들이 잠들었던 침대를 어루만지고 있었다.

“대체 그 아이들은 무슨 죄를 지은 거죠? 전쟁과는 아무 상관이 없잖아요.”

"잘못된 시간, 잘못된 장소에서 잘못된 부모를 만난 게 죄라고 할 수 있다면……."

하워드가 침울하게 대답했다.

"어서 성스러운 창이나 찾죠. 한시라도 빨리 여길 나가고 싶어요."

린지는 벙커에 스민 비참한 역사 때문인지 괴로워했다. 다시 복도를 지나가자 계단이 나타났다. 히틀러가 사용했던 벙커의 심장부, 두 번째 벙커였다. 하워드는 가스 차단문을 밀치며 두 번째 벙커로 들어갔다. 그러자 지금까지의 공간 중 가장 넓은 홀이 나타났다.

"이곳이 히틀러와 에바의 결혼식장이에요. 식이 끝난 후 조촐한 피로연을 열었죠. 저 멀리 다가오는 소련군의 포탄 소리를 들으며 그들은 생애 마지막 샴페인을 터트렸어요."

두 사람이 히틀러의 결혼식장을 지나 열린 문 안쪽 세 번째 방으로 들어서자 히틀러의 침실이 나타났다. 그곳은 이제까지의 방과는 달리 형태를 알아볼 수 있는 집기들이 남아 있었는데 벨벳으로 된 고급스러운 소파와 히틀러가 사용했던 책상 등이 놓여 있었다. 그리고 어김없이 구소련 깃발을 상징하는 낫과 망치 문양이 붉은색으로 벽에 칠해져 있었다.

"이곳이 비운의 방이에요. 여기서 에바 브라운은 청산가리를 먹었고 히틀러는 총으로 자신의 머리를 쐈어요."

하워드가 부서진 소파를 가리키며 말했다.

"그렇다면 이 방 어딘가에 롱기누스의 창이 있다는 건가요?"

"아마도."

두 사람은 방안을 살피기 시작했다. 다행히 방은 지하수에 침수되어 있지 않았다. 그런데 문제는 방의 구조가 뭔가를 숨겨두기에는 지극히 단순하다는 것이었다. 벽에는 아무런 장식도 없었고 부서진 바로크식 책상과 내장이 흘러나온 소파가 전부였다. 그림이 걸려 있던 흔적이 있었지만 금고 같은 건 없었다.

"뭔가 단서가 될 만한 건 없어요? 예를 들어 창이 숨겨진 곳을 암시하는 표시라든가……."

"보물찾기 놀이가 아니에요."

"그럼 무슨 재주로 보물을 찾을 건가요?"

린지가 푸념을 늘어놓는 사이 하워드는 바닥과 벽을 살피고 있었다. 그는 벽과 바닥을 형성하고 있는 콘크리트에서 시간의 차이를 두고 다시 메운 흔적을 찾고 있었다. 하지만 어디에도 그런 흔적은 없었다.

"내가 히틀러라면…… 창백하게 죽어 있는 에바…… 그녀의 결혼선물…… 신의 성혈이 묻은 창…… 어디에 보관할 것인가……."

하워드는 방안을 이리저리 돌아다니며 장소를 유추하고 있었다.

"나라면 나와 함께 묻겠어요."

린지가 초조한 듯 말했다. 그러나 이번엔 그녀의 추측이 빗나갔다.

"히틀러는 화장해달라고 했어요. 괴벨스는 그의 뜻대로 휘발유를 뿌리고 불태웠고요."

하워드는 다시 생각에 잠겼다.

"어느 날 우린 벙어리가 되고 어느 날 우린 장님이 된다. 어느 날 우린 귀머거리가 되고 어느 날 우린 태어나고 죽는다. 여자는 무덤 위에 걸터앉아 아기를 낳고 남자는 꿈속에서처럼 곡괭이로 천년보물을 숨긴다. 꿈속에서처럼…… 꿈속에서처럼……."

그는 사뮈엘이 남긴 말에서 힌트를 얻기 위해 그 말을 되뇌었다. 그런데 그 순간 히틀러의 일화가 떠올랐다.

"황금용의 궁전!"

하워드가 소리쳤다.

"그게 뭐죠?"

"히틀러의 꿈에 나왔던 궁전이에요. 1919년 9월 히틀러는 뮌헨에 있는 독일 노동당 집회에 참석해요. 나치당의 전신이죠. 연설 능력이 뛰어났던 히틀러는 그곳에서 안톤 드렉슬러라는 당 간부의 눈에 띄게 되어 입당을 요청받아요. 집으로 돌아온 히틀러는 행보를 놓고 고민하다가 소파에서 잠들었는데 기묘한 꿈을 꾸게 되죠. 꿈속에서 히틀러는 한 번도 본 적 없는 어느 거대한 궁전에 들어섰고, 그곳의 입구를 지키고 있던 동물과 마주해요. 바로 황금용이었죠. 거대한 황금용은 히틀러를 발견하곤 잡아먹을 듯이 노려보며 천천히 다가와요. 그리곤 뱃속에 있던 뭔가를 토해내더니 그에게 건네주죠. 바로 철 십자가였어요. 꿈에서 깬 히틀러는 어떤 계시라고 확신하고 곧바로 노동당에 가입해요. 그리고 그때부터 그의 정치 행보가 시작되죠. 이후 총통이 된 그는 황금용이 건네준 철 십자가를 모방해 나치당 엠블럼과 철십자 훈장을 만들었고 꿈에서 본 궁전을 본떠서 베를린에 의사당을 건설해요."

"그래서 뭘 찾으면 된다는 거죠?"

"벙커 안에 있는 모든 방을 뒤져서 황금용과 관련된 걸 찾아봐요. 어떤 거라도 상관없어요."

두 사람은 곧바로 흩어져 황금용을 찾기 시작했다. 하워드는 확인하지 않은 방을 살폈고 린지는 지나온 방으로 향했다. 하워드는 히틀러의 방을 나와 결혼식이 거행됐던 홀과 연결된 방들을 뒤졌지만 특별한 게 없었다. 그곳은 감시탑과 연결된 곳이었는데 폭격으로 허물어져 전쟁 후 새로 바른 시멘트벽뿐이었다. 당시 시설물 중에는 유사시를 대비한 탈출용 사다리만이 남아 있었다. 그때였다.

"하워드, 이것 좀 봐요."

저만치 복도 끝에서 린지의 목소리가 들려왔다. 하워드는 서둘러 달려갔다. 그곳은 히틀러의 사무실 옆방, 바로 에바의 방이었다. 하워드가 들어서자 린지는 손전등으로 벽을 비추고 있었다. 그곳에서 철 십자가를 목에 두른 황금용이 두 사람을 노려보고 있었다. 하워드는 벽화가 그려진 벽을 살피기 시작했다. 분명 주변과는 다른 빛깔을 띠고 있었다. 다른 시기에 세워진 게 틀림없었다. 하워드는 설계도를 살펴보았다. 에바의 방 너머에는 홀 말고는 아무것도 표시되어 있지 않았다. 설계도에 없는 공간이었다. 가능성이 있었다. 하워드는 곡괭이를 집어 들었다.

"비켜 있어요. 조금 시끄러울 테니."

린지가 물러서자 하워드는 사정없이 벽을 내리치기 시작했다. 어두운 벙커 안에 요란한 굉음이 울려 퍼졌다. 벽은 연합군의 폭격에도 살아남을 만큼 견고했다. 하워드는 젖먹던 힘까지 끌어모아 황금용을 내리쳤다. 손에 경련이 일어날 때쯤 드디어 벽에 구멍이 생겼다. 그리고 그 구멍 너머에는 또 다른 공간이 있었다. 힘을 받은 하워드가 구멍을 넓히기 시작했다. 이윽고 한 사람이 들어갈 수 있을 만한 구멍이 생겼다.

"레이디 퍼스트."

하워드가 린지에게 자리를 양보했다.

"아니요. 당신이 먼저 들어가요."

두려운지 린지가 물러섰다. 하워드는 곡괭이를 내려놓고 구멍으로 몸을 밀어 넣었다. 그곳에는 히틀러의 결혼식장이었던 홀만큼이나 커다란 방이 존재하고 있었다. 방 주위는 두꺼운 콘크리트 벽이 둘러쌌고 사각형의 어둠 한복판에 커다란 두 개의 물체가 놓여 있었다. 손전등을 비추자 물체가 모습을 드러냈다. 그것은 나란히 놓인 두 개의 관이었다.

"이런 곳에 웬 관이죠?"

뒤늦게 들어온 린지가 관을 발견하곤 말했다. 하워드는 조심스럽게 관을 살폈다. 관 전체가 철로 이루어졌고 뚜껑 중앙에 나치를 상징하는 독수리 문장이 황금으로 수놓여 있었으며, 그 주위를 따라 철 십자가 문양이 일렬로 조각되어 있었다. 그 외에 매장된 사람의 신원을 알 수 있는 어떤 것도 발견할 수 없었다. 하지만 하워드는 직감적으로 이 벙커의 주인이 이 관의 주인이라는 걸 알 수 있었다. 하워드는 주저 없이 관 뚜껑을 열어젖혔다. 쿵— 하는 둔탁한 소리와 함께 관이 내부를 드러냈다. 두 사람은 잔뜩 긴장해서 손전등을 비추었다. 하지만 안에는 고급스러운 붉은 벨벳 천이 깔렸을 뿐, 아무도 없었다. 하워드가 나머지 관을 열어보았지만 그것 역시 텅 비어 있었다.

"히틀러를 화장했다는 말은 사실이군요."

히틀러의 시신을 기대했던 린지가 맥 빠진 목소리로 말했다.

"만약을 대비해 준비한 거겠죠. 히틀러는 워낙 변덕스러웠으니까. 그런데 왜 텅 빈 관을 콘크리트로 막아놨을까요."

하워드는 관 속을 뒤지기 시작했다. 벨벳 천을 뜯어내고 관 안쪽에 손을 집어넣었다. 벨벳 안쪽은 두툼한 쿠션으로 이루어져 있었다. 하워드가 쿠션을 모두 뜯어내자 쿠션 안쪽에 뭔가 잡히는 게 있었다. 상자였다. 황급히 상자를 꺼냈다. 아무런 장식도 없는 70센티미터가량의 검은 장미목 상자였는데 금으로 장식된 자물쇠가 달려 있었다. 하워드는 지체하지 않고 자물쇠를 해체했다. 그러자 내용물이 모습을 드러냈다. 그것은 고대 로마의 창병이 사용했던 하스타 창이었다. 약 35센티미터가량의 창날이 부러진 창신(槍身)과 철사로 연결되어 있었다.

"이게…… 말로만 듣던 롱기누스의 창인가요?"

린지가 조금은 실망한 듯 말했다.

"아마도."

하워드도 막상 전설의 창을 실제로 보자 실감이 나질 않았다. 창은 이천 년이나 된 것치고 상당히 잘 보존되어 있었다. 단조된 창날은 비록 예리함을 잃기는 했지만 양날 형태를 유지했고 나무로 된 창신도 3분의 1 정도만 남아 있었지만 지금도 사용할 수 있을 것처럼 견고했다. 두 사람은 말없이 창을 바라보았다. 예수의 성혈이 묻었다는 창날은 지나온 오랜 세월을 증명이라도 하듯 검게 산화되어 있었다.

창의 주인이었던 롱기누스가 예수를 찌른 이유에는 여러 가지 설이 있다. 그중 가장 널리 알려진 것은 예수의 죽음을 확인하기 위해 찔렀다는 설이다. 당시 십자가형은 가장 고통스러운 형벌로 사지가 못 박힌 채 서서히 죽어야만 하는 극형이었다. 때문에 고통을 덜어주기 위해 희생자의 옆구리를 찔러 방혈을 유도함으로써 죽음을 앞당겨주기도 했다. 롱기누스 역시 예수의 고통을 덜어주기 위해 창으로 찔렀다는 설도 있다. 그런데 여기서 롱기누스의 창이 성물로 추앙받게 된 일화가 등장한다. 당시 롱기누스는 점점 시력이 나빠지며 눈이 멀고 있었다. 그런데 예수의 옆구리를 찌르는 순간 피와 물이 흘러나오며 롱기누스의 눈에 튀게 된다. 그리고 놀랍게도 롱기누스의 시력이 회복되었다. 감명받은 롱기누스는 기독교로 개종하고 예수를 따른다. 창은 그의 후손에 의해 전해 내려왔다고 하나 정확한 역사적 사료는 남아 있지 않다. 그런데 그 창이 요셉의 후손에 의해 지켜지다가 이곳까지 오게 된 것이다.

"믿을 수가 없어요. 이렇게 보면 그저 평범한 창일 뿐인데 이 창을 차지하기 위해 권력자들이 수많은 희생을 치렀다는 게."

린지가 낮은 목소리로 말했다.

"인간의 욕망은 본래 허무한 거예요. 그리고 만약 이 창이 진품이라면 그들이 믿었던 힘은 애초부터 존재하지 않았던 거죠. 이천 년간 역사에 이름을 남긴 제왕들의 믿음은 모두 허상에 지나지 않았던 거고요."

두 사람은 망연하게 창을 바라봤다. 육십칠 년 전에 사뮈엘이 헬가를 통해 전하려 한 약속이 지금에서야 이루어졌다. 하지만 퀴즈는 이제부터 시작이었다. 사뮈엘이 왜 이 창을 전하고 싶어했는지, 거기에는 분명 특별한 의도가 있을 터. 이것 역시 사뮈엘의 계획 중 일부일 게 분명했다. 그는 이 창을 매개체로 뭔가를 말하고 있었다. 그리고 그 단서는 창에 있었다. 하워드는 창을 살펴보았지만 특별한 표식을 찾을 수 없었다. 이상한 점이 있다면, 바로 창날의 형태였다. 로마군이 사용했던 병기는 기원전 104년에 로마장군 가이우스 마리우스가 시행한 군 개편을 경계로 교체된다. 초기 로마군단은 그들을 최강으로 만들었던 투창용 필룸 창과 글라디우스 검으로 무장한 강력한 군대였다. 하지만 후기 로마로 갈수록 국토가 방대해지자 정예 로마병만으로 군을 유지할 수 없어 용병을 추가로 채용한다. 그와 함께 방위비 부담은 커져만 갔고 군에 납품되는 무기는 점차 부실해졌다. 초기 창병이 사용했던 하스타 창은 앞부분만이 뾰족했지만 후기로 갈수록 창날은 점차 마름모꼴 형태로 바뀌었다. 그런데 지금 눈앞에 놓인 창은 앞부분만 뾰족했다. 그렇다면 이 창은 예수가 십자가에 못 박혔던 시기로부터 적어도 백 년 전에 만들어진 창이라는 얘기가 된다. 아무리 고대의 군대라고 해도 백 년이 넘은 창을 병사들에게 보급했을 리 없었다. 뭔가 이상했다.

그런데 그때, 복도 저편에서 인기척이 들렸다. 누군가가 벙커 바닥에 고인 지하수를 헤치며 다가오고 있었다.

"누구죠?"

"적어도 반가운 친구는 아닐 거예요."

하워드가 서둘러 창을 챙겼다.

"당신 먼저 나가요."

하워드가 린지를 구멍 속으로 밀어넣으며 말했다. 뒤를 이어 하워드가 방을 빠져나왔다. 에바의 방으로 돌아온 두 사람은 급히 벙커를 나가려 했다. 그런데 물살을 헤치는 소리가 계단을 내려오는 소리로 바뀌어 있었다. 그 소리의 주인은 한 사람이 아니라 서너 명의 남자들이었다. 그들은 검은 양복을 입고 경기관총으로 무장하고 있었다. 하워드는 재빨리 린지를 데리고 반대편 방 부서진 벽 뒤편에 몸을 숨겼다. 남자들은 모든 방을 일일이 체크하더니 두 사람이 숨어 있는 방 앞에 멈췄다. 그리고 각자 흩어져 나머지 방들을 점검했다. 두 사람이 숨은 방으로 남자 중 한 명이 들어오려는 순간이었다. 에바의 방으로 들어간 사내가 벽에 난 구멍을 보곤 소리쳤다. 그러자 다른 남자들이 몰려갔다. 두 사람이 있는 방을 살펴보려던 남자도 에바의 방으로 달려갔다. 그들은 구멍 안을 살피더니 무전기로 누군가를 호출했다. 그러자 뒤늦게 한 남자가 나타났다. 비록 어두웠지만 하워드는 그의 얼굴을 알아볼 수 있었다. 바로 볼러해트의 남자였다. 볼러해트를 쓰고 있진 않았지만 얼굴에 난 흉터와 이질적인 푸른 눈동자만으로도 그를 알아보기에 충분했다. 그는 구멍이 뚫린 쪽의 바닥에 놓인 하워드의 곡괭이를 집어 들더니 서늘한 미소를 지어 보였다.

"이 근처 어딘가에 있다. 찾아봐."

볼러해트는 남자들에게 지시를 내리고는 구멍을 통해 히틀러의 관이 있는 방으로 들어갔다.

“저 사람이 여긴 어떻게 알고 왔을까요?”

린지가 낮은 목소리로 물었다.

“우리 뒤를 쫓았겠죠. 젠장.”

“이제 어쩌죠?”

“생각 중이에요.”

하워드가 주변을 살피며 말했지만 그들이 있는 방 앞에는 중무장한 사내가 지키고 있었다. 지금 움직였다가는 영락없이 발각될 터였다. 하워드는 이들의 동태를 지켜보며 달아날 틈을 노렸다. 잠시 후 볼러해트의 남자가 돌아왔다. 그의 손에는 히틀러의 관에 매달려 있던 철 십자가 장식이 기념품처럼 들려 있었다. 그때 방을 수색하던 남자들이 돌아와 보고했다.

“이미 이곳을 빠져나간 것 같습니다.”

“헛소리 마. 입구는 우리가 지키고 있었어. 빠져나갈 곳은 그곳밖에 없다. 다시 찾아봐.”

볼러해트가 고함을 지르자 남자들은 다시 수색하기 시작했다. 볼러해트는 못마땅하다는 듯이 들고 있던 철 십자가 장식을 신경질적으로 집어던졌다. 장식은 하워드와 린지가 있는 방의 외벽에 부딪쳤다. 순간 볼러해트가 두 사람이 있는 방을 유심히 바라봤다. 그리고 천천히 방을 향해 다가왔다. 하워드와 린지는 벽 뒤에 몸을 바짝 밀착시키며 숨을 죽였다. 하워드는 반사적으로 뒤춤에 있던 총을 찾았지만 총은 JFK공항 세관에 보관되어 있었다. 이제 그가 가진 유일한 무기는 롱기누스의 창뿐이었다. 그는 창을 움켜쥐고 여차하면 공격할 준비를 했다. 볼러해트가 두 사람이 몸을 숨긴 벽으로 다가서려는 순간, 복도 저편에서 또 다른 남자의 목소리가 들려왔다. 히틀러의 방에서 하워드의 소지품을 찾은 모양이었다. 볼러해트는 두 사람 코앞에서 돌아서더니 목소리가 들려온 방으로 향했다. 하워드와 린지는 안도의 한숨을 작게 내쉬었다. 볼러해트가 복도 저편으로 사라지자 두 사람은 조심스럽게 복도로 나섰다. 남자들은 모두 벙커 여기저기로 흩어져 보이지 않았다. 하지만 문제는 그들이 유일한 입구를 지키고 있다는 것이었다.

"어디로 나갈 거죠? 이대로 입구로 향했다간 놈들에게 잡히고 말아요."

"나도 알아요. 잠깐만 기다려봐요."

하워드는 설계도를 꺼내 벙커를 살펴보았다. 벙커에는 들어온 입구 외에 두 개의 비상구가 더 설치되어 있었지만 그중 하나는 벙커를 메울 때 콘크리트로 발라져 막혀 있었다. 남은 것은 하워드가 황금용을 찾기 위해 갔던 히틀러의 방 너머, 감시초소 아래에 설치되어 있던 철제 사다리 하나뿐이었다.

"일단 가보는 수밖에."

하워드가 린지의 손을 잡고 철제 사다리를 향해 달리기

시작했다. 가는 내내 주위를 경계했지만 남자들의 모습은 보이지 않았다. 철제 사다리가 나타나자마자 하워드는 급히 철제 사다리 위의 입구를 확인했다. 철문으로 막혀 있긴 했지만 콘크리트 벽은 없었다. 자물쇠만 제거하면 나갈 수 있었다. 하워드는 서둘러 사다리에 올랐고 자물쇠를 제거하기 위해 철문 틈으로 절삭기를 내밀었다. 그런데 어쩐 일인지 자물쇠는 이미 제거된 상태였다. 낌새가 이상했다. 그러나 지금 그런 걸 따질 겨를이 없었다. 하워드는 서둘러 철문을 열고 밖으로 나가려 했다. 그때였다. 뭔가가 날아와 하워드의 얼굴을 강타했다. 갑작스러운 습격에 하워드는 맥없이 철제 사다리에서 떨어져 바닥에 뒹굴었다.

"하워드. 괜찮아요?"

린지가 부축하며 물었다. 하워드는 간신히 정신을 차리고 철제 사다리 입구를 바라봤다. 사다리를 내려온 누군가는 무릎까지 오는 치렁치렁한 고급 모피코트를 입고 있었는데 가죽장갑을 낀 손에 총을 들고 있었다. 그의 얼굴은 어둠에 가려져 알아볼 수 없었지만 눈빛만은 날카롭게 빛났다.

"당신이 그 유명한 하워드 레이크로군."

어디선가 들어본 목소리였다. 하지만 정확히 누군지 기억나지 않았다. 하워드는 손전등을 비춰 남자의 얼굴을 살피려 했다. 그러자 남자가 손전등을 총으로 쏘았다. 손전등이 부서지자 주위는 칠흑 같은 어둠으로 가득찼다.

"가끔은 무지가 축복일 때도 있지."

그의 굵은 목소리가 음산하게 울려 퍼졌다. 그때 총소리를 들은 볼러해트가 달려왔다.

"제사장님께서 여긴 어쩐 일로 오셨습니까?"

볼러해트가 남자를 보더니 예의를 갖춰 고개를 숙였다. 그의 목소리는 처음으로 떨리고 있었다.

"모든 일은 돌다리를 두들기듯 신중하라고 누차 말하지 않았나. 징계가 있을 것이다."

모피코트의 남자가 차갑게 몰아붙이자 볼러해트는 고개를 숙인 채 어쩔 줄 몰라하고 있었다.

"당신이군. 데미안을 그 지경으로 만든 게."

하워드가 입을 열었다.

"데미안 씨 일은 나도 안타깝게 생각하오. 하지만 모든 일에는 대가가 따르기 마련이지. 이 일에 끼어든 것 자체가 잘못이었어. 그리고 불행히도 그분의 말씀조차 가지고 있지 않더군. 말씀을 가진 자를 찾기 위해서 어쩔 수 없는 조치였소."

"그렇다면 데미안을 환각 상태로 만들어 살인하게 만든 이유가 말씀을 가진 자를 유인하기 위해서였단 말이냐?"

"아니, 데미안은 환각 상태가 되기 이전부터 우리 손안에 있었어. 그가 삭개오에 관해 알게 된 것도 우리가 흘려줬기 때문이야. 데미안뿐만 아니라 언더우드가 고용한 탐정 모두 우리 손안에 있었지. 대부분 돈만 밝히는 쓸모없는 것들이었지만."

남자가 차갑게 말했다.

"알고 있으면서 왜 직접 만나지 않았지?"

"하워드 씨. 이 세상에 어둠이 없는 곳은 없소. 하지만 제아무리 깊은 어둠이라도 다가갈 수 없는 곳이 있는 법이야. 사뮈엘의 메시지를 받을 사람은 빛 속에 있는 자여야만 한다는 걸 우린 잘 알고 있었어. 그러니 빛 속에 있는 자가 나타나길 기다리는 수밖에. 그리고 이렇게 나타났잖아?"

하워드는 이제야 모든 상황을 이해할 수 있었다. 이들은 롱기누스의 창의 위치를 알고 있던 헬가와 접촉할 수 있는 유일한 방법이 사뮈엘의 메시지를 가진 사람을 찾는 것이라는 걸 알고 처음부터 데미안을 이용했고 하워드는 이들의 농간에 놀아난 꼴이었다.

"당신들은 대체 언제부터 사뮈엘을 쫓고 있었지?"

"당신이 태어나기 오래전부터."

남자의 차가운 입김이 어둠조차 얼어붙게 만들었다.

"자, 그걸 내게 넘기시오. 하워드 씨."

모피코트의 남자가 손을 내밀었다.

"이 안에 뭐가 들었는지 알고 있나?"

그러자 어둠 속에서 모피코트가 미소를 지었다.

"당신이야말로 그게 뭔지 알고는 있소?"

그가 시니컬하게 되물었다. 하지만 하워드는 대답할 수

없었다. 물론 이것은 성혈이 묻은 창이다. 하지만 이것이 어떤 힘을 가졌는지, 사뮈엘이 어떤 의도로 남겼는지 알지 못했다.

"적어도 당신 같은 인간들이 소유할 물건이 아니라는 건 알고 있지."

"신의 물건이니 누가 소유할진 신이 결정하겠지."

남자가 눈짓하자 볼러해트가 하워드에게 다가왔다.

"창을 넘겨주기 전에 한 가지만 묻겠다."

하워드의 질문에 남자가 고개를 끄덕였다.

"당신들은 사뮈엘이 누구라고 생각하는 거지?"

벙커에 무거운 침묵이 흘렀다.

"인류를 구원한 자…… 그리고 인류를 멸할 자……."

정적을 깨며 낮은 목소리가 흘렀다.

'인류를 멸할 자?'

그의 대답은 마치 사뮈엘이 인류를 멸망시키기 위해 때를 기다리고 있다는 것처럼 들렸다. 그때 볼러해트가 다가와 창을 빼앗고는 남자에게 넘겨줬다. 그는 감회에 젖어 창을 바라봤다.

"씨를 뿌린 자가 씨를 거두려 하니 어떤 이가 그를 막을 수 있으리오."

모피코트의 남자는 의미심장한 말을 남기고 롱기누스의 창과 함께 사라졌다. 하워드는 그가 입구를 빠져나갈 때까지 뒷모습을 응시했다. 남자의 목소리와 일치하는 얼굴을 기억해내려 했지만 떠오르지 않았다. 이윽고 그의 모습이 보이지 않자 볼러해트가 기다렸다는 듯 하워드의 머리에 총을 겨눴다.

"우리한텐 아직 마무리짓지 못한 일이 남아 있는 걸로 아는데."

그가 씩 웃자 하워드에게 당했던 흉터가 일그러졌다.

"흉터가 잘 어울리는데, 마음에 들면 반대편 뺨에도 그려줄까?"

하워드가 노려보며 말했다.

"여전히 여유만만이시군. 마음 같아선 네놈 심장을 도려내 기념품으로 가져가고 싶지만 그럴 시간이 없는 게 안타까워. 편히 죽게 된 걸 감사하게 생각해라, 하워드."

볼러해트가 노리쇠를 장전하며 말했다. 하워드는 주변을 둘러보며 방법을 강구했지만 이번만은 도리가 없었다. 볼러해트 옆에는 경기관총으로 무장한 두 명의 남자가 만약을 대비해 두 사람을 겨누었다. 이윽고 볼러해트가 방아쇠를 당기려는 순간이었다. 하워드는 저주를 내리듯 볼러해트를 노려보았다. 그때 어둠 저편에서 푹— 발사음이 들렸다. 그와 함께 볼러해트 옆에 있던 두 명의 남자가 맥없이 쓰러졌다. 남자들의 등에는 동물을 잠재울 때 쓰이는 마취탄이 박혀 있었다. 당황한 볼러해트가 돌아서는 순간 또다시 어둠 속에서 마취탄이 날아와 볼러해트의 가슴에 명중했다. 볼러해트는 어둠을 향해 마구잡이로 총을 발사했다. 하지만 이내 얼굴이 일그러지며 쓰러졌다. 하워드는 놀란 얼굴로 마취총이 발사된 어둠을 응시했고, 잠시 후 한 명의 남자가 어둠을 뚫고 다가왔다. 처음 보는 남자였는데 놀랍게도 신부복을 입고 있었다. 순간 하워드는 린지를 바라보았는데, 린지가 쥐고 있는 마취총이 하워드를 향하고 있었다.

"린지. 당신……."

하워드는 갑자기 벌어진 반전을 이해할 수 없었다. 린지의 총신은 떨리고 있었다.

"미안해요, 하워드. 어쩔 수 없었어요. 하지만 저들 손에 창이 넘어가는 것보단 나을 거예요."

그 말과 동시에 린지가 마취총을 발사했다. 작지만 날카로운 발사음과 함께 마취탄이 하워드의 어깨에 명중했다. 약 기운이 퍼지자 하워드는 감각이 무뎌지고 몸이 말을 듣지 않았다. 의식이 멀어져 가는 와중에 비친 그녀의 얼굴엔 슬픔이 가득 고여 있었다.

"미안해요, 하워드. 미안해요……."

린지의 사과를 들으며 하워드는 의식을 잃었다.

"이봐요. 괜찮아요?"

누군가 하워드를 깨웠다. 하워드는 힘겹게 눈을 떴다. 조깅복 차림의 남자가 하워드를 내려다보고 있었다. 하워드는 정신을 차리고 주위를 둘러보았다. 그가 있던 곳은 베를린의 어느 공원 벤치였다.

"이런 곳에서 잠자면 소매치기를 당할 수도 있어요. 조심하세요."

남자가 걱정스러운 듯 말했다.

"고마워요."

하워드가 인사를 하자 남자는 이어폰을 끼곤 달려갔다. 폭풍은 어느새 멈춰 있었다. 하워드가 천천히 정신을 추스르자 지난밤 일이 떠올랐다. 린지가 배신했다. 그녀는 처음부터 롱기누스의 창을 노리고 하워드에게 접근했으며 그녀와 함께 왔던 신부복의 남자는 예수회의 일원이 분명했다. 하워드가 의식을 잃자 이곳 공원으로 옮겨놓고 사라진 그들이 멘데스의 염소로부터 롱기누스의 창을 되찾았는지는 알 수 없었다.

"젠장."

그는 무의식적으로 자신의 가방을 찾았다. 가방은 하워드 머리맡에 가지런히 놓여 있었다. 소지품도 모두 그대로였다. 린지가 두고 간 것이리라.

"적어도 여권 때문에 대사관을 들락거릴 일은 없겠군."

하워드가 가방에서 담배를 꺼내며 중얼댔다. 흰 독성 연기가 아침 공기 속으로 퍼져나갔다. 비록 목숨은 건졌지만 사뮈엘이 반세기 전에 힘들게 남긴 단서가 다른 사람의 손에 넘어간 것에 대한 한숨이 섞인 담배 연기였다. 그런데 심중에 걸리는 것이 있었다. 바로 창의 형태였다. 그것은 분명 기원전 1세기 이전에 만들어진 것이다. 예수의 옆구리를 찌르기에는 지나치게 오래된 창이다. 만약 하워드의 추측대로 멘데스의 염소가 가져간 것이 모조품이라면 진짜 롱기누스의 창은 어디에 있다는 말인가.

"내가 사뮈엘이라면 진품을 어디에 숨겨뒀을까."

하워드는 사뮈엘의 입장에서 생각해보았다. 만약 그에게 미래를 내다보는 능력이 있다면 어젯밤 히틀러의 벙커에서 벌어진 일도 반세기 전에 이미 알고 있었을 것이다.

"멘데스의 염소와 예수회가 나타날 것을 미리 알고 있었다면……."

문득 하워드는 언젠가 읽었던 『기독교 신문』의 기사를 떠올렸다. 방사성 탄소 연대측정법의 정확성에 대해 의문을 제시한 글이었다. 방사성 탄소 연대측정법은 1949년에 미국의 물리화학자 윌리엄 리비에 의해 발견된 것으로, 탄소 중 C^{14}라는 특정 방사성 탄소의 농도를 측정하여 연대를 추정하는 방식이다. 하지만 기사는 기준이 되는 탄소의 농도가 현실적이지 않다고 주장했다. 그중 기사에서 예를 든 것이 바로 비엔나 박물관에 보관된 롱기누스의 창이었다. 기자는 탄소 연대측정법이 단지 뼈, 살, 나무 등 C^{14}가 남아 있는 동식물에 한해서만 유효하다고 주장하며 철로 이루어진 롱기누스의 창이 7세기 이후에 만들어진 것이라는 탄소 연대측정 결과를 부정한다. 그리고 그의 주장에는 충분한 타당성이 있다.

"어쩌면 가능성이 있을 수도 있어."

하워드에게 희망을 준 것은 빈에 있는 창이었다. 사진으로 봤던 그 창은 틀림없이 기원전 1세기 이후에 만들어진 것이었다. 하워드는 담배를 끄고 벤치에서 일어났다. 실낱 같은 가능성이었지만 확인할 필요가 있었다. 그는 빈으로 향하는 기차를 타기 위해 베를린역으로 향했다.

푸딩을 엎어놓은 것과 똑같은 형태의 정원수 너머로 마리아 테레지아 상이 보였다. 그 뒤엔 바로크 양식으로 지어진 거대한 궁전이 위치했다. 빈미술사박물관이었다. 이곳은 합스부르크 왕가가 모은 오천여 점의 유물이 보관된 유럽의 3대 박물관 중 하나로, 반대편에는 같은 양식으로 지어진 자연사박물관이 쌍둥이 형제를 바라보고 있다. 짧은 겨울 해가 고풍스러운 비엔나 저편으로 모습을 감추려 하고 있었다. 서둘러야만 했다. 매표소에 십 유로를 밀어 넣자 스피커를 타고 매표원의 목소리가 들려왔다.

"관람 시간은 이제 삼십 분밖에 안 남았어요."

"상관없어요."

하워드에겐 삼십 분이면 충분했다. 그는 루벤스의 그림을 관람하러 이곳에 온 것이 아니었다. 매표원이 표를 건네주자 하워드는 입구에 비치된 팸플릿을 집어 들고 박물관으로 들어갔다. 입구에 들어서자 대리석으로 호화롭게 치장된 홀이 나타났다. 거대한 헤라클레스 상이 놓여 있던 계단부에는 오스트리아가 자랑하는 화가 구스타프 클림트(Gustav Klimt)가 제작한 프레스코화가 멋지게 장식되어 있었다. 클림트는 하워드가 제일 좋아하는 화가 중 한 명이었다.

"젠장. 여기까지 와서 이 좋은 작품들을 제대로 보지도 못하다니."

하워드는 팸플릿을 펼쳤다. 전시관은 모두 열두 관으로, 유명한 회화 전시실 외에도 이집트 유물관과 왕궁 공예품 전시실, 고대 갑옷 전시실까지 다양했다. 하워드가 찾는 건 롱기누스의 창이 전시된 기독교 유물실이었다. 유물실은 삼 층이었다. 하워드는 날듯이 구스타프 클림트의 프레스코화를 지나 계단을 올랐다. 관람 시간이 얼마 남지 않았는데도 관람객들이 넘쳐났다. 하워드는 삼 층에 도착하자마자 전시실 입구에 배치된 작품을 살피며 빠르게 지나쳤다. 그렇게 몇 곳을 지나자 드디어 그리스 로마 유물 전시실이 나타났다. 전시실은 모두 네 개로 나뉘어 있었다. 회화 전시실에 비해 관람객은 적었다. 국부 조명으로 신비스러움을 자아내던 전시실에는 로마를 세운 로물루스와 레무스의 청동인물상을 비롯해 로마의 최대 전투 중 하나인 칸나이 전투 장면을 재현한 조각 등이 전시되어 있었지만 하워드의 관심을 끌진 못했다. 하워드의 머릿속은 이천 년 전에 만들어진 낡은 창 생각으로 가득했다.

드디어 기독교 유물관이 나타났다. 롱기누스의 창은 전

시실 중앙의 사각 유리전시관에 놓여 있었다. 전시실은 다른 전시실에 비해 한가했다. 붉은 대리석 기둥 사이로 저녁 햇살이 스며들던 전시실에는 기독교 관련 회화들이 벽을 장식하고 있었고 그 중앙에 티타늄과 방탄유리로 이루어진 전시대가 있었다. 하워드가 힘들게 이곳까지 온 이유였다. 하워드는 추측이 맞기를 기대하며 천천히 전시대로 향했다. 그런데 전시대의 유물을 확인하는 순간 하워드의 얼굴이 일그러졌다. 그곳에서 하워드를 기다리고 있던 것은 롱기누스의 창이 아니라, 이곳을 관리하는 큐레이터가 남긴 알림 글이었기 때문이었다.

유물의 보존을 위해 당분간 롱기누스의 창은 전시하지 않습니다.

그리고 그 아래에 앞으로 있을 전시 일정이 적혀 있었다. 다음 전시일은 2013년 3월이었다.

"빌어먹을!"

낭패였다. 롱기누스의 창은 보존을 위해 정해진 전시일 외에는 빛과 습기가 차단된 곳에서 동면하는 중이었다. 하지만 이대로 돌아갈 순 없었다. 하워드는 언더우드에게 전화를 걸었다. 어쩌면 방법이 있을지도 모른다는 실낱같은 기대를 안고서. 하지만 계속되는 신호에도 어찌 된 일인지 전화를 받지 않았다. 몇 번을 더 시도했지만 언더우드의 목소리를 들을 수 없었다. 에밀리도 매한가지였다. 하워드는 시계를 바라봤다. 전시실에 설치된 시계는 다섯 시 사십오 분을 가리켰다. 관람 시간이 이제 십오 분밖에 남지 않았다. 이대로라면 오늘은 물러나고 내일을 기약하는 수밖에 없었다. 그러나 하워드는 멘데스의 염소와 예수회 때문에 조급했다. 그들 중 누가 롱기누스의 창을 차지했는진 모르지만 그것이 진품이 아니라는 걸 확인하는 데 오랜 시간이 필요친 않을 것이다. 그렇다면 그들도 이곳의 창을 염두에 둘 게 분명했다. 하워드는 그들과 다시 불편한 자리를 만들 생각이 없었다. 하워드는 시간을 두고 언더우드에게 재차 전화를 걸기로 하고, 조급한 마음을 가라앉히기 위해 전시실을 둘러보기 시작했다. 맨 처음 그의 시선을 끈 건 피터르 브뤼헐이 그린 '바벨탑'이었다. 유화로 그려진 바벨탑은 나란히 두 개가 전시되어 있었는데 하나는 탑을 쌓는 과정을 그린 것이었고 또 다른 하나는 신의 분노로 무너져 내린 후의 모습이었다. 두 그림 모두 같은 구도와 크기였지만 상당히 다른 인상을 주었다. 첫 번째 그림은 오만한 인간의 욕망을 나타내기 위해 탑을 쌓고 있는 수많은 인간 군상을 화려한 색채로 표현했다. 그러나 두 번째 그림은 공동묘지처럼 황량한 벌판에 무너진 시뻘건 탑의 잔재만이 앙상하게 남아 있을 뿐이었다.

"마치 지금의 내 모습을 보는 것 같군."

하워드는 문득 사뮈엘을 쫓고 있는 자기 모습이 떠올랐

다. 자신을 비롯해 예수회와 멘데스의 염소 모두 존재하지 않는 허상을 쫓고 있을지도 모를 일이었다. 그 과정에서 사람의 목숨마저 희생됐다. 하지만 만약 사뮈엘이 그들이 추측하는 신적인 존재가 아니라면, 그저 평범한 인간에 불과하고 지금까지 있었던 기적 같은 일이 설명할 수 없는 어떤 착오나 역사적 우연에 불과하다면 이들이야말로 도달할 수 없는 곳에 이르기 위해 탑을 쌓고 있는 거나 마찬가지였다.

하워드는 착잡한 심정으로 발걸음을 옮겼다. 그런데 다음 그림을 본 하워드는 멈칫했다. 그것은 작자와 연대가 미상인 그림이었는데 십자가에 못 박힌 예수의 옆구리를 찌르는 롱기누스의 모습을 그린 것이었다. 롱기누스의 창을 찾아 이곳까지 온 하워드에게는 시선을 끌 만한 소재였다. 그림은 중세 회화의 특징이었던 종교적 경건함과 폐쇄성을 그대로 나타내고 있었다. 창으로 예수를 찌르는 롱기누스의 표정에서 고뇌의 흔적을 찾아볼 수 있었고 슬퍼하는 막달라 마리아를 비롯한 제자들의 슬픔도 훌륭히 표현하고 있었다. 그런데 무심코 그림의 제목을 확인한 하워드는 숨이 멎을 뻔했다.

시간이 정지된 골고다

사뮈엘이 헬가 그라비츠에게 남긴 말의 일부였다. 하워

드는 이 모든 게 기막힌 시간의 사슬로 연결되어 있다는 것을 확신할 수 있었다. 하워드는 주변을 둘러보기 시작했다. 이제까지 평범하던 유물 전시관은 어느덧 사뮈엘의 비밀을 머금은 은밀한 장소로 변해 있었다.

"시간이 정지된 골고다에 머물고 있는 요셉의 자손 비르투스 아레나를 찾아라. 그가 파괴자들의 눈을 피해 가장 겸손한 곳에 그것을 숨기고 있느리라."

그는 연신 사뮈엘의 유언을 읊조리며 방을 살폈다. 그렇게 살피던 도중 전시실의 이름을 확인하는 순간 하워드는 다시 한번 놀라지 않을 수 없었다.

특별 전시실 - 요셉관

전시관의 이름은 예정된 수순처럼 황동에 새겨진 채 의미심장하게 하워드를 기다리고 있었다. 시간이 정지된 골고다는 바로 그 순간을 그린 그림을 암시한 것이었고 요셉은 그림을 전시하고 있던 방을 가리키는 말이었다. 그렇다면 남은 것은 요셉의 자손 비르투스 아레나였다. 그가 누구건 간에 손을 뻗으면 닿을 듯 가까운 곳에 있을 게 분명했다. 하워드는 닥치는 대로 전시실에 있는 모든 제목과 이름을 확인하기 시작했다. 그때 전시실을 지키던 안내원이 하워드에게 다가왔다.

"죄송합니다만 관람 시간이 끝났습니다, 손님."

안내원이 정중히 말했다.
"여기 관리인이 누구죠?"
"네?"
갑작스러운 하워드의 질문에 안내원은 당황한 듯했다.
"담당 큐레이터 말이오. 그 사람 이름이 뭐죠?"
"필립 씨인데요."
"성이 뭐냔 말이오?"
"필립 아레나 씨입니다만. 왜 그러시죠?"
"맙소사."
하워드는 창가에 놓여 있던 소파에 걸터앉아야만 했다. 사뮈엘이 헬가에게 남긴 장소의 힌트는 바로 이곳 빈미술사박물관을 가리키고 있었다.
"저, 손님. 무슨 일이십니까?"
소파에 앉아 연신 경탄을 금치 못하고 있던 하워드를 보며 안내원이 물었다.
"그 사람, 지금 어디에 있습니까? 필립 씨 말입니다."
"아마도 사무실에 있겠죠. 퇴근 전이니까."
"사무실이 몇 층이오?"
"오 층입니다만. 왜 그러시는데요?"
안내원이 짜증스러운 듯 물었다.
"고맙습니다! 당신이 내 구세주요."
하워드가 안내원의 손을 잡으며 말했다. 그는 어리둥절해하는 안내원을 뒤로한 채 계단으로 달려갔다. 오 층 전체가 박물관 직원들이 사용하는 사무실이었다. 박물관장실을 비롯해 회의실, 총무과 등이 복도를 따라 늘어서 있었다. 큐레이터들이 사용하는 방은 계단 오른편에 몰려 있었고, 문마다 큐레이터의 이름과 직급을 표시한 명패가 붙어 있었다. 중간쯤에 위치한 필립 아레나의 사무실을 발견한 하워드가 문을 두드렸다.

"누구세요?"

문 너머에서 점잖은 남자 목소리가 들려왔다.

"필립 아레나 씨를 만나 뵈려고 왔습니다."

잠시 후 문이 열리며 30대 후반의 남자가 나타났다. 남자는 준수한 외모에 디자이너가 만든 훌륭한 양복을 입고 있었다.

"필립 아레나 씨입니까?"

하워드가 물었다.

"그렇습니다만. 누구시죠?"

"저는 하워드 레이크라는 사람입니다. 사립탐정이죠."

"탐정분이 무슨 일이시죠?"

"초면에 실렙니다만 한 가지 묻겠습니다. 아버님 성함이 혹시 비르투스 아레나 씨입니까?"

순간 필립의 얼굴이 굳었다.

"그걸 왜 묻는 거죠? 당신 누구요?"

"저는 사뮈엘 베케트, 아니 사뮈엘 샤피로라는 사람을 찾고 있습니다. 그분이 육십칠 년 전 아우슈비츠에서 제게 남기신 게 있습니다. 바로 롱기누스의 창이죠. 성혈이 묻은 진짜 롱기누스의 창이요. 그분 말씀에 따르면, 시간이 정지된 골고다에 사는 요셉의 자손 비르투스 아레나가 파괴자의 눈을 피해 가장 겸손한 곳에 그것을 보관하고 있을 거라고 하셨습니다."

하워드의 목소리는 확신에 차 있었다. 갑작스러운 상황에 혼란스러운지 필립은 아무 대답도 못 한 채 멍하니 서 있었다. 단지 하워드의 예기치 못한 방문 때문만은 아니었다. 그는 오래전에 죽은 아버지의 유령을 만난 듯 한동안 넋 나간 얼굴로 하워드를 바라보고 있었다. 하워드는 그가 생각을 정리하기를 조용히 기다렸다. 그리고 필립은 천천히 현실로 돌아왔다.

"비르투스 아레나는 저희 할아버지십니다."

두 사람은 지하로 이어진 계단을 내려가며 대화를 이었다.

"할아버지께서 언젠가 사뮈엘 씨가 보낸 사람이 롱기누스의 창을 찾으러 올 거라고 하셨어요. 그분의 말씀을 가지고요. 저는 처음에 그저 하는 말씀이겠거니 생각했는데 정말로 올 줄은 꿈에도 몰랐습니다."

필립은 아직도 믿기 어려운 모양이었다.

"할아버님은 지금 어디 계십니까?"

하워드가 필립의 뒤를 따르며 물었다.

"칠 년 전에 돌아가셨습니다. 그 말씀을 유언으로 남기시면서요."

"그랬군요. 그런데 할아버지께서 어떻게 사뮈엘을 만나셨는지 아십니까?"

계단이 거의 끝나가고 있었다.

"1차 세계대전이 끝나갈 무렵에 당신 목숨을 구해주신 분이라고만 하셨어요. 당시 할아버지께선 오스트리아군으로 비토리오 베네토 전투에 참전하셨는데 참호에서 죽어가는 할아버지를 영국군 한 명이 구해주었대요. 사뮈엘 씨였죠. 적이었는데도 불구하고 목숨을 구해주셨다며 평생 감사하며 사셨죠."

사뮈엘은 제1차 세계대전 당시 영국군으로 참전한 모양이었다. 하워드는 이제 놀랍지도 않았다. 사뮈엘은 역사책의 주요 페이지를 펼칠 때마다 모습을 드러내고 있었다. 계단이 끝나자 현대식으로 지어진 복도가 나타났다. 형광등 조명이 설치된 복도에는 두 명의 경비원이 있었고 거대한 금속 문을 설치해 출입자를 통제했다. 필립은 경비원과 인사를 나누고는 능숙하게 전자식 개폐장치를 해제했다. 문 너머에는 또 다른 복도가 이어졌다.

"그런데 이곳에 보관된 롱기누스의 창은 진품이 확실한가요?"

하워드가 마음속에 담아뒀던 질문을 꺼냈다. 그러자 앞서가던 필립이 돌아봤다.

"이제부터 제가 드리는 말씀은 당신과 저만의 비밀입니다."

"무덤까지 가지고 가겠습니다."

그러자 필립이 조심스럽게 입을 열었다.

"진품이기도 하고 모조품이기도 합니다."

의외의 대답이었다.

"그게 무슨 말입니까?"

"일부는 진짜이고 일부는 가짜라는 말입니다. 롱기누스의 창은 현재 세 곳에 보관되어 있어요. 하나는 이곳 빈미술사박물관에, 다른 하나는 교황청의 성베드로대성당에, 그리고 나머지 하나는 폴란드의 바벨대성당에."

"그 말은 롱기누스의 창이 세 개로 분리되었다는 말입니까?"

"네. 롱기누스의 창이 가진 힘을 상쇄시키기 위해 세 개로 나누어 보관시켰다더군요."

"누가요? 사뮈엘이요?"

"그건 저도 모릅니다. 단지 할아버님 말씀을 전할 뿐입니다."

"이곳에 있는 진품은 어떤 부분입니까?"

"보시면 압니다."

드디어 복도가 끝나고 두 번째 금속 문이 나타났다. 필립은 조심스럽게 잠금장치를 해제하고 안으로 들어섰다. 그러자 거대한 방이 나타났다. 어둠으로 가득차 있던 방은 끝이 안 보일 정도로 넓었다. 필립이 문 옆에 있던 조명 단추를 누르자 방이 모습을 드러냈다.

"와……. 대단하군요."

하워드의 입에서 감탄사가 흘러나왔다. 그곳은 수많은 걸작이 산처럼 쌓여 있었다. 루벤스, 렘브란트 등 이름만 들어도 알 수 있는 거장들의 회화작품과 그리스 로마 조각상, 이집트의 유물들이 발을 디딜 수도 없을 만큼 빼곡히 차 있었다.

"저도 처음 들어섰을 때 입이 다물어지질 않았죠. 전부 진품입니다. 이 모든 걸 합치면 가격으로 환산조차 하기 어려울 겁니다."

필립이 걸작들 사이를 지나며 말했다.

"우울할 때 이곳에 오면 절로 기분이 좋아지겠네요."

하워드는 작품에서 눈을 떼지 못했다.

"그런데 할아버님은 롱기누스의 창이 세 개로 분리된 걸 어떻게 아셨을까요?"

"그건 저도 모릅니다. 놀라운 건 할아버지께서 제가 이곳 큐레이터가 될 거라는 것도 알고 계셨다는 거예요. 저는 어린 시절에 큐레이터란 게 뭔지도 몰랐고, 이쪽으론 관심도 없었는데 말입니다. 제가 이곳 큐레이터가 된 후 어떻게 아셨냐고 물어도 웃기만 하셨죠."

"그럼 히틀러가 할아버님을 찾아간 적은 없었나요?"

"있었어요. 근데 그걸 어떻게 아셨죠?"

필립이 신기하다는 듯 물었다.

"제가 사뮈엘 씨에게 받은 메시지를 히틀러도 알고 있었습니다. 창의 중요성과 히틀러의 성격을 미루어보면 충분히 가능한 일이라고 생각됩니다."

"그랬군요. 그건 저희 아버지한테 들었습니다. 2차 세계대전 당시 할아버지는 외교관이셨어요. 로마의 공관에서 전쟁이 끝날 때까지 가족과 함께 사셨죠. 그런데 아버지의 다섯 살 생일에 갑자기 할아버지께서 가족 전체를 친구분 집으로 보내셨대요. 이유도 말씀 안 하시고요. 가족들이 피난을 가듯 집을 나서려는 순간 다섯 명의 남자가 집안으로 들어왔는데 모두 중절모에 바바리코트를 입고 있었다고 해요. 아버지는 그중 특이한 콧수염을 기른 한 사람의 얼굴이 기억에 남으셨대요. 할머니는 서둘러 아버지를 데리고 집을 나섰고 그 후에 그 사람들과 할아버지 사이에 무슨 일이 있었는지는 아무도 모릅니다."

인상착의로 봐서 그는 히틀러가 분명했다. 당시 이탈리아는 독일군과 동맹을 맺었던 무솔리니의 이탈리아군이 연합군과 치열한 공방전을 펼치던 격전지였다. 그런데 히틀러는 몇 명의 경비병만을 대동한 채 격전지 한복판으로 들어갔던 것이다. 그만큼 그에게 롱기누스의 창은 절실한 물건이었으리라. 로마 유물들이 늘어선 곳을 지나던 필립이 어느 금속 상자 앞에 멈춰 섰다. 상자는 1미터가량 됐고 자체 자물쇠로 채워져 있었다.

"이게 그 창이로군요."

"그래요. 이곳에서 가장 소중한 유물 중 하나죠."

필립이 여덟 개의 번호를 맞추자 자물쇠가 열렸다.

"딱 한 가지. 약속하신 대로 보기만 하셔야 합니다."

필립은 뚜껑을 열기 전에 재차 확인했다.

"물론입니다. 세계를 지배할 생각은 눈곱만큼도 없습니다."

하워드가 미소를 지으며 말했다. 그제야 필립은 조심스럽게 상자 뚜껑을 열었다. 드디어 롱기누스의 창이 모습을 드러냈다.

기존의 로마 창과는 다른 형태였다. 로마 후기에 사용된 마름모꼴 창날 양옆에는 단검의 날로 보이는 두 개의 날개가 붙어 있었고 날 중앙에는 예수의 손에 박혀 있던 것이라고 알려진 못이 있었다. 양날 각각 하나씩에 중앙의 못을 은제 철사가 연결하고 있었고 금박이 창 중간 부분을 감쌌다. 사진에서 본 것과 똑같은 형태였다. 그런데 상자 안에는 사진에서 볼 수 없었던 부분이 있었다. 바로 창신이었다. 반쯤 부러진 창신이 창날 아래에 분리되어 놓여 있었다.

"이 중에서 진품은 어느 것입니까?"

하워드가 물었다.

"한번 맞혀보십시오."

하워드는 먼저 창날을 살펴보았다. 산화되어 검게 그을

린 창날은 로마 후기의 하스타 창이 분명했다. 다음으로 창신을 살폈다. 부러진 창신은 아무런 문양도 없이 직경 2.5센티미터가량의 둥근 나무로 이루어져 있었는데 창날과 연결된 부분에 붉은 무명 줄이 감겨 있었다. 창신 역시 시간의 흔적을 고스란히 안은 채 검게 퇴색되어 있었다.

"이것이로군요."

하워드가 창날의 윗부분을 가리키며 말했다. 그러자 필립의 입가에 미소가 떴다.

"이것이 진품입니다."

필립이 가리키는 건 창신이었다.

"잠깐 시간을 주십시오."

"얼마든지요."

하워드는 유심히 창신을 살폈다. 그것은 그야말로 아무런 문양도 없는 평범한 나무막대에 불과했다. 그런데 사뮈엘은 왜 이것을 남기기 위해 히틀러의 눈을 속여가며 애를 썼던 것일까. 하워드는 조명이 밝은 곳으로 향했다. 밝은 빛 아래서 보니 그것은 더욱 낡고 초라했다.

'대체 뭘 전하고 싶은 거지?'

아무리 살펴보아도 특별한 점은 찾을 수 없었다. 그런데 그때였다. 창신 끝에 묶여 있던 붉은 무명 줄 아래로 어렴풋이 뭔가가 보이는 것이었다. 하지만 그것이 뭔지 확인하기 위해서는 무명 줄을 풀어야만 했다.

"필립 씨. 그래선 안 되는 줄 알지만 이 줄을 풀어야겠습니다."

"그건 좀 곤란한데요."

필립이 난처한 듯 말했다. 하워드는 필립에게 무명 줄 아래에 보이는 뭔가를 가리켰다.

"이 창을 수백 번도 더 봤지만 이건 저도 처음 보네요."

뭔가를 알아보고는 필립이 말했다. 그는 잠시 망설이다가 결심한 듯 말했다.

"제가 풀겠습니다."

필립은 심호흡하고는 줄이 손상되지 않도록 조심스럽게 풀기 시작했다. 오랜 시간 묶였던 터라 조금 헐거운 듯했다. 이윽고 줄의 매듭을 다 풀자 그 아래 감춰져 있던 것이 모습을 드러냈다.

"대체 이게 뭐죠? 왜 이런 걸 여기에 새겨놓았을까요?"

필립이 놀란 얼굴로 물었다.

"뭔진 모르지만 이게 내가 찾던 겁니다."

하워드가 비밀의 실체를 응시하며 말했다.

그것은 로마 알파벳 열 자와 다른 문명의 문자 두 자였다.

B E N O C G 人 S S B L

마지막 사도
THE LAST APOSTLE

12사도

–

"고객님, 정말 죄송하게 됐습니다. 이런 일이 거의 없는데……."

수하물 보관소의 직원은 어쩔 줄 몰라했다.

"그래서 지금 어디에 있다는 말입니까?"

"지금 앵커리지에서 고객님 가방을 이곳 뉴욕행 비행기에 싣고 있습니다."

하워드는 어이가 없었다.

"앵커리지? 지금 내 가방이 알래스카주에 있단 말인가요?"

"저희 항공사를 대표해서 사과드리겠습니다. 최대한 빨리 도착하도록 조치를 취했으니 조금만 기다려주십시오."

"그래서 얼마나 걸립니까?"

직원은 곧바로 대답하지 못했다.

"아마 일곱 시간 정도 걸릴 것 같습니다. 조금 더 길어질지도 모르고요. 대신 필요하시다면 저녁 식사비와 오늘의 숙박비를 저희 항공사에서 지불하겠습니다. 만약 사정이 여의치 않으시면 원하시는 곳까지 택배로 가방을 보내드리겠습니다. 정말 죄송하게 됐습니다."

일곱 시간이라고는 했지만 적어도 열 시간은 족히 걸릴

거라는 걸 하워드는 잘 알고 있었다. 비행기 도착 시간은 언제나 지연되고 기상 상태가 항공사 편의를 봐주는 경우는 극히 드물었다. 어쩔 수 없는 일이었다. 하워드는 알래스카 빙하 위를 날고 있을 자신의 낡은 가방을 떠올리며 수하물 보관소를 빠져나왔다. 하워드는 기구했던 엿새간의 유럽 여행을 접고 뉴욕 JFK공항에 도착해 있었다. 오랜만이라 그런지 뉴욕은 친근하게 느껴졌다. 공항 입구에 늘어선 채 손님을 기다리는 무뚝뚝한 택시 기사도, 번잡한 로비를 메우는 허영으로 치장한 뉴요커의 거만함도 변함없었다.

"언제 봐도 정나미 떨어지는 곳이군."

하워드는 무관심한 뉴요커 사이에서 잠시 JFK공항의 번잡함을 음미하다가 식당가로 발길을 돌렸다. 이곳에서 한 가지 그리운 것이 있다면 타코뿐이었다. 그는 멕시코 음식점으로 들어가 타코와 콜라를 주문했다. 주문한 음식을 기다리며 하워드는 시간을 확인했다. 적어도 일곱 시간 동안 공항에서 시간을 보내야 했지만, 다행히 하워드에게는 그 시간을 지루하지 않게 보낼 방법이 있었다. 바로 사뮈엘이 롱기누스의 창에 남긴 로마 알파벳 열 자와 다른 문명의 문자 두 자를 해독하는 일이었다. 다른 문명의 문자 중 하나는 중국의 상형문자로 사람을 뜻하는 '人' 자였다. 그리고 나머지 하나는 그로서도 처음 보는 낯선 문자였는데, 포악한 동물의 머리를 연상시키는 그것은 문자라기보다는 그림에 가까웠다. 만약 이것 역시 상형문자의 일종이라면 아마도 고대 마야의 문자일 것이라고 하워드는 추측했다.

아직 대학에 적을 두고 있던 시절, 그는 마야인이 남긴 고대 달력에 관한 이야기를 들은 적이 있었다. 고대 문자 해독의 권위자로 명성이 자자했지만 실은 마야 문명 마니아에 가까웠던 지인의 이야기에 따르면, 남미의 고대 문명 중 유일하게 완벽한 문자를 가졌던 마야인은 그들의 문자를 기반으로 인류 역사 전체를 관통하는 이십오만 년짜리 달력을 만들었다. 그들은 그것을 '촐킨'(Tzolkin)이라고 불렀으며 촐킨은 마야어로 '날짜 세기'라는 뜻이다. 마야에는 팔백여 개의 문자가 존재했고 아직도 완전히 해독되지 않은 채 수수께끼로 남아 있다. 하지만 하워드를 괴롭히는 것은 문자 해독이 아니라 바로 문자 자체였다. 만약 이것이 마야 문자로 판명난다면, 그리고 사뮈엘이 이것을 새겨놓은 시점이 하워드가 생각한 창의 제작 시기와 맞아 떨어진다면, 그는 이천 년 전에 이미 마야 문명을 알고 있었다는 얘기가 된다.

하지만 마야 문명이 서양 세계에 처음으로 발견된 건 16세기 스페인인에 의해서다. 그런데 어떻게 이천 년 전 로마에서 만들어진 창에 마야 문자가 새겨져 있단 말인가. 물론 사뮈엘이 16세기 이후에 새겨놓았을 가능성도 있었다. 하지만 그것 역시 또 다른 문제를 야기했다. 마야 문자가 해독되기 시작한 것은 20세기 초였고 지금도 해독되는 중이다. 이 경우에도 사뮈엘은 적어도 오백 년 전, 성혈이 묻은 성물에 지구 반대편 대륙의 문자를 새겨놓은 것이 된다. 결국 이 모든 것은 가장 근본적인 문제와 맞닿아 있었다. 사뮈엘의 정체.

언더우드는 그를 예수라고 믿고 있었다. 린지가 소속된 예수회 역시 그를 예수, 혹은 재림 예수라고 추정하는 듯했다. 하지만 그를 예수라고 단정지을 수 있는 단서는 아무것도 없었다. 분명 그는 일반적인 인간은 아니다. 지금까지의 단서에 의하면 그는 적어도 삼백 년 이상, 어쩌면 기원전부터 살아온 정체불명의 존재였다. 그는 신화나 설화 속 마법사처럼 신비로운 능력을 지녔고 타임머신을 타고 온 미래인처럼 인류가 발견하게 될 새로운 문명을 예견하고 그것을 위인들을 통해 세상에 알리고 있었다. 사뮈엘은 신기루 같은 존재였다. 시간과 역사뿐만 아니라 문명과 문명 사이를 종횡무진 휘젓고 다니며 하워드를 우롱했다. 하워드는 멋모르고 발을 들여놓은 곳이 끝없는 늪이라는 걸 뼈저리게 느꼈다.

"차라리 외계인이라면 속이 후련할 텐데."

어쨌건 마지막 문자를 해독해야만 했다. 하워드가 뉴욕행 비행기를 탄 것도 마지막 문자에 대해 자문을 구하기 위해서였다. 하워드는 최초로 함무라비 법전에 새겨진 문자를 발견한 탐험가처럼 경이로움에 가득한 눈으로 문자를 응시했다.

BENOCG人[illegible]SSBL

하워드는 대서양을 횡단하는 내내 열두 문자로 만들 수 있는 단어를 최대한 조합해보았으나 모두 허사였다. 모음이 두 자밖에 없어 현대의 상식으로는 단어 자체가 성립될 수 없을 것처럼 보였다. 애너그램이 아니라면 암호 외에는 답이 없었다. 그렇다면 기원전 로마에서 사용된 암호일 가능성이 컸다. 로마 시대에 사용된 암호체계는 카이사르 암호였다.

카이사르 암호는 가장 간단한 형태의 암호로 알파벳 순서를 뒤로 세 칸씩 밀어 A를 D로, B를 E로 치환하는 방식이다. 이것은 로마의 황제였던 율리우스 카이사르에게 암살 위험을 알린 암호문을 작성할 때 사용한 것으로 유명하다. 하지만 다른 문자가 섞여 있는 이상, 카이사르 암호는 아무런 도움이 되지 않는다. 그다음으로 하워드는 비즈네르 암호를 떠올렸다. 비즈네르 암호는 약속된 암호표에 의해 암호문을 해독하는 방식이다. 그러므로 이것을 해독하기 위해선 사뮈엘의 암호표가 필요했다. 어렵게 얻은 단서는 무한 순열의 미궁 속으로 하워드를 끌어들이고 있었다.

"일단 하나씩 해결하자."

하워드는 수첩을 덮고 살사소스가 듬뿍 발린 타코를 한 입 베어 물었다.

식사를 마친 하워드는 세관에 맡겼던 베레타를 찾고 잠시 쇼핑을 하기로 했다. 지난 엿새간의 공백을 메우기 위해 『USA 투데이』지와 『뉴욕 타임스』지를 꼼꼼히 읽었고 이번 달 집세를 보냈다. 그렇게 모든 일을 끝냈지만 겨우 한 시간이 지났을 뿐이다. 하워드는 고민 끝에 고장난 시계를 고치기로 했다. 시계 수리점은 면세점 안에 있었다. 하워드는 고장난 시계를 들고 면세점으로 향했다. 그런데 대기실을 지나던 하워드는 잠시 발을 멈출 수밖에 없었다. 대기실에 설치된 TV 앞이 인산인해를 이루고 있었기 때문이다. 레이커스와 셀틱스의 NBA 빅매치가 벌어지고 있거나 발칸반도에서 다시 전쟁이라도 터진 모양이었다. 하워드도 호기심에 TV로 향했다. 그런데 예상을 뒤엎고 TV에서 흘러나오고 있던 건 오늘자로 발표된 과학계의 중요한 발견에 관한 소식이었다.

"드디어 인류에게 진정한 유전자 시대가 열렸습니다. 이곳 실리콘밸리 하얏트호텔 기자회견장은 흥분으로 가득합니다. 곧 등장할 네 명의 과학자는 육 년간의 피나는 노력으로 인간 유전자 연구의 새 시대를 열었습니다. 인간게놈프로젝트 중 남겨진 0.1퍼센트가 최종 완성됨으로써 이제 불치병 완치뿐만 아니라 생명 연장까지 가능하게 됐습니다. 이것은 의학 역사상 가장 위대한 발명이었던 페니실린에 견줄 중대한 성취로, 일각에선 벌써부터 노벨상 수상이 거론되고 있습니다."

기자가 긴박한 목소리로 내용을 전하고 있었다. 기자회견장은 전 세계에서 몰려든 수많은 기자와 과학계 인사로 장사진을 이루고 있었다.

"인간게놈이라……."

인류는 하워드가 잠시 자리를 비운 사이 또 다른 진보를 이루어내고 있었다. 다른 채널에선 시사프로그램이 진행 중이었는데 각계의 전문가들이 인간 유전자 완전 해독에 관한 자신들의 의견을 피력하고 있었다. 하워드는 주위를 둘러싼 TV를 살펴보았다. 다른 채널에서도 온통 게놈 뉴스로 뜨거웠다. 인간게놈지도는 이미 2003년, 완성 단계에 임박했음을 시사했었다. 하지만 당시 발표된 것은 게놈의 구조를 파악한 초안에 불과했다. 그리고 2006년에 1번 염색체를 끝으로 인간게놈의 해독이 99.9퍼센트 완료되었지만 인간이 진정으로 유전자를 정복하기 위해서는 그 각각의 용도를 알아내야 했고, 이를 위해서는 어마어마한 자금과 최소 십 년 이상의 연구가 필요한 것으로 예상되었다. 그런데 지금 스크린에 나타난 연구팀은 그것을 몇 년이나 앞당겨서 이룩했다. 한마디로 이들은 이론상 완전한 인간을 탄생시킬 수 있는 청사진을 만들어낸 것이다. 이것은 분명 인류 과학 역사의 획을 그을 기념비적인 일이었다. 하워드는 시계를 수리할 생각을 접고 뉴스를 지켜보고 있었다.

"발표는 연구의 주된 역할을 담당했던 네 명의 박사가 맡습니다. 드디어 역사적인 성과를 이룬 연구팀이 등장합니다. 왼쪽에서부터 스탠퍼드대학의 테랜스 오거스트 박사, 베로니카 캣라이트 박사, 제니시스연구소의 이안 브래트 박사, 그리고 마지막으로 이번 연구에서 가장 중추적인 역할을 맡았던 신기원 박사가 입장합니다."

단상에는 천재로 인해 갇혀 있다가 구출된 것처럼 보이는, 덥수룩한 수염에 더벅머리를 한 네 명의 과학자가 만면에 미소를 지으며 나타났다.

사방에서 카메라 플래시와 박수갈채가 터져 나왔다. 연구진은 간단한 인사말 후 슬라이드 도표를 첨부해가며 연구 성과를 발표하기 시작했다. 그들 중 하워드의 시선을 끈 사람은 마지막으로 등장한 동양계 과학자였다. 그는 30대 중반으로 발표를 주도하고 있었는데 화면 아래에 그의 경력과 이름이 자막으로 표시되고 있었다. 그는 한국계 이민 2세로 작은 체구에 안경을 낀 전형적인 학구파 타입이었다. 그런데 그가 본격적으로 연구 내용을 설명하려는 순간에 발표가 중단됐다. 기자석에 있던 한 남자가 단상 위로 뛰어올랐기 때문이었다. 히피처럼 머리를 기르고 두꺼운 뿔테 안경을 낀 20대 청년은 가슴 속에 숨겨온 플래카드를 꺼내 들고 카메라를 향해 소리치기 시작했다.

"이들은 적그리스도의 조종을 받는 마귀들이에요. 이들이 종말을 앞당기고 있습니다. 이들의 연구는 적그리스도가 사주한 거란 말이오! 당장 연구를 멈춰야 해요!"

청년은 '적그리스도를 경계하라!'라는 문구가 적힌 플래카드를 휘두르며 미친 듯이 고함을 지르고 있었다. 당황한 연구진들이 위협을 느껴 몸을 피하는 사이에 경비원들이 남자에게 달려들었다. 청년은 끌려 나가면서도 연신 소리쳤다.

"난 적그리스도가 누군지 알고 있어. 이 두 눈으로 직접 봤단 말이야. 이자들은 적그리스도의 사주를 받은 악마들이라니까!"

청년은 결국 경비원들에 의해 기자회견장에서 끌려 나갔다. 그는 끌려가면서도 자신의 주장을 소리쳤다. 이윽고 청년이 모습을 감추자 술렁이던 장내는 진행자에 의해 진정됐다. 그리고 다시 연구 발표가 이어졌다. 하지만 남자의 등장은 하워드의 마음에 묘한 여운을 남기고 있었다.

"적그리스도……."

데미안이 죽기 직전에 언급했던 말이기도 했다. 그 역시 단상의 남자처럼 처절하게 하워드를 향해 소리쳤었다.

하워드는 착잡한 심정으로 TV 앞을 떠나려 했다. 그런데 그때 과학자들의 약력을 보여주는 영상자료에서 낯익은 문자가 스쳐지나갔다. 신기원 박사가 본국에서 가진 인터뷰 영상의 일부였는데, 그 영상 안에 박사의 이름을 한국의 고유 문자인 한글로 표시한 것이 있었다.

신기원

하워드가 주목한 것은 한글 이름 중 성을 표시하는 '신' 자였다. 롱기누스의 창에 적혀 있던 문자 중 하나인 '**人**' 자가 '신'의 초성에 포함되어 있었다. 한글의 자음 중 하나로 영어의 'S'와 같은 음을 지닌 문자였다. 하워드는 지금까지 그 문자가 중국의 한자라고 생각하고 있었다. 하지만 지금 그의 눈앞에 나타난 새로운 문자는 또 다른 가능성을 제시함과 동시에 꼬여 있던 실타래를 푸는 결정적 실마리를 제공하고 있었다.

"인간게놈의 해독…… 인류 과학의 획기적인 진보……."

하워드는 그제야 자신이 선입관에 싸여 다른 가능성을 놓치고 있었다는 사실을 깨달았다. 그는 지금까지 과거의 위인들에게서 사뮈엘의 흔적을 찾고 있었다. 하지만 사뮈엘은 이 순간에도 살아 있고 역사는 지금도 흘러가고 있었다. 그리고 지금 그의 눈앞에는 역사의 새로운 장이 펼쳐지고 있었다.

"만약 일곱 번째 문자가 신기원의 'ㅅ'을 가리킨다면…… 그리고 그가 인류 역사에 새롭게 공헌할 과학자라면……."

하워드는 수첩에 적혀 있던 열두 자의 문자를 펼쳤다.

B E N O C G 人 [illegible] S S B L

"사뮈엘 베케트, 알베르트 아인슈타인, 아이작 뉴턴, 로버트 오펜하이머, 크리스토퍼 콜럼버스, 헬가 그라비츠, 그리고 신기원…… 빌어먹을!"

암호가 아니었다. 사뮈엘이 선택했던, 인류의 문명을 진보시키는 데 결정적인 역할을 한 위인들의 성을 딴 이니셜이었다.

"사뮈엘은 새로운 열두 명의 사도를 만들고 있어!"

하워드가 화면 속의 신기원을 바라보며 소리쳤다. 사뮈엘은 성경 속 예수처럼 열두 명의 제자를 골라 그들을 통해 인류 문명을 발전시키고 있었다. 만약 추측이 맞다면 신기원은 사뮈엘을 만난 게 틀림없었다. 그리고 그는 최근에 사뮈엘과 접촉한 인물일 것이다.

"사뮈엘은 가까이 있어."

하워드는 가방도 잊은 채 미친 듯이 공항 예매 창구로 달려갔다. 다음 행선지는 새로운 사도가 기자회견을 하고 있는 실리콘밸리였다.

신기원의 연구소가 있는 제니시스 인더스트리는 실리콘밸리 외곽 지역 마운틴뷰 파크애비뉴에 자리잡고 있었다. 그곳은 구글과 야후를 비롯한 유수의 인터넷 기업과 셀룰러 등 유전자 스타트업이 집중적으로 모여 있는 곳이다. 제니시스 입구에 도착한 하워드는 택시에서 내려야만 했다. 구름떼처럼 모여든 시위대가 저항의 바다를 이루고 있었기 때문이었다. 그들은 저마다 유전자 복제에 반대하는 플래카드를 든 채 소리 높여 구호를 외치고 있었다. 환경

단체, 종교단체, 여성단체, 동성애자 모임, 낙태지지자, 백인 지상주의자에다 심지어 벌목꾼연합까지 실로 각양각색의 사람들로 이루어져 있었다. 그들은 인간의 생명은 신의 영역이므로 함부로 조작해서는 안 된다며 한목소리를 내고 있었다. 반대편에는 에이즈 환자 모임을 비롯한 불치병 환자 모임과 유가족 단체들이 유전자 정책을 찬성하는 집회를 벌이고 있었다. 하워드는 양편으로 갈라진 채 서로를 향해 극렬하게 고함을 지르는 두 진영을 보며 담배를 물었다. 그의 머릿속에서 반세기 전에 세계를 바꾼 과학자 아인슈타인의 얼굴이 떠올랐다. 전쟁의 양상을 근본적으로 바꾼 원자폭탄을 만드는 데 중대한 영향을 끼친 인물이었다. 그는 상대성 이론을 발견함으로써 핵분열 이론의 기초를 제공했다. 하지만 핵분열은 양날의 칼이었다. 한 면은 인류를 멸망시킬 괴물의 모습이었고 다른 한 면은 인류의 미래를 밝혀줄 에너지의 모습이었다. 과연 아인슈타인이 상대성 이론을 발견했을 때 이 이론이 야누스의 얼굴을 지닌 괴물로 성장할 줄 알고 있었을까? 물론 알고 있었을 것이다. 하지만 그는 자신이 발견한 엄청난 이론을 조용히 묻어둘 수 없었을 테고 덕분에 그는 세계 최고의 물리학자 반열에 오르게 되었지만 그것 때문에 평생을 후회하며 살아야만 했다. 아인슈타인은 첫 번째 원자폭탄이 히로시마에 투하되던 날을 일생에서 가장 후회한 날이라고 고백했다.

이후 그는 반핵운동에 참여하며 여생을 보냈다. 그런데 그 아인슈타인의 그림자 속에는 사뮈엘이 있었다. 과연 사뮈엘은 그 모습을 보며 무슨 생각을 했을까. 그는 왜 아인슈타인에게 양날의 칼을 쥐어준 것일까. 지금 눈앞에 펼쳐진 새로운 진보 역시 마찬가지였다. 이들은 아인슈타인과 같은 전철을 밟지 않을 수 있을까? 인간게놈 해독이란 역사적인 발견이 인류를 파멸의 구렁텅이로 몰고 가진 않을까? 그리고 만약 이들 뒤에도 사뮈엘이 웅크리고 있다면 그는 스포트라이트를 받은 채 의기양양한 이들을 지켜보며 무슨 생각을 하고 있을까? 하워드는 사뮈엘이 인간을 시험하고 있다는 느낌을 지울 수 없었다. 마치 지식이 담긴 선악과를 건네주고 아담과 이브가 어떻게 사용할지 지켜보고 있는 듯했다. 만약 그렇다면 인류는 지금까지 그의 시험을 통과했을까? 언제까지 인류를 시험하려는 것일까? 최후의 순간, 인류가 시험을 통과하지 못할 경우에는 어떤 일이 벌어질 것인가. 상상도 할 수 없었다. 하워드는 시위대를 헤쳐 나가며 가장 싫어하는 성경 부분인 요한계시록을 떠올렸다.

"여긴 정말 멸망에 상당히 근접한 분위기군."

시위대는 점점 더 격렬하게 구호를 외치고 있었다. 그와 함께 입구를 봉쇄하던 경찰들도 진압 강도를 높여갔다. 연구소 정문은 일촉즉발의 위기 상황이었다. 간신히 입구에 도착한 하워드는 인터폰을 눌렀다.

"무슨 일로 오셨습니까?"

입구에 설치된 CCTV가 하워드를 향해 움직였다.

"신기원 박사와 만나기로 되어 있습니다."

하워드가 카메라에 신분증을 들이대며 말했다.

"잠깐 기다리십시오."

경비원은 인터폰에서 사라진 후 어디론가 연락을 취했다. 하워드는 이곳에 오기 전에 미리 언더우드에게 도움을 요청했다. 세계의 주목을 받는 세기의 과학자를 만나기 위해선 특별한 연출이 필요했던 것이다. 하워드는 경비원이 연락하는 동안 시위대를 지켜봤다. 진압봉으로 무장한 경찰들이 지지선을 수호하고 있었고 그 너머에서는 야유 소리, 기도 소리, 고함 등이 한데 엉켜 거대한 분노의 소용돌이를 만들어냈다. 그런데 그 혼돈 속에서 하워드를 뚫어지게 응시하는 시선이 있었다. 기자회견장에서 단상에 난입했던 청년이었다. 어찌된 영문인지 체포되지 않은 그는 구호를 외치다 말고 얼어붙은 듯 하워드를 바라보고 있었다. 그와 눈이 마주치는 순간 하워드는 몸을 부르르 떨었다. 그에게서 강한 살기가 느껴졌기 때문이었다. 그는 당장이라도 달려들어 심장에 대검을 꽂을 기세로 노려보고 있었다.

"약속을 확인했습니다, 하워드 레이크 씨. 들어오십시오."

문이 자동으로 열리고 경비가 나타났다. 하워드가 건물

안으로 들어서자 시위대가 공범을 비난하듯 그를 향해 격렬하게 구호를 외쳐댔다. 그와 함께 청년의 불길한 시선이 하워드를 따라 들어왔다.

경비원이 안내한 곳은 방문객용 대기실이었다. 초현대식으로 지어진 전자동 건물은 실험실이 있는 연구동과 일반 사무실이 모여 있는 본사 건물로 나뉘어 있었다. 연구동은 최첨단 방범시스템이 설치되어 철통같이 외부인의 출입을 통제했다. 대기실에는 다양한 종류의 자판기가 있었다. 음료수는 물론이고 초코바, 과자, 심지어 파스타를 즉석에서 뱉어내는 자판기까지 있었다. 무엇보다도 하워드를 감동하게 한 건 모두 무료라는 사실이었다.

“돈이 넘치는 곳이라서 그런지 너그럽군.”

하워드가 콜라 하나를 꺼내며 중얼댔다.

신기원 박사가 나타난 건 자판기에 있던 음료수를 종류별로 모두 마시고 난 후였다. 그는 청바지 차림에 큼직한 헤드폰을 끼고 있었는데 TV에서와는 여러모로 인상이 달랐다. 단상에서 차분하게 실험 과정을 설명할 때와는 달리 자유분방하고 자신만만했다.

“미안해요. 인터뷰가 밀려 있었거든요.”

하워드 앞에 가지런히 늘어서 있는 음료수 캔을 보며 신기원이 말했다.

“이해합니다. 시간을 내주셔서 감사합니다.”

“요즘은 연구원이 아니라 록 스타가 된 기분이랍니다.”

그가 팔꿈치로 자판기 버튼을 누르며 말했다. 마치 힙합 가수 같은 동작이었다.

"그러시겠죠. 세상이 박사님을 주목하고 있으니까요."

하워드가 말했다.

"그런데 어느 신문사에서 오셨죠? 『타임』지? 아님 『에스콰이어』지?"

『에스콰이어』지라는 말을 하며 신기원은 웃음을 터트렸다. 아직 세상의 이목을 즐기는 젊은이였다. 언더우드가 누구에게 이 자리를 부탁했는지 모르지만 그는 하워드에 대해 아무런 언급도 안 한 모양이었다.

"저는 기자가 아닙니다, 신기원 박사. 저는 볼티모어에서 온 탐정입니다. 하워드 레이크라고 합니다."

하워드가 명함을 건넸다. 전혀 예상 못 했는지 그는 어리둥절한 얼굴로 명함을 바라보고 있었다.

"탐정이요? 전 누굴 죽인 기억이 없는데요."

그는 탐정이란 말에도 장난기를 숨기지 않았다. 하워드는 그런 신기원이 마음에 들지 않았다. 생명을 연구하는 학자가 죽음이라는 단어를 쉽게 내뱉다니. 신기원은 다리를 꼰 채 네로라도 된 양 창밖의 불타는 로마를 바라보고 있었다.

"무척 시끄럽죠? 저 사람들, 잠도 안 자고 저러고 있답니다. 지금은 저 난리를 치지만 나중에 파킨슨병이라도 걸리면 앞다투어 저를 찾아올걸요? 어쩌면 자기 자식은 우성 유전자만을 갖게 해달라고 매달릴지도 모르죠. 언제 저랬냐는 듯이요."

하워드는 불안했다. 이 야심만만한 과학자는 인간 생명을 연구하기에는 삶에 대한 고찰이 부족해 보였다. 그리고 지능과 명성에 비해 겸손이 부족했다. 어쩌면 철학적인 고민을 요구하기에는 너무 젊은 나이일까? 하지만 문제는 그가 이미 인간 생명의 근원에 너무 가까이 접근했다는 사실이었다.

"저들은 당신이 발견한 걸 악이용하고 잘못 사용할까봐 염려하고 있을 겁니다."

"예를 들어 헐크 같은 능력을 지닌 유전자 변형 군인 말인가요?"

"그래요. 그런 거 말이오."

그러자 신기원이 자세를 고쳐 앉으며 말했다.

"저들 걱정대로 그런 군인이 나올 수도 있겠죠. 아니, 분명 그런 걸 만들려고 할 거예요. 그래서 내가 연구를 그만둔다고 칩시다. 그럼 유전자 군인이 사라질까요? 난 그렇다고 생각하지 않아요. 내가 그만두면 누군가 바통을 이어받아 연구를 진행할 겁니다. 인간은 절대 진보를 막을 수 없어요. 그건 관성과 같은 거지요."

그의 목소리가 시니컬하게 변해 있었다.

"어떤 이는 추락이라고도 말하죠."

하워드가 받아쳤다. 신기원이 못마땅한 듯 하워드를 바

라봤다.

“저랑 철학을 논하려고 오신 건 아닐 텐데요.”

“맞습니다. 제가 찾아온 이유는 한 가지 여쭤보고 싶은 게 있어서입니다.”

“뭐죠?”

“사뮈엘 베케트라는 사람을 아십니까?”

하워드가 단도직입적으로 물었다. 그러자 신기원의 얼굴에서 장난기가 사라졌다.

“사뮈엘을 알고 있군요. 그렇죠?”

“잘 알죠. 그분 연극을 본 적 있습니다. 그 후로 두 번 다시 연극을 안 보죠. 내 생애에 가장 지루한 공연이었으니까요.”

보통내기가 아니었다. 그는 연륜 있는 정치가처럼 능숙하게 받아넘기고 있었다.

“제가 말하는 사뮈엘은 극작가가 아닙니다. 때로는 신대륙을 발견하는 데 일조한 지도 작성자이기도 했고 때로는 우주의 이론을 밝힌 물리학자이기도 했습니다. 그리고 이번엔 유전공학자였죠.”

하워드가 날카롭게 치고 들어갔다. 이번에는 신기원도 불편한 기색을 숨기지 않았다.

“누군지는 모르지만 대단한 사람이네요. 나중에 저도 소개시켜주시죠. 한번 만나고 싶군요. 이런, 벌써 시간이 이렇게… 다음 인터뷰가 있어서 이만 가봐야 할 것 같네요.

만나서 반가웠습니다."

그는 냉정하게 말을 자르며 일어났다. 젊은 나이였지만 그는 이미 세상을 너무 잘 알고 있었다. 하지만 그가 아는 세상은 철학이 제거된 지극히 현실적인 곳이었다.

"그가 어떤 사람인지 알면 놀라 자빠질걸!"

하워드가 신기원의 뒤통수에 대고 소리쳤다.

"당신 연구에 사뮈엘이 중요한 정보를 제공했다는 걸 알아! 하지만 난 그딴 건 관심 없어. 내가 알고 싶은 건 그를 언제 만났냐는 거야!"

신기원은 뒤도 안 돌아보고 대기실을 빠져나가려 했다.

"그를 만났지? 지금 어디 있어?"

하워드가 달려가 신기원의 앞을 가로막으며 물었다. 그러자 신기원이 소리쳤다.

"경비원! 경비원!"

"당신은 그가 어떤 사람인지 전혀 모르고 있어. 그 사람 때문에 지금까지 네 명이 죽었다고. 이전에 몇 명이 죽었는지, 앞으로 또 얼마나 죽게 될지 아무도 몰라. 그게 당신일 수도 있어. 무슨 말인지 알아?"

그때 경비가 하워드에게 달려들었다.

"그걸 막으려면 그 사람을 찾아야 해. 그의 정체를 밝혀야 한다고!"

하워드가 경비원에게 끌려 나가며 소리쳤다. 하지만 신기원을 움직이려면 보다 현실적인 위협이 필요했다. 신기원은 끌려 나가는 하워드를 쓰레기통에 버려지는 재활용 캔을 보듯 바라보고 있었다.

하워드는 시내에 있는 한 바에 앉아 있었다. 그는 이른 술잔을 기울이며 주기적으로 자신의 핸드폰을 힐끗거렸다. 그는 신기원의 전화를 기다리고 있었다. 연구소에서 쫓겨나자마자 하워드는 언더우드에게 전화를 걸어 신기원을 움직일 적당한 미끼를 생각해달라고 부탁했다. 언더우드는 그런 일은 식은 죽 먹기라며 한 시간만 기다려 달라고 하고는 전화를 끊었다. 무시무시한 인맥을 이용해 신기원을 미로 속 햄스터로 만들 생각인 모양이었다. 그사이 하워드는 미시시피산 버번을 마시며 시간을 보냈다.

"어쩌자고 그런 자식을 고른 거지."

하워드는 이해할 수가 없었다. 그는 열두 사도를 선택하는 사뮈엘의 기준을 납득하기 어려웠다. 세상에는 신기원 외에도 수많은 유전공학자가 있다. 그런데 사뮈엘이 고른 사도는 지극히 현실적이고 사업적인 인간이었다. 그는 이번 발견으로 자신이 얻게 될 이익을 위해선 뭐든 희생시킬 수 있는 위인이었다. 어찌 보면 가장 평범한 21세기 젊은이일지도 몰랐다. 요즘 젊은이들은 하워드가 젊은이였던 70-80년대와는 많은 부분에서 달랐다. 그들은 닌텐도와 구글, 그리고 아이팟 세대다. 인터넷을 통해 만난 이성과 잠자리를 가지고 문자 메시지를 통해 크리스마스 축하문을 보내며 프롬 파티에 입을 돌체앤가바나를 사기 위해 자신의 누드 동영상을 홈페이지에 올리는 세대다. 새해 카드를 고르느라 백화점을 서성이고 데이트 신청을 위해 그녀의 집 앞에서 몇 시간을 기다리던 하워드 세대와는 여러모로 달랐다. 생각할수록 미궁 속으로 빠지는 것 같았다. 사도를 선택하는 기준을 짐작조차 할 수 없었다. 일반적인 사람을 고르는 건지, 과학적으로 뛰어난 사람들만을 고르는 것인지, 그 외의 것도 보는 것인지. 어쨌거나 확실한 건 한 가지, 이번 사도에겐 실망을 금치 못했다는 것이었다. 그는 게임을 하듯 유전자를 다루고 있었고 생명의 신비가 담긴 염색체 서열을 서슴없이 월스트리트 가판대에 펼쳐놓고 있었다.

"여기 한 잔 더."

바텐더가 아직 대낮처럼 밝은 창밖을 슬쩍 보고는 잔을 채웠다.

"오늘이 며칠입니까?"

하워드는 문득 잊고 있던 중요한 날을 떠올렸다.

"12월 13일입니다."

바텐더가 잔을 닦으며 대답했다. 하워드는 급히 수첩의 달력을 확인했다. 12월 14일에 커다랗게 동그라미가 그려져 있었다. 그날은 하워드가 칠 년을 기다린 중요한 재판일이었다. 펜실베이니아주 해리스버그 연방대법원에서 제이미의 살해범 존 콕스의 마지막 공판이 열린다. 서둘러 신기원과 담판을 져야 할 이유가 하나 더 생겼다.

"제이미를 위하여."

하워드는 허공을 향해 잔을 치켜들며 비장하게 읊조렸다. 그때 핸드폰이 울렸다. 신기원이었다. 하워드는 새로 따른 잔을 모두 비운 후 천천히 핸드폰을 열었다.

"대체 나한테 원하는 게 뭐요?"

신기원은 하워드를 엉덩이에 난 종기처럼 대하고 있었다. 아마도 언더우드의 장난이 좀 심했던 모양이었다.

"진실을 원하지. 언제나……."

취기가 오른 하워드가 느리게 대답했다.

"진부한 대답이군. 마운틴뷰 올드스트리트 12번가에 커다란 주차장이 있소. 거기서 아홉 시에 만납시다. 혼자 나오시오."

그는 하워드가 대답할 틈도 없이 전화를 끊었다.

"진실이 진부하다……. 그럼 뭐가 진부하지 않지?"

하워드는 허탈하게 핸드폰을 내려놓았다. 하워드는 신기원과 자신이 추구하는 세상이 다르다는 걸 인정할 수밖에 없었다. 그에게 진실은 현실을 풍요롭게 만들 그 무엇이었다. 보이지 않고 만질 수 없는 것은 그에게 아무런 가치도 없었다.

"그럼 너는 진실이 뭐라고 생각하냐?"

하워드가 넋두리하듯 자신에게 물었다. 그러나 그 역시 대답할 수 없었다. 그는 버번이 간절했지만 더 마실 수 없었다. 신기원 앞에서 휘청댈 수는 없기 때문이었다.

주차장은 텅 비어 있었다. 인근 쇼핑몰을 위해 지어진 주차장은 을씨년스러웠다. 그런 적막한 공터에서 하워드는 이십 분째 신기원을 기다리고 있었다. 하워드는 그가 나타나지 않을 수도 있다고 생각했다. 겉으로는 냉정하게 대처하고 있었지만 사실은 두려워하고 있겠지. 그는 하워드 때문에 자신의 공든 탑이 무너질까봐 노심초사하고 있었다. 충분히 이해할 수 있는 일이다. 사뮈엘은 역사의 이면에 몸을 숨기고 있었지만 역사를 뒤엎을 만큼 엄청난 파괴력을 지녔다. 이번 인간게놈지도 해독 과정에도 핵심적인 영향을 끼친 게 틀림없었다. 만약 그 사실이 세상에 알려진다면 신기원은 커다란 타격을 받을 게 틀림없었다. 하워드는 앞으로 십 분 더 기다리기로 했다.

"그 까칠한 녀석의 입을 무슨 수로 열게 만든담."

하워드가 담배를 물며 중얼댔다. 진실을 숨기려는 자에게서 진실을 끌어내는 일은 가장 어려운 일이다. 하워드는 그가 나타나지 않을 경우 다음 계획을 준비해야만 했다. 하워드가 담배 한 대를 더 꺼내야 하나 망설이고 있을 때 주차장에 차 한 대가 나타났다. 구식 도요타 캠리였는데 안에 신기원이 있었다. 그는 고민 끝에 정면 돌파를 선택한 모양이었다. 캠리는 하워드의 차 옆에 나란히 멈춰 섰다. 신기원은 시동을 끄고 잠시 앉아 있었다. 어둠에 가려진 그의 얼굴에서 고민이 느껴졌다. 이윽고 그가 차에서 내려 하워드에게 다가왔다. 두 사람은 폭풍우를 잔뜩 머금은 저기압을 사이에 두고 나란히 마주보았다.

"와줘서 고맙소."

인사말을 건넸지만 신기원은 대답하지 않았다. 차가운 바람이 두 사람 사이를 가르며 지나갔다.

"하필이면 이런 중요한 순간에 당신 같은 인간이 나타나다니. 하늘이 원망스럽군."

신기원은 인사말 대신 원망으로 이야기를 시작했다.

"신기원 박사. 당신이 뭘 고민하는지 압니다. 하지만 나는 당신의 명성을 흠집 내기 위해 온 게 아닙니다. 내가 알고 싶은 건 사뮈엘에 관한 것뿐이오. 오늘 일은 절대 외부에 발설하지 않겠다고 약속합니다."

신기원은 여전히 의심스러운 눈으로 바라보고 있었다.

"나를 실험실에만 박혀 사는 꽁생원으로 생각하면 큰 오산입니다. 나는 이 순간을 위해 내 인생의 모든 걸 걸었으니까요. 이걸 지키기 위해선 무슨 일이든 할 거란 말입니다. 아시겠습니까?"

하워드는 고개를 끄덕였다.

"그를 언제 처음 만났습니까?"

신기원은 신중히 고민하다 말했다.

"1년 6개월 전에 만났습니다."

"그가 당신 연구에 중대한 영향을 미쳤나요?"

신기원은 망설이고 있었다.

"여기서 나눴던 대화는 무덤까지 가져가겠습니다."

하워드가 다시 한번 약속했지만 신기원은 여전히 갈등하고 있었다. 하워드는 인내심을 갖고 기다렸다. 이윽고 결심한 듯 그가 말했다.

"가스괴저균을 이용하라고 했습니다."

"그리고?"

"아미노산 클로닝을 버리라고 했어요. 그것이 전부였습니다."

"하지만 그게 당신 연구에 중대한 영향을 미쳤군요."

"전부라고 해도 과언이 아니죠."

신기원이 무겁게 대답했다.

"그를 마지막으로 만난 게 언제지요?"

"어제입니다."

순간 하워드는 정신이 아득해졌다.

"그를 어제 만났단 말입니까? 그가 이곳에 있나요?"

하워드가 다그치듯 물었다.

"그래요. 어젯밤 열 시경 그의 숙소로 찾아갔어요. 그에게 작으나마 성의를 표시하고 싶었죠. 그는 방에서 짐을 싸고 있었는데 아마도 떠나려는 것 같았습니다. 내게 축하한다고 하더군요. 나는 고맙다며 그에게 어느 정도의 돈을 주려고 했지만 그는 사양했습니다."

사뮈엘은 스칠 듯 가까이 있었지만 서두르지 않으면 또

다시 사라질지도 모르는 일이었다.

"그가 머무는 곳이 어디입니까?"

흥분한 하워드가 소리쳤다.

"산타나로에 있는 선샤인 호텔 205호입니다."

하워드는 재빨리 차에 올라 시동을 걸었다. 그리고 사뮈엘이 있는 호텔을 향해 액셀러레이터를 깊숙이 밟았다.

"약속은 지키는 거요. 절대 외부에 발설해선 안 돼요!"

달려가는 하워드의 차를 향해 신기원이 소리쳤다. 하지만 하워드의 귀에는 들리지 않았다. 이천 년 전 로마를 지나 15세기 바하마연방을 거쳐 히틀러의 벙커까지 찾아 헤맸던 사뮈엘이 바로 손만 뻗으면 닿을 듯 가까이 있었다.

나트륨 가로등이 밤하늘을 배경으로 유성처럼 빠르게 흘러갔다. 미친 듯이 달리던 하워드의 머릿속에는 수만 가지 생각이 교차했다. 무수한 질문이 실타래처럼 엉켜 한꺼번에 쏟아지고 있었다. 그의 정체, 위인들을 도운 목적, 실제 나이, 예수와의 관계 등 지금까지 쌓였던 의문들이 화산처럼 폭발하고 있었다. 곧 있을 미지의 인물과의 조우에 설레는지, 뿜어져 나오는 아드레날린에 하워드의 심장이 민감하게 반응하고 있었다.

"진정해, 이 멍청아. 너는 베테랑 탐정이야. 프로라고!"

하워드는 질문들을 정리하며 산타나로가(街)로 들어섰다. 번화한 중심가에는 많은 호텔이 늘어서 있었다. 하워드는 속도를 늦추며 간판을 살폈다. 고급 브랜드 상점들이 밀집되어 있는 중심가를 지나자 조금은 한적한 거리가 펼쳐졌다. 그리고 고장난 네온사인이 깜빡이는 작은 호텔이 나타났다. 선샤인 호텔이었다. 호텔은 작은 주차장을 갖춘 오 층짜리 건물이었다. 하워드는 주저하지 않고 주차장으로 차를 몰았다. 주차장은 그다지 붐비지 않았다. 몇 대의 차가 드문드문 있을 뿐이었다. 하워드는 한쪽 귀퉁이에 차를 세우고 호텔 이 층을 올려다 봤다. 저기 어딘가에 사뮈엘이 있을 생각을 하자 심장이 고동치기 시작했다. 이제 잠시 후면 그렇게 찾아 헤매던 사뮈엘 베케트의 정체를 밝힐 수 있으리라. 차에서 내리며 하워드는 무의식적으로 뒤춤에 있던 베레타를 확인했다. 가져갈까 고민하다가 결국 총을 꺼내 조수석 수납칸에 넣었다. 그와의 첫 만남에 총은 어울리지 않는 것 같았다. 하워드는 호텔로 들어가기 전, 창문에 비친 자신의 외모를 확인했다. 부스스한 머리를 정리하고 올리브색 바바리코트의 깃을 올렸다.

"바보같긴. 지금 면접을 보러 가는 게 아니잖아."

긴장하는 자신을 질책하며 하워드는 문을 열고 들어섰다. 허름한 호텔 카운터에서는 입구에 커다랗게 걸린 금연 안내판이 무색하게 종업원이 담배를 피우며 TV를 보고 있었다.

"어서 오세요."

종업원이 주임 선생에게 들킨 학생처럼 서둘러 담배를 끄며 느끼한 미소를 지었다.

"205호 손님, 아직 있나요?"

종업원이 숙박계를 확인했다.

"여기 계시네요."

다행히 사뮈엘은 아직 이곳에 있었다.

"지금 방에 있나요?"

종업원이 열쇠함을 확인했다. 205호 열쇠는 비어 있었다.

"혹시 경찰이세요?"

종업원이 하워드의 차림새를 훑어보며 물었다. 하워드는 대꾸하지 않고 곧바로 계단으로 향했다. 계단을 오르는 순간에도 첫 번째 질문을 정하지 못하고 있었다. 막상 그를 만날 생각을 하니 무엇부터 물어야 할지 판단이 서질 않았다. 어느새 계단이 끝나고 일렬로 늘어선 방들이 나타났다. 201호, 202호……. 복도를 지나는 하워드의 머릿속에선 여러 질문이 서로 맨 앞자리를 차지하겠다고 다투었다. 드디어 205호 방이 하워드 앞에 나타났다. 하워드는 선뜻 문을 열고 들어서지 못했다. 어떤 질문을 먼저 꺼내야 할지 감이 잡히지 않았다. 하워드는 흥분을 가라앉히며 사뮈엘의 모습을 상상했다. 그리고 명함을 건네며 인사를 청하는 자신을 상상했다. 그러자 자연스레 첫 번째 질문이 떠올랐다. 그가 하려는 질문은 가장 근본적인 것이었다. 하워드는 면접실에 들어서는 신입사원처럼 첫 번째 질문을 되뇌며 노크했다. 똑똑. 하지만 반응이 없었다. 하워드는 재차 문을 두드렸다. 그러나 방에서는 여전히 아무런 응답이 없었다. 문 너머에서 죽음 같은 정적이 흘러나왔다. 왠지 불길했다. 정체 모를 불안감이 엄습하고 있었다. 순간 하워드의 뇌리에 피를 흘리며 죽어가던 데미안의 모습이 떠올랐다. 하워드에게는 죽음이 부적처럼 따라다니고 있었다. 하워드는 더이상 기다리지 못하고 문을 열어젖혔다. 방은 불이 꺼진 채 쥐 죽은 듯이 고요했다. 침대는 가지런히 정리되어 있었고 TV는 꺼져 있었다. 비치된 타월은 세탁을 마친 채 반듯하게 포개져 있었고 쓰레기통마저 비어 있었다. 어디에도 사뮈엘의 흔적은 보이지 않았다.

"빌어먹을."

낭패였다. 그는 소리 없이 호텔을 떠난 모양이었다. 욕실을 살펴보았지만 머리카락 한 올 남아 있지 않았다. 하워드는 침대에 걸터앉으며 머리를 움켜쥐었다. 코앞에서 사뮈엘을 또다시 놓치다니. 이제는 영영 그를 찾을 수 없을 것만 같았다.

그때였다. 베란다에서 인기척이 느껴졌다. 하워드는 황급히 베란다를 살폈다. 누군가 있었다. 그는 불 꺼진 베란다 구석 간이의자에 꼼짝도 하지 않고 앉아 있었다. 하워드는 그의 얼굴을 확인하려 했지만 어둠에 가려 분간할 수 없었다. 하워드는 조심스럽게 베란다로 다가갔다. 그러자 의자 아래로 나와 있던 그의 발이 보였다. 마치 수천 년 역사의 뒤안길을 피부로 느끼며 걸어온 듯 햇볕에 그을리고 깊은 상처가 난 거친 맨발. 하워드의 등줄기를 따라 전율이 흐르며 머리카락이 쭈뼛 섰다. 하워드가 조심스럽게 조명을 켜자 누군가의 얼굴이 드러났다.

"사뮈엘!"

하워드는 한눈에 그를 알아볼 수 있었다. 그는 언더우드의 초상화에서처럼 검은 곱슬머리를 어깨까지 늘어뜨리고 제이크 영감의 사진에서와 같이 부드러운 미소를 짓고 있었다. 손에는 콜라가 들려 있었고 낡은 군용 야상을 걸치고 있었다. 하워드는 번개를 맞은 것처럼 멍하니 그를 바라보았다. 수많은 질문을 준비했지만 빗물에 씻겨 떠내려간 것처럼 아무것도 떠오르지 않았다. 사뮈엘 역시 아무 말 없이 콜라를 마시며 하워드를 지켜보고 있었다. 하워드가 예상했던 것과 똑같은 인상이었다. 그의 얼굴 어디에도 가식을 찾아볼 수 없었고 본능적으로 상대방을 편하게 만드는 묘한 분위기를 가지고 있었다. 그의 눈동자는 수많은 시간의 흐름이 갇혀 있는 듯 깊이를 알 수 없었으며 입가에는 갓 태어난 어린아이처럼 천진난만한 미소가 퍼져 있었다. 그리고 뉴욕의 건물 관리인 말과 같이, 콜라를 처음 마셔보는 어린아이처럼 콜라 맛을 음미했다. 정지된 시간이 두 사람 사이를 메우고 있었다. 마침내 그와 눈이 마주치는 순간 하워드의 마음속에 알 수 없는 변화가 일어났다. 응어리진 상처의 고름 덩어리가 씻긴 것처럼 마음속에 내재되어 있던 세상에 대한 분노와 슬픔이 순식간에 사그라지고 있었다. 마치 어머니의 자궁 속으로 돌아간 듯 모든 것이 무(無)로 회귀한 느낌이었다. 그런 기분은 태어나 처음이었다. 단 몇 초 동안 일어난 일이었다. 하워드는 넋을 잃은 채 사뮈엘에게 동화되고 있었다. 그때였다.

"제이미는 당신이 생각하는 것처럼 허무하게 죽은 게 아니에요, 하워드."

강하지만 부드러운 목소리였다. 그리고 청천벽력 같은 말이었다.

"뭐, 뭐라고요?"

하워드의 몸이 돌처럼 굳어버렸다. 처음 만난 사뮈엘의 입에서 제이미에 관한 말이 흘러나오다니. 게다가 그는 제이미의 죽음에 관해 하워드가 알지 못하는 부분까지 알고 있는 듯했다.

"제이미의 죽음은 그 무엇보다도 값진 희생이었습니다."

그는 볼일을 모두 마친 사람처럼 자리에서 일어났다.

"잠깐만, 사뮈엘."

하워드는 이유를 물으려 했지만 입이 떨어지질 않았다. 이미 모든 질문에 대한 답을 들은 것처럼 질문이 떠오르지 않았다. 하지만 이대로 보낼 수는 없었다. 하워드는 그를 잡으려 했다. 순간 사뮈엘의 눈가에 슬픈 미소가 떠올랐다. 그것은 마치 영원히 돌아올 수 없는 길을 떠나기 직전에 건네는 인사처럼 안타깝고 애절한 미소였다.

"모든 걸 찾게 되리라 생각하지 말아요. 그가 당신을 찾아올 겁니다."

사뮈엘은 마지막까지 이해할 수 없는 선문답을 남기고 있었다. 그는 말을 마치자 고개를 돌려 문을 응시했다. 마치 누군가를 기다리는 듯. 하워드가 그를 따라 문으로 시선을 돌렸다. 그때였다. 한 남자가 문을 박차고 어마어마한 살기를 띤 채 표범처럼 거칠게 뛰어들었다. 하워드는 그의 얼굴을 보는 순간 온몸의 피가 거꾸로 솟구치는 것 같았다. 기자회견장에 난입했던 바로 그 청년이었다. 그는 세상을 불사를 듯한 분노로 이글거리는 눈으로 사뮈엘을 노려보고 있었다. 위험한 기운을 감지한 하워드가 그를 향해 몸을 돌렸으나 청년의 움직임이 더 빨랐다.

"주의 이름으로 너 적그리스도를 처단한다! 죽어라, 사탄!"

이 말과 동시에 그는 사뮈엘을 향해 무자비하게 방아쇠를 당겼다.

탕… 탕… 탕…

세 발의 총성이 호텔 안에 울려 퍼졌다. 그와 함께 사뮈엘이 바닥으로 쓰러졌다.

"안 돼!"

하워드는 반사적으로 뒤춤에서 베레타를 찾았지만 총은 차 안에 있었다. 하워드는 죽을힘을 다해 청년을 향해 몸을 날렸다. 순간 청년이 하워드를 향해 남은 총알을 발사했다. 작지만 강력한 쇳조각이 하워드의 어깨를 관통하고 다른 쇳조각은 목을 스쳐 지나갔다. 그와 동시에 하워드가 청년을 덮쳤다. 피를 흘리면서도 하워드는 청년의 총을 빼앗고 얼굴에 일격을 가했다. 청년은 저만치 날아가 벽에 부딪히며 꼬꾸라졌다. 청년은 그 자리에 쓰러져 일어나지 못했다. 하워드는 아득해지는 정신을 붙잡으며 사뮈엘을 바라봤다. 불행히도 사뮈엘의 이마를 관통한 총알은 치명적이었다. 차갑게 식어가는 그의 주검은 마지막까지 미소를 잃지 않았다. 그것은 이미 모든 것을 알고 있었고 이미 모든 걸 용서한 듯한 미소였다.

"안 돼! 이대로 죽으면!"

하워드가 사뮈엘을 부둥켜 앉으며 울부짖었다. 어깨에 난 상처에서 피가 솟구치며 사뮈엘의 얼굴을 적시고 있었다. 울부짖던 하워드는 휘청거렸다. 맥이 풀리며 온몸에서 힘이 빠져나가고 있었다. 그와 함께 의식이 흐려졌다. 사뮈엘의 슬픈 미소가 검은 안개 속으로 멀어지고 있었다. 하워드는 더이상 몸을 지탱하지 못하고 바닥에 쓰러졌다. 멀어지는 의식 저편에서 사뮈엘의 첫 번째 말이 맴돌았다.

마지막 사도
THE LAST APOSTLE

부활

―

"인간이 신을 죽였다……. 인간이 신을 죽였어……."

하워드는 악몽에서 깨어나듯 절규하며 자리에서 일어났다.

"하워드, 진정해요. 이제 괜찮아요. 다 끝났어요."

누군가 하워드를 안으며 말했다.

"인간이 신을 죽였어! 신을 죽였다고!"

하워드가 숨을 몰아쉬며 소리쳤다. 그의 눈에는 눈물이 고여 있었다.

"그렇지 않아요. 그는 가여운 사람일 뿐이에요. 신이 아니에요."

부드러운 손이 하워드의 눈물을 닦아주었다. 하워드는 정신을 차리고 손의 주인을 바라봤다. 한 여인이 따뜻한 눈빛으로 그를 바라보고 있었다. 우르슬라였다.

"우르슬라. 당신이 여긴 어떻게……."

"에밀리 씨가 연락했어요. 헬렌 씨에게 연락하면 가뜩이나 여린 마음에 상처가 될 거라며 저한테 하셨죠. 걱정돼서 달려왔어요."

그녀가 조용히 하워드의 손을 잡으며 미소를 지었다. 그녀의 얼굴을 보자 마음이 안정되었다. 하워드는 그제야 자신이 누워 있는 곳이 병원이라는 걸 깨달았다. 그의 어깨와 목에는 붕대가 감겨 있었다.

"사뮈엘은 어떻게 됐소?"

우르슬라가 무겁게 고개를 저었다.

"그는 머리에 총을 맞고 그 자리에서 즉사했어요. 아마 고통은 없었을 거예요. 범인은 경찰에 체포됐고요."

하워드는 고개를 떨어뜨렸다. 이제 모든 게 끝난 것이다. 지난 몇 주간 수많은 고비를 넘기며 간절히 찾았던 사뮈엘이 그의 눈앞에서 시신이 되어 사라졌다.

"나 때문이야. 나 때문에 죽은 거야."

하워드는 북받치는 감정을 참지 못하고 눈물을 터트렸다.

"하워드, 자책하지 말아요. 당신 잘못이 아니에요."

"그렇지 않아. 다 나 때문이야. 내가 그를 찾아가지만 않았어도 그는 죽지 않았어. 그 빌어먹을 죽음이 나를 따라다니는 거야. 제프리 소장도, 데미안도, 그리고 사뮈엘도. 모두 나 때문에 죽었어."

하워드는 우르슬라의 품에 안겨 하염없이 눈물을 흘렸다.

"아니에요. 당신은 아무런 잘못이 없어요. 그저 불행한 장소, 불행한 시간에 있었을 뿐이에요. 모두 신의 뜻이에요."

우르슬라는 어머니처럼 하워드를 안은 채 마음 아파했

다.

하워드는 그녀의 품에 기대어 원 없이 눈물을 흘렸다. 평화로운 병실은 한동안 하워드의 흐느끼는 소리로 채워졌다.

"당신은 한없이 선한 사람이에요, 하워드. 당신이 우는 걸 보면 알 수 있어요. 당신은 세상을 증오하면서도 이렇게나 세상을 사랑해요. 그래서 더욱 상처받는 거예요. 사랑하니까. 그래서 더욱 미워하는 거고요. 당신 잘못이 아니에요."

우르슬라가 따뜻한 우유를 건네며 말했다. 하워드는 믿을 수 없다는 듯 우르슬라를 바라봤다.

"우르슬라, 당신은 어떻게 그렇게 강할 수 있죠?"

"무슨 말씀을. 당신이 저보단 백 배 더 강해요. 이렇게 죽음에서 살아났잖아요."

"아니에요. 당신은 내가 지금까지 만난 그 누구보다도 강해요. 당신은 어떤 경우에도 세상을 탓하지 않아요. 어떻게 그럴 수가 있는 거죠?"

그러자 우르슬라는 곰곰이 생각에 잠겼다.

"아마 제가 어머니이기 때문, 아닐까요?"

"어머니……."

그녀의 말이 옳았다. 이 세상에 어머니보다 강한 사람은 없었다.

그녀는 열두 살 된 아들의 어머니였다. 모자의 다정한 모습을 떠올리자 하워드는 오랜만에 가슴이 따뜻해지는 걸 느꼈다. 모두 우르슬라 덕분이었다. 그녀가 옆에 있다는 것만으로도 세상은 이렇게나 포근해지는 것이다.

"당신이 깨어난 걸 봤으니 전 이만 가봐야 할 거 같아요. 마이클을 집에 혼자 남겨두고 왔거든요. 또 올게요. 몸조리 잘하세요."

우르슬라가 자리에서 일어나며 말했다.

"잠깐만요. 당신에게 줄 게 있어요."

하워드는 몸을 일으켜 재킷에 들어 있던 지갑을 꺼냈다. 그리고 수표 한 장을 꺼내 우르슬라에게 건넸다.

"이건 당신에게 못 줬던 월급과 퇴직금이에요. 늦어서 미안해요."

"이런 상황에서 월급을 받다니 조금은 미안하네요."

그녀는 겸연쩍은 얼굴로 조심스럽게 수표를 받았다. 그런데 수표를 확인한 우르슬라가 고개를 갸웃했다.

"아무런 금액도 적혀 있지 않은데요?"

"당신이 적고 싶은 만큼 적어요. 백만 달러건 천만 달러건. 이건 그래도 되는 수표예요."

하워드가 미소를 지으며 말했다. 그가 건넨 수표는 언더우드에게서 받은 것이었다.

"하지만 이건 저한테 너무 많아요. 그럴 수 없어요, 하워드. 이건 받을 수 없어요."

우르슬라가 다시 돌려주며 말했다. 하워드는 고개를 저

었다.

"당신은 이걸 받을 자격이 있어요. 그냥 내가 해줄 수 있는 마지막 선물이라고 생각해요."

그러자 우르슬라의 눈가에 눈물이 고였다. 그녀는 고마움에 어쩔 줄 몰라하고 있었다.

"왜 저한테 이렇게 잘해주는 거죠? 하워드."

그러자 하워드가 대답했다.

"왜냐면 당신은 어머니니까."

두 사람은 말없이 서로를 바라보고 있었다. 그들에게는 고맙다는 인사도 필요 없었고 그 어떤 가식도 필요치 않았다. 그들은 서로에게 힘이 되어줄 수 있다는 것만으로 충분했다.

"신의 가호가 당신과 함께하길."

우르슬라는 마리아처럼 온화한 표정으로 축복을 내리곤 조용히 병실을 떠났다. 그녀가 떠난 자리에는 아직도 그녀의 온기가 고스란히 남아 있었다.

하워드는 한동안 그녀의 온기를 느끼며 고요한 병실에 누워 있었다. 소중한 정적을 깬 건 병실 전화기의 벨소리였다.

"언더우드 씨."

하워드가 전화를 들며 말했다. 하지만 전화기 저편에서 들려온 건 격렬한 기침 소리였다. 기침 소리는 그가 죽어가고 있다는 사실을 상기시켜 주었다.

"방금 우르슬라 씨가 전화했더군. 자네가 깨어났다고. 몸은 괜찮나?"

간신히 인사말을 건넨 언더우드의 목소리는 심하게 갈라진 상태였다. 간단한 말조차도 힘겨워 보였다.

"당신이야말로 괜찮아요? 목소리가 안 좋은데."

"이제 갈 날이 얼마 안 남은 거지. 걱정은 말게. 죽기 전에 자네와 술 한잔은 할 수 있을 테니."

그는 죽음을 초연하게 기다리고 있는 듯했다.

"얘기는 들었나요?"

"들었네."

"범인은 나를 뒤쫓았어요. 내가 사뮈엘을 찾을 줄 알고 있었어요. 내 잘못이에요. 조금만 더 조심했더라면……."

"어쩔 수 없는 일이지. 자네를 원망하진 않아. 그저 한심한 세상을 원망할 뿐이지."

"범인은 어떤 사람이었죠? 사뮈엘을 향해 적그리스도라고 외치며 총을 쐈는데."

"조셉 펠프스라는 사람으로 종파를 얘기해줄 수는 없지만 일단은 기독교인이야. 광신적으로 종말론을 믿던 신도였어. 그리고 얼마 전까지 제니시스연구소 직원으로 신기원 박사 밑에서 일하던 연구원이었지. 아마도 연구소에서 일하며 사뮈엘에 대해 알게 된 것 같아."

"그렇다고 해도 사뮈엘을 적그리스도라고 생각한 걸 보면 그의 과거에 대해 알고 있었을 겁니다. 그렇지 않고는 신기원에게 인간게놈에 대한 결정적인 힌트를 제공했다고 해서 그를 적그리스도로 생각할 리 없어요."

"어쩌면 사뮈엘을 쫓고 있던 또 다른 단체의 하수인일 수도 있어. 어쨌건 이젠 모두 끝난 일이야. 사뮈엘이 죽었으니."

하지만 하워드는 꺼림칙한 느낌을 지울 수 없었다. 살인범은 사뮈엘뿐만 아니라 하워드도 알고 있는 듯했다. 밝혀지지 않은 뭔가가 남아 있었다. 하지만 이미 사뮈엘이 죽은 마당에 그의 뒤를 조사한들 무슨 소용이 있겠는가. 나머지는 경찰이 해결할 문제였다. 언더우드는 또다시 숨이 끊길 듯 기침을 해댔다.

"약속을 못 지켜서 미안해요."

이윽고 그의 기침이 잦아들자 하워드가 말했다.

"미안할 거 없네, 하워드. 나는 이미 신을 만났으니까. 그리고 조만간 직접 만나게 될 거고."

두 사람 사이에 침묵이 흘렀다.

"그래. 어떻던가?"

"뭐가 말입니까?"

"그를 만났을 때 특별한 느낌이 있던가?"

하워드는 사뮈엘을 만난 순간을 떠올렸다. 그가 베란다에 앉아 있던 모습이 강렬하게 남아 있었다.

"그림 같았어요."

"그림?"

"내 말은 초상화와 똑같았다는 뜻이에요."

"그 외에는?"

하워드는 다시 생각에 잠겼다.

"나를 기다리고 있었어요. 마치…… 죽기 전 마지막으로 아들을 보려고 기다린 아버지처럼."

"아버지……."

전화기를 사이에 두고 두 사람은 마지막 말을 곱씹어보았다. 사뮈엘은 죽은 후에도 묘한 여운을 남기고 있었다.

"하지만 이제 모두 끝난 일이에요. 그는 죽었어요. 당신이 생각하는 것과는 달리 그는 신의 아들이 아니었어요."

"예수께서도 부활하기 전까진 인간이셨지."

언더우드는 아직도 사뮈엘에 대한 미련을 못 버리고 있는 듯했다.

"퇴원하면 한번 찾아오게. 침대에 누워만 있으니 답답하구먼. 그간 있었던 모험담이나 들려줘."

"알겠습니다. 찾아뵙죠. 몸조리 잘하세요."

"자네도."

하워드는 전화를 끊고 생각했다. 사뮈엘을 쫓는 동안 그가 만난 사람들은 모두 신을 믿고 있었다. 언더우드, 린지, 심지어 멘데스의 염소까지도. 그들은 목숨을 걸면서까지 신을 찾고 있었다. 하지만 그들에게서 하워드는 신심을 느낄 수 없었다. 그들은 자신의 믿음을 확인하기 위해 사뮈엘을 쫓고 있었다. 아니, 자신의 믿음을 채우기 위해 사뮈엘을 이용했다. 그들은 결국 자신의 만족을 위해 신을 찾고 있었던 것이다. 그것은 하워드도 마찬가지였다. 그가 이 사건에 뛰어든 까닭은 백지 수표 때문도 아니었고 언더우드의 간절한 부탁 때문도 아니었다. 지난 칠 년간 그의 가슴을 가득 채우고 있던 신에 대한 애증 때문이었다. 수도 없이 신을 부정했지만 그의 마음 한구석에는 신에 대한 믿음이 남아 있었다. 그것이 하워드로 하여금 목숨을 걸고 사뮈엘을 쫓게 만들었다. 그런 와중에 그의 주변에 있었던 이들 중 가장 진실하게 신을 믿은 사람은 우르슬라뿐이었다. 그녀는 어떤 고난이 와도 신을 원망하거나 비난하지 않았다. 고난을 묵묵히 이겨내며 신에게 축복을 돌렸다. 게다가 그녀는 주변 사람들에게도 축복을 나눠주고 있었다.

"결국 우르슬라가 옳았군."

하워드는 그녀가 남겼던 편지를 떠올리며 눈을 감았다. 그의 뇌리에 죽어가던 사뮈엘의 모습이 스쳤다. 그는 괴한에게 총을 맞으면서도 놀라거나 상대를 원망하지 않았다. 그는 이미 죽음을 예상하고 있는 듯했다. 그의 마지막 모습에서 하워드는 예수를 떠올렸다. 어쩌면 예수도 마지막 순간에 사뮈엘과 같은 미소를 지었을지도 모르겠다고 생각했다. 하워드는 십자가에 못 박힌 채 슬픈 미소를 짓는 예수의 마지막 얼굴을 떠올리며 잠 속으로 빠져들었다. 오랜만의 숙면이었다. 하지만 그의 숙면은 오래 지속될 수 없었다. 칠 년을 기다렸던 중요한 재판이 그를 기다리고 있기 때문이었다.

재판 시간이 얼마 안 남았지만 법정은 한가했다. 워낙 오래된 사건이라 방청석에는 피해자 가족들뿐이었다. 지난 칠 년간의 법정 투쟁은 대법원의 마지막 판결만을 남겨놓았다. 하워드는 어깨의 상처를 부둥켜안은 채 펜실베이니아 해리스버그 연방대법원 법정에 앉아 있었다. 하워드는 건너편에 초조하게 앉아 있는 사람들을 바라봤다. 그들은 칠 년 전 제이미와 함께 살해당한 네 아이의 가족들이었다. 하워드는 그들과 눈인사를 나누었다. 그들의 초췌한 얼굴에서 하워드는 지난 시간 동안 그들이 겪은 고통을 고스란히 읽을 수 있었다. 모두 오늘의 판결을 위해 살아왔다고 해도 과언이 아니었다. 그것은 하워드도 마찬가지였다. 하지만 방청석에 있어야 할 한 사람, 아내 헬렌이 보이지 않았다. 하워드는 이곳에 오기 전에 그녀에게 전화했지만 그녀는 핸드폰을 꺼놓았었다. 그녀는 오늘 판결을 보고 싶지 않은 듯했다. 하워드는 오히려 잘되었다고 생각했다. 만약 재판 결과가 예상대로 판결 나지 않는다면 그녀는 더욱 큰 고통에 빠지게 될 것이기에. 이제 시곗바늘은 재판 시간을 가리키고 있었다. 하워드는 판사가 등장하길 기다리며 사뮈엘이 했던 말을 떠올렸다.

'제이미의 죽음은 그 무엇보다도 값진 희생이었습니다.'

그 말은 마치 제이미가 세상을 위해 스스로 희생했다는

말처럼 느껴져 묘한 위안이 되어 하워드의 증오심을 잠재우고 있었다.

'대체 제이미에게 무슨 일이 있었던 거지?'

제이미가 납치되던 날 하워드가 모르는 일이 있었던 게 분명했다. 하워드는 칠 년이 지난 후 알게 된 사건의 이면에 혼란스러웠다. 그때 법정으로 두 명의 남자가 들어섰다. 그들은 존 콕스의 변호를 맡은 로슨 앤 크롬웰의 경영자 밀트 로슨과 수석 변호사였다. 그들은 자신들을 향해 쏟아지는 따가운 시선을 물리치며 피고인석 바로 뒤에 자리를 잡았다. 두 사람은 시간을 확인하며 은밀하게 이야기를 주고받고 있었다. 잠시 후, 범인 존 콕스가 호송관과 함께 등장하자 법정 안이 술렁이기 시작했다. 그는 양손과 양발에 수갑을 차고 피고인 대기석으로 향하고 있었다. 범인을 보자 쌓였던 가족들의 분노가 터져 나왔다. 욕설과 분노가 법정을 메웠다. 하지만 하워드는 조용히 존 콕스의 얼굴을 응시하고 있었다. 칠 년이란 세월이 무색할 정도로 말끔한 얼굴에 혈색도 좋아 보였다. 비록 덥수룩하게 수염을 기르고 있었지만 그는 칠 년간의 감옥 생활을 즐기기라도 한 듯 만면에 미소를 짓고 있었다. 그것이 가족들을 더욱 분노케 했다. 소란이 커지자 법원 경찰이 장내를 진정시켰다. 피고인 대기석에 앉은 존 콕스는 방청석을 유심히 살폈다. 그는 누군가를 찾고 있었다. 하워드였다. 그는 하워드와 눈이 마주치자 뜻 모를 미소를 지어 보였다. 그는 마치 이번 판결이 자신에게 아무런 해도 끼칠 수 없다는 걸 과시하려는 듯 침착했다.

'전기의자에 앉아서도 네놈이 웃는지 지켜보마.'

하워드는 끓어오르는 분노를 억누르며 저주를 퍼붓듯 존 콕스를 노려보았다.

"모두 기립하십시오."

법원 경찰이 외치자 모두 자리에서 일어섰다. 판사가 등장하고 있었다. 검은 판사복을 입은 세 명의 판사가 판사석에 앉자 경찰이 장내를 정리했다.

"사건번호 05-3482번. 2005년 4월 17일 펜실베이니아주 해리스버그 레이크숄더가(街) 8번지에서 일어났던 여아 살인사건 공판을 시작하겠습니다. 피고 존 콕스는 피고석으로 나오세요."

판사가 말하자 호송 경찰이 존 콕스를 피고석에 세웠다. 법정 안에는 긴장된 정적이 흘렀다. 칠 년간 기다렸던 판결이 드디어 내려질 순간이었다. 하지만 존 콕스는 피고석에 서면서도 침착했다.

"법원은 지난 칠 년간 열네 번에 걸쳐 진행된 공판 기록을 모두 살펴봤습니다. 검찰 측 증거자료와 변호인 측에서 새로 제출한 칠백 페이지에 달하는 반박자료도 모두 검토했습니다. 모든 증거와 자료를 검토한 결과 법원은 변호인이 제출한 피고인 존 콕스의 정신병적 요인과 살인 동기의 부재, 당시 피고인의 알리바이를 입증하는 증거 등은 검찰 측의 증거를 반박하기에 부족하다고 결론 내렸습니다. 고로 법원은 피고인 존 콕스에게 원심에서 내렸던 판결인 사형을 선고하는 바입니다."

판결문은 기다린 세월에 비해 지나치게 간단했다. 판사의 의사봉 소리가 장내에 울려 퍼졌다. 그와 함께 환호성이 터져 나왔다. 피해자 가족들은 서로를 부둥켜안고 울음을 터트렸다. 지난 세월을 견딘 그들의 노력이 결실을 본 것이다. 판사가 나가자 호송관은 존 콕스를 끌고 연방교도소로 향했다. 하워드는 끌려 나가는 존 콕스를 바라봤다. 끌려 나가던 존 콕스의 얼굴에는 간교한 미소가 떠 있었다. 그는 죽어서 성인이라도 되는 듯 여유만만했다. 그것이 하워드의 심기를 건드렸다. 존 콕스는 법정을 나서기 직전에 의아해하는 하워드를 바라보며 날카롭게 입술을 움직였다.

"지옥에서 보자."

그 말을 남기고 그는 법정에서 사라졌다. 기뻐하는 가족들 사이에서 하워드는 알 수 없는 불안감을 느꼈다. 마치 사건이 이대로 끝난 게 아닌 것 같은 꺼림칙함이 남아 있었다.

하워드는 언짢은 마음을 안고 법정을 나서려 했다. 그런데 돌아선 그의 시선에 방청석 맨 끝자리에 앉아 있던 한 여인이 들어왔다. 헬렌이었다. 그녀는 병자처럼 초췌한 얼굴에 선글라스를 끼고 있었는데 판결문을 되뇌듯 멍하니 판사석을 바라보고 있었다.

"헬렌!"

하워드가 소리치며 그녀에게 다가갔다. 하워드를 발견한 헬렌이 달아나듯 법정을 빠져나가려고 했다.

"기다려, 헬렌."

하워드가 헬렌을 붙잡았다. 헬렌의 여린 팔은 심하게 야위어 있었다. 그것이 하워드의 마음을 아프게 만들었다. 헬렌은 그런 모습을 보이고 싶지 않은 듯 선글라스를 벗지 않은 채 돌아봤다.

"하워드. 오랜만이야."

부드러운 목소리는 여전했다.

"보고 싶었어. 잘 지냈어?"

하워드가 감격에 겨운 인사말을 건넸다.

"판결은 들었지? 놈이 드디어 대가를 치르게 됐어."

하지만 헬렌은 기뻐하는 눈치가 아니었다.

"당신은 기쁘지 않아? 놈이 전기의자에 앉게 됐단 말이야."

"놈이 죽는다고 제이미가 돌아오는 건 아니야."

그녀의 말이 하워드의 심장을 후벼팠다.

"그래. 그렇지만……."

하워드는 뭔가 위로가 될 만한 말을 찾았지만 떠오르지 않았다. 두 사람은 잠시 서로를 바라보았다. 오랜 시간을 함께 살았던 부부였건만 하워드는 헬렌이 멀게만 느껴졌다.

"사실은 나중에 편지로 전하려고 했는데……."

그녀는 할말이 있는 듯했다. 하지만 선뜻 말을 꺼내지 못했다.

"무슨 얘긴데?"

"판결이 나면 당신에게 부탁하고 싶은 게 있었어."

"말해봐. 우리 사이에 못 할 말은 없잖아."

하워드가 다정하게 말했다. 그러자 그녀가 선글라스를 벗고 하워드를 바라봤다. 수척했지만 그녀의 눈은 여전히 아름다웠다. 그녀의 푸른 눈동자가 흔들리고 있었다.

"하워드, 우리 이혼하자."

그녀가 어렵게 뱉은 말은 하워드의 가슴을 찢어 놓았다.

"대체 왜? 무엇 때문에……."

하워드는 믿을 수가 없었다.

"이유는 묻지 말아줘, 하워드."

"우린 다시 시작할 수 있어, 헬렌. 왜냐면 우린 서로 사랑하니까. 이전에도 그랬고 앞으로도 당신만을 사랑할 거야."

하워드의 목소리는 간절했고 그것이 헬렌을 괴롭게 만들었다.

"미안해, 하워드. 이게 최선의 방법이야. 나를 위해서도 당신을 위해서도. 내 변호사가 조만간 당신을 찾아갈 거야."

그녀는 달아나듯 법정을 빠져나갔다.

"아니야. 당신은 아직도 날 사랑해. 이대로 끝낼 순 없어, 헬렌!"

하워드의 절규가 법정 안에 울려 퍼졌다. 하지만 그녀의 발걸음을 되돌릴 수는 없었다. 헬렌의 야윈 뒷모습이 눈부신 햇살 속으로 사라졌다. 신기루처럼 멀어지는 그녀를 하워드는 참담한 심정으로 바라볼 수밖에 없었다.

하워드는 볼티모어 사무실로 돌아왔다. 그는 몇 시간째 꼼짝하지도 않고 허공을 바라보고 있었다. 손가락 하나 까닥할 힘도 남아 있지 않았다. 책상 위에 놓여 있던 베레타 총구가 사신처럼 하워드를 노려보고 있었다. 그는 죽음을 생각하고 있었다. 그에게는 삶을 이어가야 할 아무런 이유도 남지 않았다. 그는 스스로 쓸모없는 인간이라고 생각하고 있었다. 사랑하는 사람들에게 어떠한 도움도 주지 못하는 하찮은 인간이라고 자책했다. 힘들 때 술에 취해 현실에서 도피하고 싶을 만도 하건만 그는 취하고 싶지 않았다. 더이상 삶에 미련이 없는 것처럼 느껴졌다. 이제 존 콕스의 죽음을 지켜볼 생각도 없었다. 그에 대한 분노로 지금까지 버텨왔지만 지금은 별다른 관심도 가지 않았다. 그는 며칠 후면 전기의자에 앉게 될 것이다. 그러나 그가 죽는다고 해서 바뀌는 건 아무것도 없었다. 심지어 유일한 희망이었던 헬렌마저 그에게서 돌아섰다. 하워드는 그녀를 원망하지 않았다. 그저 그녀가 자신과 제이미를 잊고 행복하게 살길 바랄 뿐. 그녀에겐 그럴 권리가 있었다.

창밖 거리에는 캐럴이 울려 퍼지고 있었다. 언제 들어도 정겨운 음악이다. 하지만 이제 하워드와 함께 선물을 풀 가족은 남아 있지 않다. 그는 세상에 홀로 버려졌다. 그는 이전에도 자살을 시도한 적이 있었는데, 그때 죽음을 가로막았던 사람이 바로 헬렌이었다. 그러나 이제 헬렌도 곁을 떠나고 없으니 하워드는 태어나 처음으로 자신의 밑바닥에 도착해 있었다. 마음이 지극히 차분했다. 슬픔도 없었고 고통도 없었다. 그리고 일말의 희망도 없었다. 하워드는 베레타를 들어 머리를 겨냥했다. 단 한 번 이 총을 사용한 적이 있었다. 칠 년 전 존 콕스를 향해 발사했을 때였다. 그런데 그 총구가 이제는 자신을 겨냥하고 있다니. 한줄기 눈물이 흘러내렸다. 슬픔의 눈물은 아니었다. 먼지처럼 사라질 자신을 위한 마지막 축배였다. 그의 뇌리에 지금까지 스쳐간 사람들의 얼굴이 주마등처럼 지나갔다. 그들 중에는 이미 저세상으로 간 사람도 있었다. 하워드는 이제 곧 만나게 될 그들과 일일이 눈을 마주쳤다. 마지막으로 제이미의 해맑은 눈이 하워드를 보며 웃었다.

"기다려, 제이미. 이제 곧 만나게 될 거야."

하워드는 천천히 방아쇠로 손가락을 가져갔다. 눈을 감았다. 손가락에 힘을 주자 차가운 방아쇠가 움직이기 시작했다. 드디어 총알이 발사되려는 순간이었다.

따르르릉…… 따르르릉…….

전화벨이 죽음을 가로막듯 울렸다. 하워드는 상관하지 않고 방아쇠를 당기려 했다. 하지만 전화벨은 그의 손을 잡고 놓아주지 않았다. 따르르릉…… 따르르릉……. 하워드의 손이 떨리고 있었다. 무기력한 정적을 깨며 울리는 벨소리와 함께 심연까지 가라앉았던 삶에 대한 욕망이 순식간에 수면으로 떠올랐다. 그와 함께 가슴을 찢는 듯한 고통이 덮쳐왔다. 하워드는 가슴을 움켜쥐며 흐느꼈다. 대체 이 쓸모없는 삶을 끝내지 못하는 이유가 뭐냐. 네 인생에 무엇이 남았기에 미련을 갖는 것이냐. 자신에게 물었지만 대답할 수 없었다. 하워드는 손을 내리고 전화를 응시했다. 이윽고 자동 응답기가 켜지며 녹음해둔 목소리가 흘러나왔다.

"하워드 레이크 탐정소입니다. 용건과 전화번호를 남기시면 연락드리겠습니다."

뚜— 하는 신호음과 함께 녹음장치가 켜졌다.

"안녕하십니까. 나는 존 콕스의 변호를 맡았던 로슨 앤 크롬웰의 밀트 로슨입니다. 당신에게 용건이 있으니 메시지를 듣는 대로 연락 부탁합니다. 사뮈엘과 관련된 중요한 사안입니다."

어이없게도 하워드의 죽음을 가로막은 건 그를 죽음으로 내몬 존 콕스의 변호인이었다. 하워드는 자리에서 벌떡 일어섰다. 그는 이미 죽은 사뮈엘을 언급하고 있었다. 하지만 하워드를 일으켜 세운 건 그것이 아니었다. 목소리 때문이었다. 그 목소리는 분명 히틀러의 벙커에서 만났던 모피코트의 남자였다.

"사뮈엘과 관련된 일이라니 무슨 소리입니까?"

하워드가 수화기를 들며 물었다.

"사무실에 있었군요."

그는 지나치게 차분했다.

"묻는 말에 대답이나 하시오. 사뮈엘은 죽었습니다. 그런데 왜 그 사람 얘기를 꺼내는 겁니까?"

밀트 로슨은 잠시 침묵을 지켰다.

"그 문제로 당신을 만나고 싶어하는 사람이 있습니다."

"그게 누구요?"

"존 콕스. 죽기 전, 당신에게 사뮈엘에 관해 할 얘기가 있다고 하더군요."

죽은 사뮈엘은 놀랍게도 제이미를 죽인 살인마 존 콕스에 의해 되살아나고 있었다. 그리고 이것은 또 다른 시작의 전조였다.

묵직한 철문이 열리자 고립된 세계가 펼쳐졌다. 펜실베이니아 연방교도소는 일주일 후 하워드가 고대하던 형이 집행될 장소였다. 하워드는 샷건으로 무장한 교도관들의 시선을 받으며 교도소 안으로 들어섰다. 입구에는 반갑지 않은 얼굴이 기다리고 있었다. 밀트 로슨이었다. 그는 바느질이 잘된 고급 회색 양복에 악어가죽으로 된 브리프케

이스를 들고 석상처럼 서 있었다. 이제 갓 쉰을 넘긴 그는 법조계에서 냉혈한으로 소문이 자자했다. 돈이 된다면 신 앞에서 사탄도 변호할 인간이었다. 실제로도 그는 암흑 속에서 은밀히 멘데스의 염소를 이끌고 있었다. 오랜만에 태양 아래서 마주한 그는 명성에 걸맞은 외모를 하고 있었다. 남극의 블리자드를 연상시키는 새하얀 피부에 베링해(海)의 빙하처럼 차가운 푸른 눈이 박혀 있었다.

"와줘서 고맙습니다, 하워드 씨."

로슨이 내민 손을 하워드는 무시했다.

"베를린에서는 덕분에 즐거운 시간을 가졌습니다."

하워드가 비꼬듯 말했다.

"무슨 말씀인지 모르겠군요. 당신을 베를린에서 만난 적이 없는데요."

변호사다운 냉정한 대처였다.

"물론 그렇겠지. 그 문제로 당신과 논쟁할 생각은 없으니 걱정 마시죠. 그건 천천히 해결할 생각이니까. 그보다 날 부른 용건이나 말해보시지."

"나는 당신에게 용건이 없습니다. 당신을 부른 건 존입니다."

로슨이 앞장서서 교도소로 들어섰다. 콘크리트 벽과 철문만으로 이루어진 지루한 복도를 지나자 삭막한 면회실이 나타났다.

그곳은 특별한 사유가 있는 경우 직접 수감자를 대면할

수 있는 방이었다. 방 한가운데에는 지저분한 낙서로 가득한 탁자가 있었고 그 주위에 서너 개의 철제의자가 있었다. 창문은 모두 철창으로 가로막혀 있었고 두 대의 감시카메라가 입장하는 하워드를 지켜보고 있었다. 존 콕스는 보이지 않았다. 하워드는 테이블을 사이에 두고 밀트 로슨과 마주앉았다. 둘 사이에는 묘한 긴장감이 흐르고 있었다.

"놈이 내게 뭘 얘기하고 싶다는 거지? 사뮈엘은 이미 죽었어. 놈도 곧 그 뒤를 따를 거고. 변할 건 아무것도 없다고!"

유리가 깨진 창문처럼 티끌 하나 없는 정적이 뒤를 이었다.

"당신은 예수가 어떤 존재라고 생각합니까?"

로슨이 정적을 깼다.

"사탄 뒤꽁무니나 쫓아다니는 당신 입에서 그 이름이 나오니 조금 우습군."

하워드가 비꼬았다. 그러나 로슨은 눈 하나 깜빡이지 않았다.

"그럼 사탄은 어떤 존재라고 생각합니까?"

그의 입가에는 사악한 미소가 피어 있었다. 그는 타고난 악당처럼 보였다.

"지금 내게 신학 강의를 하겠다는 겁니까? 미안하지만 난 예수도 사탄도 믿지 않소. 그러니 쓸데없는 소릴랑 집어치우시지."

하워드는 이 이상 그와 대화를 나누고 싶지 않았다. 세상에는 같이 있는 것만으로도 불쾌해지는 인간들이 있다.

"사람들은 아담과 이브에게 선악과를 먹게 만든 뱀을 사탄이라고 생각하지요. 최고의 베스트셀러인 성경에 그렇게 적혀 있으니까요. 그런데 만약 성경과는 달리 이브를 꼬신 뱀이 사탄이 아니었다면 어떻게 될까요? 심지어 그게 당신들이 그렇게도 간절히 찾는 신이었다면 어떻게 되지요?"

로슨의 목소리가 뱀처럼 은밀하게 하워드의 귓가에 스며들었다. 하워드는 온몸에 소름이 돋았다. 분명 사뮈엘을 빗대는 말이었다. 선악과와 뱀의 정체에 대해 신학계의 의견은 여러 갈래로 나뉘었다. 그중에 수많은 기독교 신도가 지탄하는 부류가 있었는데 바로 성경의 기원을 수메르와 바빌로니아의 신화로부터 비롯되었다고 주장하는 이들이었다. 그들은 구약의 근간을 이루는 천지창조와 에덴동산에 관한 내용이 바빌로니아의 마르두크, 티아마트 설화와 딜문 설화를 차용하고 있다고 믿었다. 마르두크, 티아마트 설화는 인간과 세상이 탄생하기 전 신들 간의 전쟁과 세상의 창조를 그린 설화다. 신들의 세계에서 물을 관장하던 염수의 신 티아마트는 또 다른 신 아프수와 몸을 섞어 많은 신을 낳게 된다. 그중 가장 영리하고 뛰어났던 마르두크는 점차 성장하여 신들의 세계에서 새로운 주인공으로 떠오른다. 이에 당황한 아프수는 마르두크를 제거하려 하지만 실패하고 오히려 죽임을 당한다. 남편을 잃은 티아마트는 복수를 다짐하며 뱀으로 변해 마르두크와 전쟁을 벌인다. 그러나 결국 마르두크가 승리하고 티아마트마저도 목숨을 잃는다. 전쟁이 끝나자 마르두크는 티아마트의 시체를 통해 하늘과 땅, 인간을 창조하기 시작한다. 티아마트의 피로 강을, 살로 흙을, 눈으로 태양을 만든다. 이것이 마르두크, 티아마트 설화의 개략적인 내용이다. 그런데 여기서 주목할 점은 세상을 창조하는 데 바탕이 된 티아마트의 시체가 바로 뱀이었다는 사실이다. 티아마트는 창조와 풍요의 상징인 물의 신이었다. 그와 동시에 뱀으로 변하기도 한 신이었다. 성경을 통해 사탄의 동물로 그려진 뱀은 사실 그 이전에 바빌로니아와 수메르에서는 풍요와 생명의 상징이자 창조의 바탕이 된 긍정적인 동물이었던 것이다.

수메르의 전설 중 하나인 딜문은 수메르의 신 엔키가 만든 지상낙원을 가리킨다. 이 낙원에는 신만이 먹는 식물이 있었다. 고대 바빌로니아, 수메르 설화와 성경 창세기의 유사성을 주장하는 신학자들은 선악과로 유혹하는 뱀을 아담과 이브를 시험하려는 신이라고 해석했다. 로슨은 이 주장을 이용하고 있었다. 그는 인류의 문명을 발전시키는 데 결정적인 영향을 끼친 사뮈엘을 뱀에, 그가 발전시킨 문명의 지식을 선악과에 비유하고 있었다.

"당신과 나 사이에는 건널 수 없는 강이 있어. 너무 깊어서 절대 상대방에게 다가갈 수 없지. 내게 뱀은 뱀일 뿐이고 그 이상도 그 이하도 아니야. 알아듣겠어?"

나지막했지만 힘이 느껴지는 목소리로 하워드는 말했다. 로슨은 입을 다물었다. 하지만 그의 침묵은 하워드의 입안에 떨떠름한 풋과일을 씹은 듯이 불쾌하고 개운치 않은 뒷맛을 남겼다.

그때 문이 열리며 두 명의 호송관을 거느린 존 콕스가 나타났다. 수염을 다듬어서인지 지난번보다 말끔한 얼굴이었다.

"면회 시간은 십 분입니다. 즐거운 대화가 되시길."

용무를 마친 로슨은 방을 빠져나갔다. 이제 면회실에는 하워드와 존 콕스 두 사람만이 남았다. 하워드는 아직도 믿을 수가 없었다. 오랜만에 마주한 존 콕스는 지극히 평범하고 선한 얼굴을 하고 있었다. 저런 얼굴을 한 인간이 어떻게 그런 잔인한 짓을 할 수 있는지 믿기지 않았다.

"오랜만이군, 하워드. 탐정이 됐다는 소식은 들었어."

존 콕스가 말문을 열었다.

"네놈이 상관할 일은 아니야."

"재판 결과가 만족스럽겠군. 드디어 날 전기의자에 앉혔으니 말이야."

"물론이다. 네놈이 괴로워하며 죽어가는 꼴을 한순간도 안 놓치고 지켜볼 생각이야."

하워드가 무섭게 노려보며 말했다. 하지만 존 콕스는 다음주에 있을 야유회를 기다리듯 여유로워 보였다.

"아직도 그때 날 죽이지 못한 걸 후회하고 있군. 당신 눈을 보면 알 수 있지."

"헛소리 말고 날 부른 이유나 말해. 네놈이 무슨 낯짝으로 날 보자는 건지."

존 콕스는 테이블 위에 적힌 낙서를 응시하고 있었다.

"내가 당신을 부른 이유는 경고하기 위해서야."

"죽는 마당에 무슨 경고를 하겠다는 거지? 엠파이어스테이트 빌딩에 폭탄이라도 묻어놨나?"

하워드가 매섭게 몰아붙였다.

"혹시 『리베르 레기스』를 읽어본 적이 있나?"

존 콕스가 고개를 들며 물었다.

"너희들이 성경처럼 떠받드는 그 책 말이냐? 물론이다. 네놈들 정체를 쫓다가 읽게 됐지. 알레이스터 크로울리는 무척이나 할 일이 없었나보더군. 진부한 설교를 예의 없는 말투로 잔뜩 늘어놓던걸."

『율법의 서』, 혹은 『지옥의 서』라고 불리는 『리베르 레기스』는 알레이스터 크로울리가 1904년 이집트 카이로에서 전쟁의 신 호루스로부터 영감을 받아 단 사흘 만에 썼다고 알려진 텔레마사원의 교리서였다. 총 세 개의 챕터 속에 일흔두 개의 교리로 구성된 이 책에는 텔레마 신도들이 지켜야 할 교리 이외에 그의 우주관 등이 적혀 있었다.

"내가 말하는 건 조나단 헉슬리 선생이 새로 발간한 『리베르 레기스』를 말하는 거야."

멘데스의 염소 창시자였던 조나단 헉슬리가 자신만의 『리베르 레기스』를 집필했다는 얘기는 들었지만 책으로 출판했다는 건 금시초문이었다.

"그게 어떻다는 거지?"

"거기엔 알레이스터 크로울리 경이 쓴 내용 외에 또 다른 예언이 등장하지. 바로 예수에 관한 얘기야."

하워드는 조금 당황했다. 사탄을 추종하던 조나단 헉슬리가 예수에 관한 예언을 언급했다니.

"당신은 예수를 어떻게 생각하나?"

존 콕스를 마주하기 전에 로슨이 물었던 것과 같은 질문이었다.

"네놈들은 어떻게 생각하는데?"

하워드가 되물었다.

"성경이 현재의 모습을 갖추기 전에 세상에는 수많은 묵시록이 난무했다. 너무 많아서 정리가 안 될 정도였지. 초기 교황청은 종말에 관한 예언이 적힌 계시록을 인정하지 않았어. 신도 예수도 종말에 관해 언급한 적이 없었으니까. 그건 그저 흥밋거리를 찾던 몇 명의 이야기꾼이 지어낸 엉터리 예언에 지나지 않았거든. 그런데 서기 367년 오거스틴 주교의 주도하에 신약 스물일곱 권을 결정하던 카르타고 회의에서 뜻밖에 묵시록 하나가 포함되지. 그 유명한 요한계시록이야. 구약과 신약을 통틀어 가장 난해하고 기상천외한 챕터지. 아마겟돈, 그리스도의 재림, 최후의 심판 등등. 묵시록을 거부하던 교회가 왜 마지막 순간에 요한계시록을 택했을까. 그건 신의 계시도, 예수의 예언도 아니었는데 말이야. 이유는 간단해. 신의 권능을 가장 극적으로 드러낼 수 있는 클라이맥스가 필요했던 거야. 종말론보다 신의 존재를 두렵게 만들 수 있는 도구는 없었어. 그중 가장 섬뜩하면서 입맛에 딱 맞았던 게 바로 요한계시록이었던 거야. 웃기는 건 기독교 신자 모두 계시록의 저자를 그리스도의 제자 요한이라고 믿고 있지만 사실은 요한이 아니란 거지. 당시에는 열두 제자의 이름을 도용해 집필한 복음서와 계시록이 난무했어. 그러니 실제 요한이 썼다는 걸 아무도 증명할 수 없다는 얘기야."

"그래서 뭘 말하고 싶은 거지?"

"내 말은 사람들이 생각하는 종말은 교회의 입맛에 맞게 편집된 거라는 거야."

"마치 네놈들은 인류 최후의 모습을 알고 있다는 듯 말하는군."

존 콕스는 비아냥거리는 하워드의 말투에 개의치 않고 침착하게 말을 이어갔다.

"이해를 돕기 위해 조나단 헉슬리 선생의 『리베르 레기스』에 나오는 구절을 인용해주지. 거기에 이런 말이 등장해. 묵시록 4장 2절. '부활한 죽은 자가 세상을 떠돌며 시험을 하니 눈먼 자들은 그것이 시험인지 모르고 욕망을 채우기에 급급하더라. 어리석은 자들이 부활한 죽은 자가 자신들의 신인 걸 알아보지 못하고 그를 천대하고 업신여기니 신은 그들이 만든 신전 안에만 존재하더라.'"

하워드는 문구를 듣는 순간 온몸에 소름이 돋는 걸 느꼈다. 그것은 분명 사뮈엘을 가리키는 말이었다.

"중요한 대목은 이제부터야. 묵시록 4장 6절. '죽음에서 부활한 자가 또다시 인간의 손에 의해 시체가 되니 사람들은 그를 적이라고 여기더라. 하지만 그들은 부활한 시체의 몸에 난 여섯 번째 상처가 세상을 멸할 첫 번째 징표인 것을 깨닫지 못하고 망각 속에 묻어버리니 신의 진노를 사게 되더라.' 4장 8절. '사흘 후 시체가 다시 죽은 이들 가운데서 일어나 세상 속으로 사라지니 두 번째 징표가 세상을 뒤덮더라.'"

하워드의 등에서 식은땀이 흐르고 있었다. 조나단 헉슬리의 예언은 이틀 전 사뮈엘에게 일어난 일들을 암시했다.

"내 말을 잘 들어. 부활한 예수의 몸에 인간이 여섯 번째 상처를 내는 순간, 인류는 멸망의 길을 걷게 될 것이다. 또다시 인간의 손에 의해 죽게 된 예수가 사흘 후 부활하게 되는 순간부터 종말의 여섯 가지 징표가 나타나기 시작할 거야. 그리고 마지막 여섯 번째 징표가 세상을 덮는 엿새째, 인류는 신으로부터 버림받게 된다. 그날 너희들은 나와 함께 지옥으로 향하게 될 거야."

존 콕스는 그들만의 묵시록을 조금도 의심하지 않고 있었다. 그리고 묵시록 중심에는 사뮈엘이 있었다.

"너희들은 사뮈엘을 정말 예수라고 생각하고 있는 것 같더군. 하지만 지금까지 그의 뒤를 추적한 결과 그가 예수라는 걸 증명할 어떤 단서도 발견할 수 없었어. 내가 보기에 너희들의 묵시록은 몽상가의 일장춘몽에 불과해."

하워드가 반박했지만 존 콕스는 흔들림이 없었다.

"미안하지만 이건 조나단 헉슬리 선생이 만든 얘기가 아니야. 그분이 유카탄반도를 여행하다가 발견한 마야 신화 중 일부지. 고대 남미 문명에는 공통된 신이 있었어. 마야와 톨텍, 그리고 아즈텍 문명에는 케찰코아틀과 쿠쿨칸이라는 신이, 안데스 지역에 번성했던 잉카 문명에는 비라코차라는 신이 존재했지. 그런데 재밌는 건 그 신들의 모습과 신화에서 비슷한 점이 있다는 거야. 비라코차와 초기 케찰코아틀은 인간으로 표현돼. 뿐만 아니라 모두 인간에게 많은 지지를 받은 신이었지. 그중 케찰코아틀은 어느 날 홀연히 동쪽 바다에서 나타나 미개했던 마야인에게 수학과 야금학, 천문학 등 기술과 문화를 전파하고는 다시 동쪽 바다로 배를 타고 사라졌어. 그런데 케찰코아틀이 마야를 떠나기 직전, 이들에게 돌아올 것을 예언하면서 마지막 선물을 남겼지. 지금도 학자들 사이에서 의견이 분분한 신비의 달력 말이야."

그는 '촐킨'을 이야기하고 있었다.

"20진법을 사용해 만들어진 그 달력은 1년을 365.2420일로 계산해낼만큼 정확했을 뿐만 아니라 동양의 음력처럼 달의 주기도 정확히 계산했어. 태양력과 월력, 그리고 종교력을 함께 사용한 거야. 어떤 문명에서도 발명한 적 없는 뛰어난 역법이라고 할 수 있지. 더욱 흥미로운 건 그 달력에 인류가 멸망하는 날짜가 기록되어 있다는 거야. 학자들이 그날을 현대 달력으로 계산해냈는데 놀랍게도 2012년 12월 21일이었어. 앞으로 엿새 후지."

하워드는 자신도 모르는 사이 존 콕스의 이야기에 끌려가고 있었다.

"달력에는 전설적 예언가인 칠람발람의 예언이 함께 적혔는데 인류 종말의 과정을 상세하게 묘사해놓았지. 방금 내가 말한 내용이 바로 그것이야. 토씨 하나 안 틀리고 그대로 옮긴 거지."

하워드는 상기된 얼굴로 이야기를 듣더니 나지막히 물었다.

"그래서 하고 싶은 얘기가 뭐냐?"

그러자 존 콕스가 바짝 다가앉았다.

"어떻게 기원전에 고립되어 있던 남미의 원주민들이 백인의 모습을 알고 있었을까? 어째서 그들의 수많은 신 중 케찰코아틀과 쿠쿨칸, 그리고 비라코차만은 비슷한 모습과 신화를 갖고 있을까? 더 재미있는 얘기를 해줄까? 성경에서 예수가 사라진 기간이 마야에 케찰코아틀이 나타난 시기와 정확히 일치한다는 거야. 그리고 케찰코아틀이 나타난 바다도 홀연히 떠난 바다도 모두 동쪽 바다, 바로 대서양이지. 유카탄반도에서 대서양을 건너면 어떤 대륙이 나타나지?"

존 콕스의 논리는 그가 저지른 악행들만큼이나 충격적이었다. 그는 예수의 사라진 시간을 남미의 신과 연결하고 있었다.

"신이 기독교에만 존재한다고 생각해? 그건 웃기는 발상이야. 신은 그 이전에도 존재했고 세상 어느 곳에도 존재했다. 신은 이슬람에도 존재했고 고대 마야에도 존재했어. 그리고 그들은 상당히 흡사한 모습을 갖고 있었지. 인간은 장님과도 같은 존재다. 신을 직접 만난 인간은 지금까지 전 인류 중 고작 몇 명에 지나지 않아. 그나마 확인할 수조차 없지. 한마디로 장님들이 코끼리의 일부를 만지고 자신이 만진 코끼리가 진짜라고 서로 싸우고 있는 꼴이라고. 심지어 너희 기독교인들은 신을 믿는 것만으로 자신들이 천국에 갈 수 있다고 여기고 있어. 웃기는 생각이지. 교회에서는 눈물을 흘리며 신을 찾다가 교회 문턱을 나서자마자 언제 그랬냐는 듯 죄악을 저지르면서. 신은 그런 너희들을 보며 무슨 생각을 할까."

"대체 사탄을 믿는 너희들이 왜 그렇게 신에 집착하는 거지?"

"왜냐면 신과 사탄은 빛과 그림자 같은 존재거든. 신이 없으면 사탄도 없다. 우리는 그중 사탄을 선택한 것뿐이야. 중요한 건 이거라고. 세상이 멸망하게 되면 인류는 지옥으로 가게 된다. 그곳은 우리에겐 천국과도 같은 곳이지. 우리는 그곳에서 살 수 있는 면죄부가 있다. 그런데 너희들은 뭘 갖고 있지? 신이 너희를 버린다면 그땐 누굴 찾을 텐가?"

"네놈들이 조셉 펠프스를 사주했지. 네놈들이 사뮈엘을 죽게 만들었어. 그렇지?"

"우리가 한 건 알고 있는 대로 말한 것뿐이야. 누구도 사뮈엘을 죽이라고 말한 적 없어. 신이 좋아하는 자유의지에 따라 조셉이 결정하고 행동한 거야."

"대체 왜? 무엇 때문에?"

하워드는 참지 못하고 존의 멱살을 잡았다. 하지만 존은 눈 하나 깜빡하지 않았다.

"우리에게도 확신이 필요했거든. 그가 예수라는."

"악마 같은 놈들."

"고맙군. 그렇게 불러줘서."

하워드는 멱살을 잡을 가치도 없다는 듯 그를 놓아주었다.

"그런데 왜 그걸 내게 말하는 거냐?"

"사뮈엘이 죽은 지 며칠이 지났지?"

하워드는 움찔했다. 오늘은 그가 광신도의 총에 맞아 사망한 지 정확히 사흘째 되는 날이었다. 면회 시간이 끝났는지 교도관이 시간을 확인했다.

"오래전부터 묻고 싶은 게 있었다."

하워드는 가슴에 담아뒀던 질문을 꺼냈다.

"왜 그 많은 아이 중 제이미를 선택했지?"

존 콕스는 단 한 번도 혐의를 인정한 적이 없었다.

"어차피 이렇게 된 마당에 더 숨길 필요 없겠지. 그리고 당신은 들을 자격이 있으니까."

존 콕스가 아량을 베풀듯 말했다.

"그날 사실은 제이미를 납치할 생각이 아니었다. 점찍어 둔 다른 여자아이가 있었어. 제이미와 같은 학교를 다니던 레베카라는 아이였지. 부모가 이혼한 덕분에 할머니 집에서 생활하고 있던 레베카는 학교가 끝나면 주로 혼자 집에 가더군. 그뿐만 아니라 또래보다 조금 모자라서 납치하기에 안성맞춤이었지. 그날 우리는 으슥한 골목에 차를 대놓고 레베카가 오기를 기다리고 있었다. 학교가 끝나자 레베카는 예상대로 혼자 집으로 향했어. 우리는 계획대로 적당히 말을 걸며 집에 데려다주겠다고 했지. 적당히 꾀면 넘어올 줄 알았는데 생각보다 단호하게 거절하는 거야. 아마도 할머니로부터 단단히 교육을 받았던 모양이더군. 우리가 다른 방법을 찾지 못해 레베카를 강제로 차에 태우려 하자 비명을 지르며 격렬히 반항했지. 어린 계집애한테서 어떻게 그런 힘이 나오는지 믿을 수 없을 정도로 완강했어. 주변에 행인이 있었지만 아무도 도와줄 생각을 안 하더군. 간신히 밴에 태우려던 순간이었지. 그때 한 소녀가 달려왔어. 바로 당신 딸 제이미말이야. 제이미는 용감하게도 레베카를 구하려고 했어. 가방을 휘두르며 놓아주라고 소리쳤지. 갑작스러운 등장에 우리는 당황한 나머지 레베카를 놓쳐버리고 말았어. 그쯤에서 마무리지을 수도 있었지. 언제나 성공할 수는 없으니까. 그런데 문제가 생겼어. 제이미가 내 얼굴을 본 거지. 레베카를 놓치는 순간 쓰고 있던 선글라스가 벗겨지며 제이미와 눈이 마주쳤고, 선택의 여지가 없었다. 우리는 경찰서로 향하는 제이미의 뒤를 쫓아가 납치했어. 결국 제이미는 스스로 무덤을 판 거야."

존 콕스는 담담하게 그날 일을 설명하고 있었다. 하지만 하워드는 심장에 비수가 꽂힌 것처럼 고통스러웠다.

"어떻게 그런 짓을 할 수 있지? 그렇게 착한 아이를 어떻게……."

하워드의 눈에서 분노를 머금은 눈물이 하염없이 흘러내렸다. 그때 호송 경찰이 들어와 면회 시간이 끝났음을 알렸다.

"당신한테는 미안한 일이지만 어쩔 수 없었어. 누군가는 제단에 서야만 했으니까."

순간 하워드는 분노를 참지 못하고 달려들었다.

"네놈을 지옥 끝까지라도 쫓아가 갈가리 찢어버리겠다! 네놈을 용서하지 않겠어!"

하워드는 이성을 잃고 미친 듯이 주먹을 휘둘렀지만 달려온 교도관에게 저지당하고 말았다. 울부짖는 하워드를 뒤로한 채 존 콕스는 유유히 대기실을 빠져나갔다. 그는 나가기 전에 이별 인사를 잊지 않았다.

"사뮈엘을 확인해."

이것이 그의 마지막 말이었다.

하워드는 차로 돌아와서도 분노를 넘어선 격렬한 증오가 도무지 사그라들지 않았다. 존 콕스는 인간이 아니었다. 괴물이었다. 그는 사탄에 대한 믿음과 인간에 대한 경멸을 매개 삼아 지옥에서의 영생을 꿈꾸고 있었다. 그러나 그가 말하는 지옥은 이 땅에 존재했다. 하워드는 그를 응징해야겠다고 결심했다. 그리고 그것은 또 다른 삶의 동기를 제공했다. 하워드 역시 인간을 증오하고 있었다. 하지만 그것은 인류 전체를 향한 것이 아니라 존 콕스와 같은 사악한 인간들을 향한 것이었다. 분명 인류 중에는 악한 이가 존재한다. 이전에도 그랬고 이후에도 그럴 것이다. 하지만 반면 선한 이들도 존재한다. 하워드는 당장이라도 그들의 이름을 댈 수 있었다. 그들의 선한 삶이 존 콕스 같은 사악한 무리에게 유린당하는 모습을 보고만 있을 수는 없었다. 그러기 위해선 먼저 확인해야 할 게 있었다. 사뮈엘이었다. 하워드는 핸드폰을 꺼냈다.

"하워드, 그렇지 않아도 자네에게 전화를 하려던 참이었어."

해리가 선수쳤다.

"무슨 일인데?"

심상치 않은 분위기가 핸드폰 저편에서 전해졌다.

"이상한 일이 일어났어. 이건 도저히……."

해리는 당황하고 있었다.

"말을 해봐. 무슨 일이야?"

"사흘 전 사망한 사뮈엘 베케트 말이야. 자네가 만났던……. 부검을 위해 시체보관소에 보관하고 있던 그의 시신이 오늘 새벽에 사라졌어."

"뭐야? 그게 말이 돼? 캘리포니아 경찰들은 뭘 하는 거야? 시체를 훔치는지도 모르고."

흥분한 하워드가 소리쳤다.

"그런 게 아니야."

"그게 아니면 뭔데?"

"오늘 아침에 부검을 위해 사뮈엘의 시체를 꺼내려는데 시체보관함이 텅 비어 있었다는 거야. 그래서 시체보관소를 감시하던 CCTV 녹화본을 확인해봤는데……."

본인도 믿을 수 없는지 해리는 머뭇거렸다.

"말을 해봐. 카메라에 뭐가 찍혀 있었는데?"

하워드가 재촉했다.

"흐릿하긴 했지만 사뮈엘이 걸어서 시체보관소를 빠져나가는 모습이 찍혀 있었어."

하워드는 온몸에 맥이 빠지며 들고 있던 핸드폰을 놓치고 말았다. 걷잡을 수 없는 급류에 휘말리고 있었다. 이번 급류는 지금까지와는 차원이 달랐다.

사뮈엘이 죽음에서 부활한 것이다.

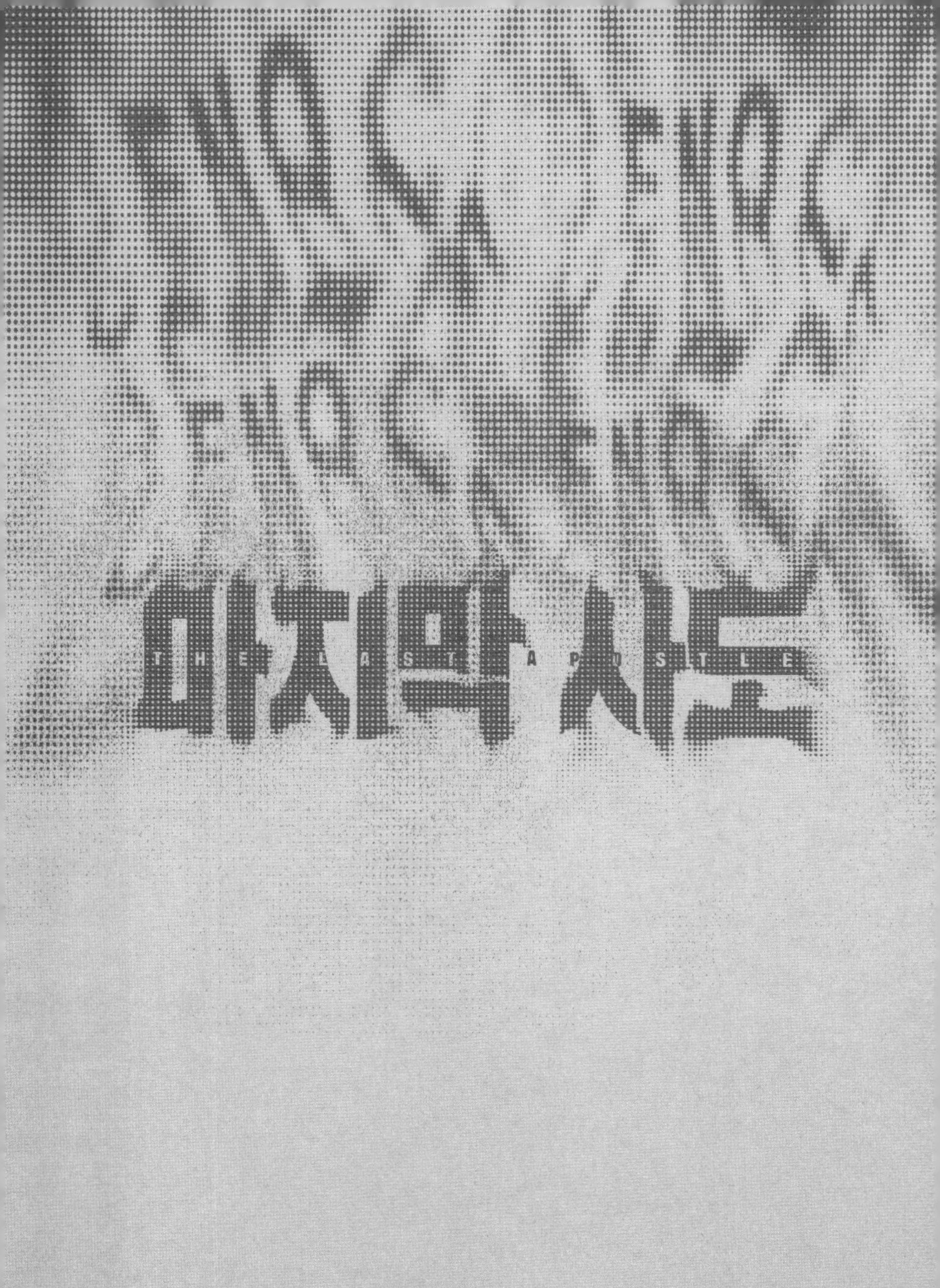
마지막 사도
THE LAST APOSTLE

신의 달력

\-

워싱턴 스퀘어에서 바라본 뉴욕대학 건물은 대학이라기보다는 월스트리트의 증권회사를 연상시켰다. 하워드는 종결 사건 서류함에 넣어두었던 사뮈엘 관련 수첩을 꺼내 들고 뉴욕에 도착했다. 그가 다시 이곳을 찾은 이유는 마야 문자 해독에 있어서 타의 추종을 불허하는 최고 권위자를 만나기 위해서였다.

뉴욕대 역사학 교수로 재직 중인 벤저민 플레처는 1975년에 아홉 살의 나이로 당대 최고의 석학자들도 해독하지 못하던 마야 문자를 해독함으로써 학계를 깜짝 놀라게 했던 장본인이었다. 열세 살에 5개 국어를 완벽히 구사했고, 열여섯 살이 되던 해에는 세계에 단 네 권만이 남아 있던 마야 문서의 상당 부분을 해독하여 학계를 뒤흔들어 놓은 언어의 천재였다. 하워드도 그를 잘 알고 있었다. 하워드도 한때는 이곳에서 중세 역사를 강의했던 역사학자였고, 당시 비교적 젊은데다 자유로운 사고를 지녔던 두 사람은 제법 가까운 사이였다. 하워드가 마야 문자에 대해 어느 정도 지식을 갖게 된 것도 그의 공이 컸다.

하워드가 그를 만나려는 이유는 사뮈엘이 남겼던 롱기누스의 창에 새겨져 있던 미지의 문자를 해독하기 위해서였다. 대학 건물로 들어서는 하워드의 발걸음이 무거웠다. 입버릇처럼 학생들에게 말했던 역사에 대한 그의 신념 때문이었다. 그는 강의 때마다 역사란 강자의 시점에서 쓰인 왜곡된 기록이므로 역사학자는 모든 관점에서 역사를 직시할 수 있는 눈을 가져야 한다고 말했다. 그리고 진실한 눈은 이성과 논리에 기초해야 한다고 매번 강조했었다. 하지만 칠 년 만에 캠퍼스에 들어선 하워드의 이성과 논리는 그 어느 때보다도 흔들리고 있었다. 지난 몇 주 동안 온몸으로 겪었던 역사적 반증들은 그의 신념을 근본에서부터 시험하고 있었다.

"이젠 진실이 나타나도 믿을 수 있을지 모르겠군."

하워드는 사뮈엘의 열두 문자가 적힌 수첩을 움켜쥐고 캠퍼스로 들어섰다. 이곳에 오기 전, 죽은 사뮈엘의 부활로 또 한 번 신념을 흔드는 사건과 직면한 그는 해리의 전화를 받자마자 곧바로 실리콘밸리 시체보관소에 연락하여 사뮈엘이 찍힌 CCTV 화면을 보내 달라고 요청했다. 직접 확인하지 않고는 믿을 수가 없었던 것이다. 그러나 시체보관소에서는 하워드의 요청을 수락하지 않았고 결국 해리를 통해 간신히 화면을 얻을 수 있었다. 불 꺼진 시체보관소를 응시하고 있던 카메라에 찍힌 영상은 하워드의 모든 상식을 단번에 무너뜨리는 충격 그 자체였다. 냉동고 문이 열리며 시체가 스스로 걸어 나왔다. 화면이 어두워 정확히 얼굴을 확인할 수는 없었지만 틀림없는 사뮈엘이었다. 그는 이마에 난 총상을 아무렇지도 않은 듯 쓰다듬으며 시체 보관실을 유유히 걸어 나갔다. 화면 한쪽에는 정확한 날짜와 시간이 찍혀 있었다. 2012년 12월 15일 4시 11분. 날짜를 확인한 하워드의 머릿속에는 존 콕스로부터 들었던 종말론이 되살아났다.

논리와 상식이 하찮은 종잇조각으로 변해버린 세계에서 허우적대던 하워드와는 달리 캠퍼스는 평화로웠다.

"혹시 하워드 교수님 아니세요?"

누군가 하워드를 현실로 불러내었다.

"하워드 교수님 맞죠? 이게 얼마 만이에요!"

두꺼운 책을 한아름 안은 20대 후반의 남자였다.

"저 모르시겠어요? 중세 교회에 대해 강의하셨을 때 수강했었잖아요. 맨날 뒷자리에 앉는다고 일부러 저만 보시면 앞자리로 부르셨던 거 기억 안 나세요?"

하워드는 그제야 그의 얼굴을 기억해냈다.

"이제 기억이 나. 잠깐만 이름이……."

하워드는 수강생의 이름을 모두 기억하는 몇 안 되는 교수 중 하나였다.

"저스틴. 저스틴 힉스. 맞지?"

"대단하시네요. 거의 십 년 가까이 됐는데 제 이름을 기억하시고. 그런데 여긴 웬일이세요?"

"옛 친구한테 볼일이 있어서. 그러는 자넨 여기서 뭘 하나? 설마 아직 졸업을 못 한 건 아니지?"

"그럴 리가요. 여기서 강의하고 있습니다."

저스틴이 멋쩍은 듯 머리를 긁적이며 대답했다. 순간 하워드는 세월을 절감했다. 자신의 강의를 듣던 학생이 어느새 강사가 된 것이다.

"몰라봤군. 어떤 강의를 맡고 있나?"

"교수님이 맡으셨던 중세 유럽사를 하고 있습니다. 오늘은 요즘 한창 인기 있는 성당기사단에 관해 강의하려던 참입니다."

"언제나 재밌는 소재지. 시간이 있으면 한번 듣고 싶군."

"교수님 따라가려면 아직 멀었습니다. 그런데 옛 친구라면 알프레드 교수님을 말씀하시는 건가요?"

"아니. 벤저민 교수를 만나러 왔네."

"그분이라면 지금 교수실에 안 계실 겁니다."

"그럼 어디 있지?"

"강의 없을 때면 늘 계시는 데가 있지 않습니까?"

하워드는 그가 어디에 있는지 짐작할 수 있었다.

"고맙네. 만나서 반가웠어."

하워드는 악수하고 발걸음을 돌려 걸어갔다. 그런데 대학 건물로 들어가던 저스틴이 손을 흔들며 소리쳤다.

"아참. 교수님 굉장히 유명하시던데요! 그래도 몸조심하세요!"

이 말을 하고 저스틴은 사라졌다.

"내가 유명하다고?"

하워드는 영문 모를 소리에 어깨를 으쓱이고는 체육관으로 향했다.

체육관은 땀에 흠뻑 젖은 남자들의 기합 소리로 가득했다. 객석이 텅 빈 코트에는 열 명의 학생이 붉은 공을 놓고 치열하게 몸싸움을 벌이고 있었다. 하워드는 그들 중 벤저민을 단번에 알아볼 수 있었다. 그는 코트에서 뛰고 있던 선수 중 가장 두드러져 보였다. 그가 돋보이는 이유는 마흔이 넘은 나이에도 불구하고 능숙하게 수비를 제치는 날렵한 몸놀림뿐만 아니라, 2미터가 넘는 거대한 몸집을 지니고 있기 때문이었다. 워낙 컸기 때문에 그가 이곳 교수가 되었을 때 학교에서는 그를 위해 교수실 문을 높이고 의자도 새로 주문해야만 했다. 게다가 백팔십 킬로그램에 달하는 육중한 몸무게 때문에 강단이 무너진 적도 있었다.

때문에 학생들은『걸리버 여행기』에 나오는 거인국의 이름을 따 그를 '브롭딩낵'이라고 부르고 있었다. 벤저민이 패스를 받아 압둘 자바를 연상시키는 멋진 훅슛으로 골네트를 갈랐다. 그를 보자 하워드는 비로소 자신이 뉴욕대학에 왔다는 걸 실감할 수 있었다. 그는 뉴욕대학의 마스코트 같은 인물이었다. 슛을 성공시키고 수비로 돌아가던 벤저민이 하워드를 발견하고 멈춰 섰다.

"이게 누구야? 하워드 아니야."

그가 오랜 친구를 반기며 다가왔다.

"잘 있었나, 벤저민. 자네의 혹숏은 여전히 위협적이군."

"대체 여긴 어쩐 일이야?"

벤저민이 하이파이브를 청했다.

"자네에게 볼일이 있어서 왔지."

하워드가 벤저민의 거대한 손바닥을 치며 말했다.

"무슨 볼일? 설마 십 년 전 경기 때 진 빚을 갚으러 온 건 아닐 테고."

벤저민이 땀을 닦으며 물었다.

"자네의 천재적인 머리가 필요해."

벤저민의 사무실은 마야 박물관의 축소판처럼 보였다. 수많은 마야의 유물과 필사본, 그리고 관련 서적들로 발 디딜 틈조차 없었다. 그 비좁은 공간을 거대한 벤저민이 익숙하게 비집고 들어갔다. 방안의 모든 집기는 그의 덩치에 걸맞게 모두 큼지막했다. 심지어 머그잔마저도 하워드의 얼굴만큼이나 컸다. 하워드는 『걸리버 여행기』의 거인국을 떠올리며 방안으로 들어섰다. 벤저민은 검은 뿔테로 된 두꺼운 돋보기안경을 끼고 하워드의 수첩을 펼쳤다. 그가 수첩을 들자 수첩이 인형 소품처럼 작게 느껴졌다.

"이걸 어디서 발견했나?"

사뮈엘의 문자를 유심히 살피던 벤저민이 물었다.

"말해도 믿지 않을걸세."

"그럼 나도 이게 뭔지 말해주지 않을 거야."

벤저민 장난스럽게 말했다.

“롱기누스의 창에서 발견했네.”

“지금 농담하는 거야?”

“내가 농담하는 것처럼 보이나?”

하워드가 진지한 표정을 지으며 물었다.

“아닌 것 같군. 하지만 그건 앞뒤가 맞질 않는데. 자네가 발견한 롱기누스의 창이 진품이라면 이천 년 전 유물일 텐데. 그 시기는 마야라는 문명이 존재하는지도 모르던 시대야.”

벤저민은 믿기지 않는다는 듯 다시 문자를 바라보았다.

“내가 지난 한 달 동안 겪은 일을 얘기하면 더욱 믿지 못할걸. 그 문자가 뭘 뜻하는지나 말해봐. 난 그게 마야의 상형문자라고 생각해서 가져온 거야.”

벤저민은 안경을 벗고 하워드를 바라봤다.

“자네 말이 맞아. 이건 마야 문자야.”

“그럼 그게 뭘 뜻하는지도 알겠군.”

“자네도 알다시피 마야 문자는 중국이나 이집트의 상형문자보다도 훨씬 복잡하고 다양해. 간단한 동사와 형용사를 제외하고 대부분의 문자가 고유명사를 나타내기 때문에 당시 마야인 중에도 문자를 읽을 수 있는 사람은 제사장을 비롯한 소수에 불과했지. 심지어 왕도 문자를 읽지 못하는 경우가 허다했어.”

“그래서 이게 뭘 뜻한다는 거야?”

하워드가 지루한 서론을 자르며 물었다.

"이건 재규어를 뜻하는 문자야."

"재규어?"

조금은 뜻밖의 대답이었다.

"하지만 마야 문자는 조합되어 사용되었기 때문에 앞뒤에 어떤 문자가 오느냐에 따라 뜻이 달라지지."

"벤저민, 이걸 마야어로 뭐라고 부르는지 아나?"

"발람이라고 읽어. 정확히는 '발~람'이지."

순간 하워드의 뇌리를 스치는 이름이 있었다.

"혹시 칠람발람이라는 마야의 예언자 이름에도 이 문자가 들어가나?"

"맞아. 아니, 자네 언제부터 그렇게 마야 문명에 관심이 생긴 거야? 전엔 아무리 이야기해도 귓등으로 듣더니만."

벤저민은 오랜만에 찾아온 친구에게 옛 추억을 환기시키고 싶은 눈치였지만 하워드의 표정은 지나치게 진지했다.

불길한 답변이었다. 사뮈엘이 선택한 열두 명의 제자 중 한 명은 존 콕스가 언급했던 예언자였다니.

"대체 칠람발람이 누군가?"

"한마디로 마야판 카멜롯의 멀린이라고 할 수 있지."

"그 말은 실존 인물이 아니란 얘기야?"

"그건 아니야. 하지만 솔직히 그가 누군지 정확히 대답할 수 있는 사람은 현재 아무도 없어. 나 역시 마찬가지고."

하워드도 마야 문명이 대부분 베일에 싸였다는 것을 익

히 들어 알고 있었다.

"그래도 자네라면 뭔가 알고 있을 텐데."

"마야 문명에 대해 정설이라고 말할 수 있는 건 거의 전무하다고 해도 과언이 아니야. 일단 그들의 문자조차도 아직 완전하게 해독하지 못했고, 더욱 결정적인 건 남미의 고대 문명 중 유일하게 완벽한 문자체계를 갖고 역사를 기록했던 마야의 문서들을 16세기에 디에고 데란데가 악마의 서적이라며 모두 불태워버렸다는 거야. 덕분에 우리가 연구할 수 있는 건 그들의 건축물이나 벽화에 남아 있는 문자들뿐이었지. 그런데 자네도 알다시피 우리 같은 이들에게 축복 같은 자료가 남아 있잖나. '드레스덴 사본'(Dresden codex)에 마야인이 믿었던 신에 관한 내용과 그들의 역법, 그리고 한 예언가의 예언이……."

"칠람발람이군."

"그래. 그런데 칠람발람이 처음 학계에 등장한 건 드레스덴 사본을 통해서가 아니야. 그의 이름이 처음 발견된 건 인디오들의 구전 설화였지. 식민지 시절 스페인 선교사들은 인디오의 구전 설화를 스페인어로 옮기는 작업을 했는데 그중 가장 유명한 게 『포폴 부』(Popol vuh)와 『칠람발람의 서』야. 칠람발람이란 마야어로 '신의 입' 또는 '신의 해석자'라는 뜻인데 이 책에는 칠람발람의 예언뿐만 아니라 간단한 연대기와 파편적인 역사적 설화, 종교적 문답 등을 포함하고 있어. 하지만 초기 고고학자들은 칠람발람이 단순히 제사장을 일컫는 명칭 정도로 여겼지. 그런데 칠람발람이 고대에 실존했던 인물이었다는 증거가 드레스덴 사본에서 발견된 거야. 거기에는 동쪽에서 신이 나타나 새로운 종교를 일으켰다는 언급과 더불어 그 신이 사라진 후 세상에 다가올 종말에 관한 다양한 예언이 적혀 있었어. 칠람발람은 신으로부터 선택된 최초의 예언자로 미래를 내다보는 능력을 지녔다고 전해져. 덕분에 그는 신이 내려준 글과 달력을 통해 인류가 멸망할 날과 그날 벌어질 일들을 정확히 예측할 수 있었다고 하지."

"칠람발람이 언제 존재했던 사람인가?"

"정확한 연도는 알 수 없어. 어디에도 그가 언제 생존했는지 기록되어 있지 않으니까. 하지만 분명한 건 그가 마야의 제사장 중에 신을 직접 만난 유일한 예언자라는 거야."

"신이라면 케찰코아틀을 말하는 건가?"

"맞아. '깃털 달린 뱀의 신'이라고도 부르지."

"한마디로 모세와 같은 존재였군."

"차라리 예수의 제자였던 바울이 더욱 어울릴 거 같군. 케찰코아틀은 모세가 시나이산에서 만난 하느님과는 달리 실제 인간의 모습을 하고 있었다는 내용도 있으니까."

예수라는 말에 하워드는 잠시 멈칫했다.

"마야의 달력에 나오는 인류 종말의 날 말인데, 그게 정확히 언제라고 적혀 있나?"

"거기에 적힌 대로 종말이 일어난다면 우린 이번 크리스마스도 맞지 못할 거야. 왜냐면 종말의 날은 2012년 12월 21일이니까. 심지어 시간까지 기록되어 있어. 오후 아홉 시 이십일 분이라고. 놀랍지?"

하워드는 무의식적으로 한숨을 내쉬었다. 존 콕스의 말은 단순한 허풍이 아니었던 것이다.

"하지만 그날이 종말의 날을 뜻하는지는 아직도 미지수야. 달력에 적힌 문구의 정확한 의미는 지구가 정화되는 날이거든."

"정화? 그게 뭘 의미하는 거지?"

벤저민이 벽에 붙어 있는 그림을 가리켰다. 그림에는 두 개의 달력이 있었는데 각각의 마디마다 날짜와 숫자를 의미하는 것으로 보이는 마야 문자가 새겨져 있었다.

"이게 촐킨이로군."

"맞아. 정확히 말하면 이게 촐킨이지."

벤저민이 두 번째 달력을 가리키며 대답했다.

"드레스덴 사본에 적힌 마야인의 수학과 천문 지식은 상상을 초월해. 이들은 태양의 주기와 달의 주기, 심지어 금성의 회합주기를 모두 완벽하게 계산했지. 이들의 계산이 얼마나 정확했냐면 금성의 주기를 584일로 계산했는데 현대 장비로 관측한 결과, 583.92일이 나왔어. 더욱 놀라운 건 현대 과학으로도 계산이 불가능한 은하계 운행 대주기가 적혀 있다는 거야. 이들은 자신들이 발견한 엄청난 천문학적 지식을 바탕으로 놀라울 정도로 정확한 달력을 여럿 만들었어. 그중 가장 일반적인 것이 하압(Haab)과 촐킨이야. 하압은 일상생활과 농사에 사용했던 365일 주기의 태양력이었고 촐킨은 이들이 가장 신성시했던 종교력이었지. 촐킨은 자연과 동물을 지칭하는 스무 개의 날짜로 구성되어 있는데, 재밌는 건 촐킨을 바탕으로 칠람발람이 묘한 예언을 했다는 거야.

촐킨에 따르면 태양계는 5,128년을 대주기로 은하계를 이동하는데, 한 번 횡단할 때마다 태양계에 근본적인 변화가 일어나. 마야의 산술체계는 20진법이 기본이야. 덕분에 계산이 좀 복잡하지. 마야력은 1일을 '1킨'(Kin), 1개월을 '1위날'(Winal)이라고 불렀어. 고로 20킨이 모여 1개월인 1위날이 되고, 18위날이 360일, 즉 1년이 되는 거야. 그걸 '1툰'(Tun)이라고 불었지. 20툰은 다시 '1카툰'(Katun)이 되고 카툰 스무 개가 모여 사백 년을 가리키는 '1박툰'(Baktun)이 되지. 그런데 박툰 주기에 도달하게 되면 이제까지 사용했던 20진법을 사용하지 않아. 여기서부턴 '13'을 적용하게 되는데 마야인은 이 수를 신체 에너지와 우주 에너지가 소통하게 되는 교점이라고 여겨서 신성시했거든. 그래서 마야력 장주기는 13박툰에서 모든 날짜와 시간이 종료되는데 날짜로는 1,872,000일, 햇수로는 5,128년이야. 태양계가 은하계를 한 번 이동하는 주기지."

"정신이 하나도 없군."

하워드가 미간을 주무르며 말했다.

"지구에서 가장 복잡한 달력이라 할 수 있지. 촐킨의 최초 원년은 0박툰 0카툰 0툰 0위날 0킨으로, 그레고리력으로 환산하면 기원전 3114년 8월 13일이야. 그리고 13박툰은 2012년 12월 21일이지. 이날을 마야인은 여섯 번째 태양이 없어지는 날로 정의하고 있는데 세 번째 정화가 이루어지고 최종적으로 지구는 완전한 자기 동화를 달성할 것이며 재생될 거라고 했어. 그리고 그날 마야의 신인 케찰코아틀이 귀환한다고 했지."

"케찰코아틀의 귀한이라……. 그나저나 지구정화, 자기 동화라니. 어찌 보면 상당히 긍정적으로 들리는데?"

"미안하지만 그 기간 동안 일어날 일에 관한 예언들을 살펴보면 그다지 긍정적이진 않아."

벤저민이 한쪽 책상 위에 덮여 있던 흰 천을 치우자 길이 4미터가량의 고대 문서가 나타났다.

"이것이 드레스덴 사본의 복사본이야. 총 서른아홉 장으로 마드리드 사본, 파리 사본, 그리고 글로리에 사본과 함께 현존하는 네 마야 문서 중 하나지."

하워드가 실제로 마야의 문서를 본 것은 이번이 처음이었다. 벤저민의 복사본은 드레스덴 사본을 고해상도 카메라로 일일이 찍어서 연결한 것으로 실제와 똑같은 크기였는데, 문서 전체가 하나로 연결되어 아코디언처럼 접었다 폈다 할 수 있게 만들어져 있었다. 각각의 장은 동물과 사람, 혹은 신, 그리고 숫자를 상징하는 것으로 보이는 기호들로 그득했고 중요한 부분은 푸른색과 붉은색으로 채색되어 있었다. 벤저민이 사본의 후반부를 가리키며 말을 이었다.

"이 부분이야. 칠람발람이 인류 종말에 관해 예언한 부분."

그 부분은 유독 붉은 염료를 사용해서 그린 섬뜩한 그림들로 가득했다. 중앙에는 돌칼과 방울을 든 한 남자가 기둥을 사이에 두고 지옥의 괴물처럼 흉측하게 생긴 동물과 마주보고 있었다.

"부활한 죽은 자가 세상을 떠돌며 시험을 하니 눈먼 자들은 그것이 시험인지 모르고 욕망을 채우기에 급급하더라. 어리석은 자들이 부활한 죽은 자가 자신들의 신인 걸 알아보지 못하고 그를 천대하고 업신여기니 신은 그들이 만든 신전 안에만 존재하더라. 죽음에서 부활한 자가 또다시 인간의 손에 의해 시체가 되니 사람들은 그를 적이라고 여기더라. 그들은 부활한 시체의 몸에 난 여섯 번째 상처가 세상을 멸할 첫 번째 징표인 것을 깨닫지 못하고 망각 속에 묻어버리니 신의 진노를 사게 되더라. 사흘 후 시체는 다시 죽은 이들 가운데서 일어나 세상 속으로 사라지니 두 번째 징표가 세상을 뒤덮더라."

벤저민의 설명을 들은 하워드는 놀라지 않을 수 없었다. 그가 읽어준 칠람발람의 예언은 존 콕스가 말했던 『리베르 레기스』에 적힌 내용과 정확히 일치했다.

"정확히 어떤 식으로 종말이 다가올 거라고 쓰여 있나?"

"그들은 종말의 날에 지구가 태양계 행성들과 더불어 은하계 중심을 향해 일직선으로 늘어선다고 예언했네. 은하계 중심과 동화되는 순간에 지구의 축이 변화할 거라고 했어."

"지구의 축이 변화한다는 건 어떤 의미지?"

"말 그대로야. 지구의 양극이 이동한다는 거지. 만약 실제로 그런 일이 벌어지면 지구에는 엄청난 재앙이 일어나겠지. 대륙은 수면 아래로 가라앉고 마리아나 해구에서 에베레스트산이 솟아오르겠지. 그 정도면 인류는 순식간에 지구상에서 사라지고 말걸. 아틀란티스 대륙처럼 흔적도 없이."

벤저민은 동화책을 읽어주듯 가볍게 넘기고 있었지만 하워드에게는 심각한 문제였다.

"자네 괜찮나?"

벤저민은 백지장처럼 하얗게 변한 하워드의 낯빛을 보며 물었다.

"여섯 개의 징조가 뭔가?"

"하워드. 나는 징조가 여섯 개라고 말한 적이 없는데. 어떻게 그걸 알고 있지?"

"나중에 설명할 테니 어서 읽어봐."

하워드가 다그쳤다.

"두 번째 날, 그제야 자신들의 신을 알아본 인간들이 신을 찾으니 세상은 온통 신의 이름으로 뒤덮이더라. 세 번째 날, 거대한 새의 둥지에서 검은 도끼가 불을 뿜으니 신은 불을 물로 만들어 세상에 검은 비를 뿌리더라. 네 번째 날, 하늘에서 새들이 우박처럼 떨어지고 네발 달린 동물들이 스스로 목숨을 끊으니 세상에서 생명이 사라지기 시작하더라. 다섯 번째 날, 여섯 번째 태양이 목숨을 다해 죽어가니 세상은 어둠으로 덮이고 식물들이 죽어가더라. 여섯 번째 날, 시간이 멈추니 낮이 밤이 되고 밤이 낮이 된다. 달은 사라지고 검은 태양이 세상을 불태우니 사람들은 신을 찾으나 신은 이미 그 자리에 없더라. 이게 칠람발람이 예언한 종말이 일어날 마지막 엿새간의 징조야."

"자네한테 마지막으로 질문하고 싶은 게 있네. 이건 학자로서가 아니라 친구로서 묻는 거야. 그러니 사견이라도 상관없어."

"대체 무슨 일이야? 하워드. 이건 그저 오래된 설화에 불과해."

"내 말에 솔직히 대답해줘야 해."

하워드는 목이 타는지 침을 삼켰다.

"마야의 신 말일세. 케찰코아틀이라고 불리는. 혹시…… 그 신이 예수일 가능성이 있는가?"

하워드의 질문에 벤저민은 어이없다는 듯 웃었다.

"이봐. 나도 예수님을 믿는 사람이지만 그런 질문에는 대답할 수 없어. 그건 함부로 말할 수 있는 게 아니라는 걸 자네도 잘 알잖아."

벤저민은 살며시 발을 뺐다.

"벤저민. 자네 나를 믿나?"

하워드가 진지하게 물었다.

"왜 그래? 갑자기 그런 걸 물어보고."

"나를 믿느냐고 물었어."

그러자 벤저민이 고개를 끄덕였다.

"학자로서 아니면 친구로서?"

"둘 다."

하워드는 잠시 생각에 잠겼다.

"아까 나한테 무슨 일이 있었냐고 물었지. 지금부터 내가 하는 말 잘 들어. 과장도 추호의 거짓도 없는 진실이니까."

하워드는 지금까지 사뮈엘을 추적하며 있었던 일들을 차분히 설명했다. 중간중간 수첩에 적힌 메모들을 보여주며 설명하는 그의 목소리는 그 어느 때보다도 진지했다. 결국 이야기를 모두 들은 벤저민의 얼굴에서 미소가 사라졌다.

"다시 한번 질문하겠네. 케찰코아틀이 예수일 가능성에 대해 어떻게 생각하나?"

이야기를 마친 하워드가 다시 물었다. 두 번째 질문을 받은 벤저민은 혼란스러워했다.

"이제부터 내가 하는 얘기는 모두 내 개인적인 생각이야. 그저 친구로서 부담없이 말하겠다는 뜻이라고."

벤저민이 힘겹게 입을 열었다. 하워드가 고개를 끄덕였다. 그러자 벤저민은 책상 위에 쌓여 있던 책 중에서 한 권을 펼쳐 사진 한 장을 보여주었다. 어느 무덤의 석관 위에 새겨져 있던 조각을 찍은 사진이었다. 가운데가 불룩하게 튀어나온 특이한 형태의 나무 아래에 뱀처럼 보이는 머리카락을 동여맨 남자가 다리를 벌리고 하늘을 향해 누워 있는 모습이었다. 나무 꼭대기에는 커다란 앵무새로 보이는 동물이 앉아 있었고 양옆으로 뻗은 줄기에는 뱀 두 마리가 남자를 내려다보고 있었다. 나무의 주변에는 방위를 표시한 듯한 네 개의 사각형이 둘러싸고 있었고 별자리를 상징하는 것으로 보이는 동물들이 자리했다.

"이건 팔렝케에 있는 파칼(Pakal) 왕 무덤 석관에 새겨진 조각이야. 학자들은 이 나무를 '세계수'(Tree of life), 또는 '세계의 중심축'이라고 부르지. 마야어로는 '와카 찬'(Wacahchan)이라고 해. 마야인은 중세의 유럽인처럼 세계를 평평한 사각형으로 봤는데 그 중심에 이 세계수가 우주를 받치고 있다고 믿었어. 그들은 이 나무를 죽은 이의 영혼이 통과하는 통로로 여겼지. 그런데 이 나무를 잘 봐. 뭐가 연상되지?"

나무는 정확히 십자가 형태를 그리고 있었다.

"이 석관이 보관된 신전 바로 옆에 마야 문명과 어울리지 않는 특이한 이름의 신전이 있어. 놀랍게도 십자가 신전이야. 왜 그렇게 이름을 지었냐면 그곳에서 십자가가 그려진 패널이 발견되었기 때문이야. 마야인은 십자가를 신의 상징으로 사용하지 않았어. 그런데 왜 하필 마야 역사상 최고의 왕이었던 파칼 왕의 신전에 십자가를 그려 넣었을까."

하워드는 세계수를 응시하고 있었다.

"세계수 아래에 있는 건 '카위일'(K'awiil), 바로 옥수수의 신이야. 혹자는 죽은 파칼 왕이 옥수수 신으로 부활한 모습이라는 주장을 하기도 하지만 이건 그가 숭상하던 옥수수의 신이 맞아. 그런데 재밌는 건 옥수수의 신, 즉 마야인에게 가장 소중한 주식인 옥수수를 선물한 신이 바로 케찰코아틀이라는 거야."

벤저민은 세계수 아래의 사람을 가리키며 계속했다.

"케찰코아틀의 모습을 잘 봐. 다른 마야인의 모습과는 사뭇 달라. 오뚝한 코에 부리부리한 눈, 낮은 광대뼈, 그리고 구레나룻을 기르고 있어. 전형적인 백인의 모습이지. 흥미로운 건 이 신이 창조했다는 최초의 인간들에 관한 설화야. 마야인들의 성서라고 불리는 『포폴 부』에 따르면 최초의 인간들을 만들 때 신은 그들의 눈이 먼 곳을 보지 못하도록 눈에 안개를 불어 넣어 거울에 김을 쐰 것처럼 부옇게 만들었대. 그래서 시야가 가려진 최초의 인간들은 지혜와 지식을 모두 빼앗겼다는 거야. 자네도 알다시피 지식은 선과 악을 상징하잖나? 이것과 흡사한 얘기가 구약성서에 나오지. 바로 에덴동산의 선악과 이야기야. 신기하지? 지구

정반대편에 유사한 신화가 있다는 게."

벤저민이 하워드에게 눈을 맞춰오며 말했지만 하워드는 여전히 사진에서 시선을 떼지 못하고 있었다.

"성서와 흡사한 마야의 신화는 거기서 끝나지 않아. 신이 만든 최초의 인간은 돌로부터 만들어진 거인이었어. 그런데 이 거인들은 시간이 지나면서 신을 멀리하고 서로 다투기 시작하지. 그 모습을 본 신은 거인들을 멸하기로 마음먹고 대홍수로 거인을 쓸어버려. 신이 일으킨 대홍수는 모든 창조물을 휩쓸고 세계에서 가장 높은 봉우리마저도 삼켜버렸는데 여기에 방주가 나와. 대홍수를 일으키기 전, 선하게 살던 여자와 남자 한 명씩을 뽑아 커다란 상자를 만들게 한 거야. 그들은 한 달간 바다를 떠돌다가 티아우아나코(Tiahuanaco)에 이르게 되지. 이곳에서 창조주는 사람들을 번식시키고 나라를 만들기 시작해. 그때 동쪽 바다에서 등장한 신이 케찰코아틀이야. 그 시기가 촐킨에 나오는 8박툰, 즉 지금으로부터 삼천이백 년 전. 그는 이들에게 수학과 역학을 가르치고 옥수수를 경작하는 방법을 가르치지. 한마디로 문명을 전파한 평화의 신인 거야. 그는 턱수염을 기른 키 큰 백인 남자로, 발뒤꿈치까지 내려오는 하얀 외투에 허리띠를 하고 있었어. 가는 곳마다 병자를 치료하고 맹인을 개안시켰다고 전해져."

"그래서 자네는 케찰코아틀이 예수일 수도 있다고 생각하는 거야?"

"확신할 수는 없어. 하지만 분명 예수가 사라진 시기와 케찰코아틀이 마야에 등장한 시기가 일치하고 케찰코아틀의 행적이 예수와 흡사해. 솔직히 나 역시 케찰코아틀을 접할 때마다 예수님이 떠올랐다는 걸 부인할 수 없어. 특히나 칠람발람의 예언에 등장하는 부활한 시체는 예수님의 부활과 매우 흡사하잖아."

하워드는 머리를 움켜쥐었다. 마야 문명에 정통한 학자가 존 콕스의 논리에 근거를 제시하고 있었다. 그리고 하워드 자신도 존 콕스의 논리를 전면 부정할 수 없었다.

"만약 사뮈엘이 케찰코아틀이고 살해당한 후 부활한 게 사실이라면 칠람발람의 예언 중 첫 번째 징조는 이미 벌어진 셈이군."

"하워드. 미안하지만 나는 솔직히 자네 말을 전적으로 믿을 수가 없어. 너무나 엄청난 일이라는 걸 자네도 알지 않나."

"내 눈으로 직접 확인했지만 나 역시 못 믿는 건 마찬가지야. 문제는 그 일들이 실제로 벌어졌다는 거지."

하워드가 한숨을 내쉬었다.

"그렇다면 앞으로 나흘 동안 지켜보면 되겠군. 정말 종말이 일어나는지."

두 사람은 말없이 칠람발람의 예언이 적힌 드레스덴 사본을 응시했다.

"한 가지 이해할 수 없는 건 사뮈엘의 행동이야. 그는 마치 자신이 남긴 단서를 누군가가 찾아주길 바라는 듯했어. 자신의 행적에 뭔가 중요한 것이 담겨 있는 것처럼 말이야.”

하워드가 사뮈엘과 만났던 순간을 떠올리며 말했다.

“만약 사뮈엘이 정말 예수이고 이제 종말이 얼마 안 남았다면…….”

“안 남았다면?”

“인간은 아무것도 할 수 없는 걸까? 그저 앉아서 종말을 기다리는 수밖에 없는 걸까?”

하워드가 물었다. 그것은 스스로 하는 막연한 질문일 뿐이었다. 그런데 그 질문이 벤저민을 움직였다.

“자네에게 보여주고 싶은 게 있네.”

벤저민이 코트를 챙기며 말했다.

“어딜 가는 거야?”

“따라와보면 알아.”

하워드는 영문도 모른 채 벤저민을 따라나섰다.

벤저민이 향한 곳은 메트로폴리탄 미술관이었다. 미술관 입구에는 추운 날씨에도 불구하고 인파로 붐비고 있었다. 벤저민이 이곳의 수석 연구원인 덕분에 하워드는 입장권 없이 입구를 통과할 수 있었다. 벤저민은 곧바로 아메리카 미술 전시관으로 향했다. 하워드는 이곳을 찾은 목적이 궁금했지만 말없이 뒤를 따랐다. 하워드는 관람객들 사이로 기묘한 시선이 따라오고 있는 걸 느꼈다. 지난 한 달간 파란만장한 시간을 보냈던 하워드는 따라오는 시선을 날카롭게 살폈다. 그런데 하워드를 쫓던 은밀한 시선은 멘데스의 염소도 FBI도 아니었다. 미술관을 관람하던 일반 시민들이었다. 카메라를 든 중년 부부도 단체관람을 하던 고등학생 무리도 하워드를 따라 눈동자를 굴렸다. 그들은 현상수배범을 목격한 사람처럼 하워드를 알아보곤 쑥덕였다.

"자네 목에 현상금이라도 걸렸나보군. 사인이라도 해주지 그래."

벤저민이 긴 다리로 성큼성큼 복도를 지나며 말했다.

"자고 났더니 유명인이 됐다는 말은 날 두고 하는 말이군. 대체 무슨 일이지?"

하워드는 영문도 모른 채 자신을 따라오는 불특정 시선들을 물리치며 전시관으로 들어섰다. 미술관 일 층 가장 끝에 자리한 전시관, 마이클 C. 록펠러 윙(The Michael C. Rockefeller Wing)관에는 아메리카 대륙의 유물뿐만이 아니라 아프리카와 오세아니아의 유물도 함께 전시하고 있었다. 벤저민이 향한 곳은 남미 전시물 중 가장 구석에 놓여있던 고대 문서였다. 그것은 가로 30센티미터, 세로 50센티미터가량의 낡은 문서였는데 무화과나무 껍질로 만들어진 겉표지에는 네 자의 마야 상형문자가 제목처럼 커다랗게 그려져 있었다. 하지만 표지가 심하게 오염되어 있어 정확히 알아볼 수 없었다. 책의 모서리는 석회로 보이는 물질이 발라져 있었고 모퉁이를 따라 붉은 염료가 짙게 칠해져 있었다. 마치 누군가가 일부러 손상시키기 위해 칠한 것처럼 보였다.

"아까 현존하는 마야 문서가 총 네 권이라고 말했던 거 기억하나?"

벤저민이 문서를 응시하며 입을 열었다.

"응."

"사실은 네 권이 아니야. 한 권이 더 있어."

"이거로군. 그런데 왜 네 권이라고 했지?"

"이 문서가 문서로서 인정을 못 받기 때문이야."

하워드가 고개를 갸웃했다.

"무슨 말인지 모르겠군. 비록 오염되긴 했지만 내가 보기에는 귀중한 고문서로 보이는데."

"이 문서가 인정을 못 받는 데는 두 가지 이유가 있어. 첫 번째는 이 책을 펼칠 수가 없기 때문이야. 이 책을 처음 발견한 사람은 내 스승이셨던 피터 슐리만 교수님이셨어. 1986년 멕시코 유카탄주의 치첸이트사(Chichén-Itzá) 발굴 현장에서 발견하셨지. 그런데 현장에서 이 책을 펼치려던 교수님은 결국 포기하고 미국으로 가져오셨어. 이유는 바로 이 책에 묻은 붉은 염료 때문이었지."

"대체 뭐가 발라져 있는 거야?"

"붉은 염료와 석회로 보이는 물질 둘 다 불을 낼 수 있는 결정이라는 것 외에는 우리도 정확하게 알 수 없어. 조심해서 열 수도 있었지만, 안쪽에 불을 빠르게 점화할 수 있는 어떤 장치가 있는 것으로 확인되었네. 즉, 여는 순간 잿더미가 될 가능성이 다분하다는 뜻이지."

"뭔진 모르겠지만 굉장히 중요한 내용이 적힌 모양인데. 두 번째 이유는 뭐지?"

"슐리만 교수님은 이 책에 묻은 화학성분을 없애기 위해 여러 방법을 시도했지만 끝내 실패했어. 성분을 없애려면 또 다른 약품을 쓸 수밖에 없는데 그렇게 되면 안에 적힌 내용이 손상되고 말아. 결국 안의 내용을 볼 수 있는 방법은 엑스레이에 비추는 것뿐이었지. 그런데 엑스레이에 찍힌 내용은 그림이나 문서가 아니었어."

"뭐가 적혀 있었나?"

"적힌 내용은 단 하나의 기호, 십자가였지. 온통 십자가만이 빼곡히 적혀 있었어."

"책 전체에 말인가?"

"그래. 엑스레이로 조사해본 바에 의하면 이 책은 드레스덴 사본처럼 하나로 연결된 문서인데 총 스물네 페이지였어. 그런데 스물네 페이지에 걸쳐서 모두 똑같은 크기의 십자가가 같은 간격으로 늘어서 있었어. 총 896개의 십자가가 말이야."

"마야인에게 십자가가 중요한 상징이었나?"

"그렇지 않아. 그들의 유물에서 십자가가 등장하는 건 케찰코아틀에 관한 것뿐이야."

"이 책 역시 케찰코아틀과 연관이 있다는 말이군. 그런데 왜 내게 이 책을 보여주는 거지?"

"그건 책의 제목 때문이야. 나는 이 책에 적힌 문자들을 해독하기 위해 노력했는데 얼마 전 일부를 해독했지. 『구원의 서』, 그게 이 책의 제목이야. 재미있는 건 같은 제목이 드레스덴 사본에도 등장한다는 거야. 칠람발람의 예언 중 자네에게 안 읽어준 부분이 있어. 여섯 번째 징조 이후에 두 줄의 예언이 더 등장해."

벤저민이 표지 위에 흐릿하게 적힌 문자를 응시하며 말했다.

"어떤 내용이지?"

하워드가 긴장된 목소리로 물었다.

"정화의 날, 선택된 자가 신의 문 앞에서 『구원의 서』를 모두 읽게 되면 신의 목소리가 들릴 것이다."

"그게 전부야? 그 이후에 어떻게 된다는 말은 없어?"

"두 번째 문구는 아직도 해독 중이야. 하지만 문맥상 종말을 연기할 방법이 적혀 있을 가능성이 있어. 책 제목이 『구원의 서』 아닌가."

두 사람은 유리 상자 안에 갇혀 있는 초라하고 낡은 고대 마야의 문서를 바라보았다. 만약 예언대로 나흘 후에 종말이 온다면 지금 눈앞에 있는 낡은 책이 세상을 구할 수 있는 유일한 열쇠일 수도 있었다.

"벤저민. 한 가지 부탁이 있네."

"말해봐."

"앞으로 나흘 동안 농구는 자제해주게. 그리고 그동안에 나머지 문자를 해독해줘. 어쩌면 자네가 세상을 구할지도 몰라."

하워드의 부탁에 벤저민은 커다란 덩치가 무색하게도 사탕을 빼앗긴 어린아이처럼 울상을 지었다.

자동차 행렬이 늘어선 센트럴파크 너머로 해가 지고 있었다. 하워드는 벤저민과 헤어진 후 홀로 미술관을 나섰다. 저녁 노을에 붉게 물든 러시아워의 뉴욕은 화려한 네온사인 불빛을 두르고 파티 의상으로 변신 중이었다. 이 시간의 뉴욕은 언제 봐도 매혹적이었다. 하지만 조금 전 불길한 예언을 들은 하워드의 눈에는 모든 것이 대기를 부유하는 먼지처럼 허무해 보였다.

"오늘따라 이놈의 도시가 정겨워 보이는군."

생소한 고대 남미 예언가의 말을 전적으로 믿는 건 아니었다. 비록 비논리로 점철된 한 달을 보낸 그였지만 이렇게 평화로운 곳이 검은 빗속에서 멸망하리라고는 상상조차 할 수 없었다.

"종말이라. 어디 가서 사과나무라도 한 그루 심어야 하나."

하워드는 아직도 욱신거리는 상처를 주무르며 지하철역으로 향했다. 뉴욕에서 러시아워에 택시를 잡는 건 선택받은 사람만이 가능한 일이었다. 고층빌딩 사이로 불어오는 칼바람에 옷깃을 세우며 하워드는 센트럴파크를 따라 걸었다. 퇴근길의 뉴요커들은 저녁 약속을 잡느라 분주히 핸드폰을 눌러댔다. 하워드도 적적한 마음을 달래며 한잔할 사람을 떠올려보았지만 마땅한 사람이 없었다. 하지만 종말론이 드리운 어두운 기운을 조금이라도 떨치지 않으면 잠을 청하기 힘들 것 같았다.

하워드는 제이크바에 가기 위해 지하철역 입구로 들어서려다 발걸음을 멈췄다. 입구에는 허름한 옷차림의 종말론자가 붉은 십자가를 들고 외치고 있었다.

"이제 곧 종말이 다가올 거요. 주께서 우릴 심판하러 오실 거란 말이오. 다들 정신 차려요. 우리 주 예수를 찾아 회계하고 종말을 준비하시오."

가뜩이나 종말론 때문에 머리가 지끈거리던 하워드는 지하철을 포기하고 적당한 술집을 찾으려고 발걸음을 돌렸다. 그런데 그때였다.

"하워드 레이크! 당신, 하워드 레이크 맞지?"

어이없게도 그를 알아본 자는 붉은 십자가를 들고 있던 종말론자였다. 하워드는 돌아서 종말론자의 얼굴을 유심히 살폈다. 그러나 모르는 얼굴이었다.

"우리가 아는 사이입니까?"

하워드가 물었다. 그런데 종말론자는 사도 바울을 만난 듯 무릎을 꿇는 것이었다.

"할렐루야. 당신이 맞군요. 당신이 그분을 구하려다가 총에 맞은 하워드 레이크 씨로군요."

그는 하워드의 손에 연신 키스를 해댔다.

"무슨 소릴 하는 거요? 이거 놔요."

하워드는 거세게 뿌리치며 물러섰다. 그러자 그가 주변을 향해 고함쳤다.

"이 사람이오! 우리 주를 구했던 하워드 레이크 씨가 여기 있어요! 이 사람이 그분을 구한 사람이라고요!"

"이봐. 그만해."

"이 사람이 그 유명한 하워드 레이크란 말이오. 그분을 직접 만난 사람이라니까요!"

하워드는 서둘러 그 자리를 피하려 했다. 아까만 해도 핸드폰으로 주가를 확인하던 뉴요커들이 술렁이고 있었다.

"저 사람이야! 저 사람이 그분을 만난 사람이래!"

한 사람이 소리쳤다. 그러자 사람들이 하워드를 향해 몰려들기 시작했다. 하워드는 황급히 달아나려 했지만 몰려든 인파가 순식간에 그를 포위했다.

"대체 무슨 일이야? 왜들 이러는 거야?"

당황한 하워드가 물었다.

"당신이 그분을 만난 사람 맞죠? 하워드 레이크!"

인파 중 누군가 말했다.

"어떻게 내 이름을……."

그러자 봇물이 터지듯 사람들이 하워드에게 질문하기 시

작했다.

“그분이 다시 살아났다는 게 사실인가요? 정말 죽음에서 부활하셨나요?”

“그분 몸에 난 다섯 개의 상처를 봤소?”

“어떻게 생겼나요? 그림이나 영화에서처럼 인자하게 생기셨나요?”

수많은 질문이 폭포수처럼 한꺼번에 쏟아졌다. 갑작스럽게 벌어진 거대한 혼란이었다. 하워드는 그 한가운데에서 어쩔 줄 몰라하고 있었다. 사람들은 서로를 밀치며 하워드에게 다가오기 위해 안간힘을 쓰고 있었다. 덕분에 하워드는 조각배처럼 파도치는 인파 속에서 이리저리 떠밀리고 있었다. 그때 저만치서 호루라기 소리와 함께 경찰이 나타났다. 교통 혼잡이 생기자 정리를 위해 온 모양이었다.

“이쪽이요. 날 좀 도와주세요!”

하워드는 경찰을 향해 손을 흔들었다. 검은 양복을 입은 남자들을 대동한 경찰이 가까이 오고 있었다. 그들은 능숙하게 사람들을 밀치며 하워드에게 다가왔다.

“하워드 레이크 씨. 우리와 함께 가줘야겠소.”

검은 양복의 남자가 신분증을 보여주며 말했다. 신분증에는 FBI 로고가 찍혀 있었다. 그는 하워드를 끌고 검은 차량으로 향했다. 그 와중에도 사람들은 하워드를 향해 끝없이 질문하고 있었다. 하워드는 영문도 모른 채 밴에 올랐다. 하워드가 오르자 밴은 군중을 가르며 달리기 시작했다.

“신분증을 다시 한번 볼 수 있을까요?”

안 좋은 경험이 있던 하워드가 물었다. 그러자 요원이 신분증을 건네줬다. 틀림없이 정부에서 발행한 신분증이었다.

“대체 무슨 일이죠? 왜들 저러는 겁니까?”

그러자 남자가 무표정하게 바라보며 말했다.

“정말 몰라서 하는 말이오?”

“그럼 내가 연기라도 하고 있단 겁니까?”

하워드가 어이없다는 듯 대답하자 요원이 물끄러미 바라봤다.

“당신 때문에 난리가 났소.”

요원은 밴에 설치된 휴대용 TV를 켰다. 그러자 CNN의 뉴스 화면이 떴다. 화면에는 실리콘밸리의 시체보관소 정문 앞에 모여든 인파를 비추고 있었다. 그들은 저마다 예수 부활과 종말에 관한 문구가 적힌 팻말을 들고 시위를 벌이고 있었다. 하워드는 그제야 상황을 파악할 수 있었다.

“이제 감이 잡히는 모양이로군. 이틀 전 당신 앞에서 살해당한 사뮈엘 베케트의 마지막 모습을 누군가가 인터넷에 띄웠소. 시체보관소에서 멀쩡히 걸어나가는 화면 말이오. 거기에다 그가 이천 년간 살아오면서 아인슈타인을 비롯한 수많은 위인을 만났고 종말을 예언했다는 허무맹랑

한 얘기를 세상에 퍼트리고 있소. 몇몇 종교단체는 그가 부활한 예수라고 주장하고 있어요. 심지어 시체보관소에서 걸어나와 천사들과 함께 하늘에 오르는 걸 목격한 사람까지 등장했단 말이오. 지금 인터넷은 사뮈엘 베케트에 관한 글과 사이트로 넘쳐나고 있어요. 처음에는 십여 개이던 것이 기하급수적으로 늘어났소. 단 이틀 만에 말이오. 경찰에서는 모든 사실을 부인했지만 사람들은 믿지 않고 있어요. 저 사람들은 사뮈엘의 시체를 공개하라고 요구하고 있소. 우리는 이 모든 사건이 당신 때문에 벌어진 일이라고 보고 있소. 시체보관소의 영상을 본 사람은 경찰을 제외하고 당신이 유일하기 때문이오."

요원이 매섭게 노려보며 말했다.

"두 번째 징조."

하워드가 한숨을 쉬듯 내뱉었다.

"뭐라고요?"

요원이 의심스러운 눈빛으로 물었지만 하워드는 대답할 수 없었다. 자신이 겪었던 일을 어떤 논리로도 이해시킬 수 없다는 걸 누구보다도 잘 알고 있었다.

하워드가 FBI 건물을 나선 건 밤 열 시가 넘어서였다. 요원들은 사뮈엘을 추적하게 된 계기와 그와의 관계를 집요하게 추궁했지만 하워드가 할 수 있었던 건 경찰 진술 내용을 반복하는 것뿐이었다. 그것이 그들을 설득할 수 있는 상식적인 수준이었다. 이들에게 지난 한 달간 실제 있었던 사건들을 늘어놔봐야 정신병자로 몰릴 게 분명했다. 요원들은 조서를 두 번 작성하게 한 후 그를 차에 태워 적당한 곳에 내려주었다.

"당분간 이 도시를 떠나지 마시오. 조만간 다시 연락하겠소."

이 말을 남기고 요원들은 사라졌다. 하워드는 자신이 내린 곳이 어딘지도 모른 채 멍하니 홀로 서 있었다. 늦은 밤 뉴욕의 뒷거리는 음산하고 적막했다. 취객의 고함이 여기저기서 들려왔고 경찰 사이렌이 어둠을 가로지르고 있었다. 하워드는 축축이 젖은 아스팔트를 걸으며 칠람발람의 예언을 떠올렸다.

"두 번째 날, 그제야 자신들의 신을 알아본 인간들이 신을 찾으니 세상은 온통 신의 이름으로 뒤덮이더라."

요한계시록처럼 애매하고 막연한 문장이었다. 하지만 오늘 오후, 미술관과 시체보관소 앞에 모인 사람들은 분명 사뮈엘을 찾고 있었다. 거기에다 인터넷에는 수많은 사이트가 광적으로 사뮈엘을 예수로 만들기에 여념이 없었다. 구글과 야후 사이트에는 사뮈엘에 관한 글과 댓글들로 넘쳐났다. 하지만 그를 예수가 아닌 다른 존재로 그리는 부류도 상당수 있었다. 그들은 사뮈엘을 적그리스도로 단정 지으며 섬뜩한 문구로 아마겟돈을 운운하고 있었다. 세상은 온통 사뮈엘의 부활과 종말론으로 가득차 있었다. 그리고 이 모든 것이 단 이틀 만에 벌어진 일이었다. 하지만 하워드를 당황스럽게 만든 건 인터넷 사이트의 폭주나 선정적인 종말론이 아니었다. 그것은 다름아닌 오늘 오후 지하철역에 몰려든 사람들의 눈빛이었다. 그들은 타인에게 무관심한 평소의 뉴요커가 아니었다. 에스프레소를 마시며 경제신문을 읽던 그들이 사뮈엘이라는 이름을 듣는 순간 광신도처럼 돌변했다. 내면 깊숙이 잠재되어 있던 신에 대한 두려움이 한꺼번에 표출된 듯한 느낌이었다.

하워드 역시 마찬가지였다. 벤저민에게서 칠람발람의 예언을 듣는 순간, 내부에 있던 종말의 공포가 부지불식간에 그를 엄습했다. 그러나 이번 사건만으로 칠람발람의 예언이 현실화되었다고 믿기에는 석연찮은 구석이 있었다. 하워드는 이번 사건의 배후에 멘데스의 염소가 있다고 확신했다. 사뮈엘의 존재와 부활 화면을 퍼트릴 수 있는 건 그들뿐이었다. 그들은 자신들의 종말론에 사뮈엘을 끼워 넣고 있었다. 사건은 이제 하워드의 손을 벗어나 전 세계로 뻗어나가고 있었다. 좋지 않은 징조였다. 하워드는 택시를 불러 세웠다.

"어디로 모실까요?"

하워드는 잠시 망설였다.

"5번가에 있는 세인트패트릭성당이요."

세인트패트릭성당은 뉴욕의 바티칸 같은 곳이었다. 그곳에는 예수회 뉴욕 사무실이 있었다. 하워드가 그곳에 가는 이유는 얼마 전에 뒤통수를 치고 사라진 한 수녀를 찾기 위해서였다. 그녀는 하워드가 찾아내지 못하는 나머지 사도에 관해 알고 있으리라. 비록 영화 속 파트너처럼 함께 멋진 엔딩에 이르는 데는 실패했지만, 지금 그녀의 도움이 절실했다. 하워드를 태운 택시는 이름 모를 거리를 지나고 있었다. 그때 핸드폰이 울렸다. 에밀리였다.

"무슨 일인가요? 에밀리. 이 늦은 밤에."

"하워드. 서둘러 이곳으로 오셔야 할 것 같아요."

언제나 차분했던 그녀의 목소리가 긴박했다. 하워드는 직감적으로 언더우드에게 일이 생겼다는 것을 알았다.

"언더우드 씨의 상태가 많이 나쁩니까?"

차창 밖으로 보이는 가로등 불빛이 핼러윈데이 유령처럼 흐물흐물해지며 아스팔트 속으로 스며들고 있었다.

"언더우드 목사님이 마지막으로 당신을 보고 싶다고 하네요."

"당장 갈게요."

하워드는 전화를 끊고 택시 기사에게 언더우드의 주소를 일러줬다. 택시 기사가 핸들을 틀어 롱아일랜드로 향했다. 밤이 깊어갈수록 낯설어지는 뉴욕 뒷골목을 응시하며 하워드는 밀려오는 자괴감에 가슴을 움켜쥐었다.

마지막 사도
THE LAST APOSTLE

걸리버 여행기

ㅡ

늦은 밤에 도착한 언더우드의 저택은 거대한 공동묘지를 연상시켰다. 저택에는 이제 곧 주인을 잃게 될 것을 예감한 듯 숙연한 정적이 감돌았다. 하워드는 입구에서 망설였다. 이제는 익숙해질 때도 됐건만 다시 죽음과 마주칠 때면 어김없이 깊은 수렁으로 굴러떨어지는 듯한 참담함이 그를 무기력하게 했다. 하워드는 마음의 준비를 위해 마호가니 대문을 응시하자 에밀리가 나타났다.

"와줘서 고마워요. 이쪽으로."

"상태는 어때요?"

하워드가 조심스럽게 물었다.

"오늘밤을 넘기기 힘들 것 같아요."

두 사람은 냉랭한 복도를 지나 언더우드의 침실로 향했다. 침실에는 주치의와 간호사, 그리고 변호사가 자리했다. 언더우드는 산소호흡기를 연결한 채 족히 다섯 명은 누울 수 있을 것 같은 커다란 침대에 누워 있었다. 그는 얼굴을 알아볼 수 없을 정도로 심하게 야위어서 보고 있는 것만으로도 마음이 아플 정도였다. 하워드는 침대 옆에 서서 언더우드를 내려다봤다. 어린아이처럼 작은 숨소리가 희미하게 들려왔다.

"목사님, 하워드 씨가 왔어요."

에밀리가 속삭이듯 말하자 눈을 떴다.

"하워드…… 내 친구…… 와줘서 고맙네."

언더우드가 산소호흡기 너머에서 반가운 미소를 지으며 손을 내밀었다. 그의 손은 만지면 부서질 듯 가냘팠다.

"좀 어때요?"

하워드가 손을 잡으며 말했다.

"자네가 보기엔 어떤가?"

"저랑 맥주 내기 농구를 하실 순 없을 것 같네요. 기운을 차리시고 저랑 술 한잔해야죠. 제가 술맛이 끝내주는 바를 알고 있어요. 틀림없이 좋아할 거예요."

하워드가 부드러운 농담을 했다.

"끝내주는 술이라. 말만 들어도 좋군."

언더우드는 당장이라도 숨이 끊어질 듯 심하게 기침을 했다. 하워드는 위로하고 싶었지만 마땅한 말이 떠오르지 않았다.

"위로할 생각은 말아. 이래 보여도 난 세상의 끝을 본 사람이야. 세상에 미련 따윈 남아 있지 않아."

"알고 있어요."

하워드가 말했다.

"말 좀 하게 이 산소호흡기 좀 떼 줘."

언더우드가 산소호흡기를 떼려고 하자 의사가 말렸지만 그의 고집을 꺾을 수는 없었다. 언더우드는 호흡기를 떼고 주변 사람들을 모두 물러나게 했다. 넓은 방에는 가쁘게 숨을 몰아쉬는 노인과 하워드만이 남아 있었다.

"자네를 부른 이유는 한 가지 부탁이 있기 때문이야."

언더우드의 여린 손이 하워드의 손을 꼭 잡았다.

"말씀하세요."

"지금부터 내가 하는 질문에 진심으로 대답해주게, 하워드."

하워드가 끄덕였다.

"자네는 신을 믿나?"

간단한 질문이었다. 하지만 하워드는 선뜻 대답할 수 없었다.

"오래전……이긴 하지만 한때 믿었던 적이 있어요. 하지만 지금은 아니에요."

머뭇거린 끝에 결국 그는 진심을 토로했다.

"그땐 왜 신을 믿었지?"

"신을 느꼈다고 생각한 순간이 있었어요. 아주 어렸을 때. 주변의 모든 것이 신으로 충만한 순간이 있었어요. 아침 대기 속에도, 이슬이 맺힌 나뭇잎에도……."

하워드가 그 순간을 떠올리듯 허공을 응시했다.

"하지만 정작 필요할 때 신은 그 자리에 없었어요."

하워드는 손을 놓으려 했지만 언더우드는 놓아주지 않았다.

"신이 있다고 생각하나?"

언더우드는 하워드의 내면을 파고들었다.

"잘 모르겠어요."

"하워드. 신이 있다고 생각하나?"

언더우드는 도망칠 길목을 가로막듯 하워드의 눈을 똑바로 응시했다.

"정말 솔직한 대답을 원하세요?"

언더우드가 단호하게 고개를 끄덕였다.

"솔직히 신이 있길 바랍니다. 그게 제가 할 수 있는 대답이에요."

"왜 신이 있길 바라지?"

언더우드는 잡은 손에 더욱 힘을 줬다. 그의 눈은 하워드의 영혼을 꿰뚫어 보듯 날카로웠다.

"왜냐하면……."

언더우드는 인자한 얼굴로 참을성 있게 대답을 기다렸다.

"만약 신이 없다면 세상이 너무 슬퍼지니까요. 지금까지 신을 위해 죽어간 사람들이 너무 비참해지니까요. 그리고 지금도 고통 속에서 신을 애타게 찾는 사람들이 너무 불쌍해지니까요."

하워드가 오랫동안 품고 있던 칼을 토해내듯 말했다. 그러자 언더우드의 얼굴에 만족스러운 미소가 떴다.

"고맙네, 하워드. 솔직히 대답해줘서."

언더우드는 하워드의 손을 놓고 다시 침대에 몸을 기댔다. 그는 이승에서 해야 할 일을 비로소 마친 사람처럼 편안해 보였다.

"이제 내가 자네에게 한 가지 부탁을 하겠네."

언더우드의 목소리가 점점 작아지고 있었다.

"신을 끝까지 찾아주게. 포기하지 말고."

"사뮈엘이 되살아난 걸 알고 있나요?"

하워드가 물었다.

"나는 사뮈엘을 얘기하는 게 아니야. 신을 말하고 있는 거야."

언더우드가 스르르 눈을 감았다. 그는 두 번 다시 돌아올 수 없는 깊은 잠 속으로 빠져들고 있었다.

"하워드……."

이제 언더우드의 목소리는 가까이 다가가지 않으면 들리지 않을 정도로 작아졌다.

"말씀하세요."

하워드가 귀를 바짝 들이대며 말했다.

"강을 건너지 않으면 강 건너에 뭐가 있는지 영영 알 수 없어. 그분을 만나려면 그분을 믿어야만 해."

언더우드의 유언이었다. 이 말을 끝으로 언더우드는 고개를 떨구었다. 그리고 두 번 다시 깨어나지 않았다. 하워드는 비석이 된 것처럼 망연히 서 있었다. 슬픈 정적으로 가득한 방에 언더우드의 유언이 영혼처럼 맴돌고 있었다.

여명이 밝아오고 있었다. 하워드를 태운 리무진은 아직

잠에서 깨어나지 않은 뉴욕의 거리로 들어서고 있었다. 언더우드가 사망하자 에밀리는 준비된 절차를 밟았다. 이미 예상된 일이었기 때문에 혼란은 없었다. 그녀는 묵묵히 교회 장로들에게 연락했고 변호사는 그의 유언을 집행하기 위해 법적 절차를 준비했다.

그곳에서 하워드가 도울 일은 아무것도 없었다. 안타까운 건 그의 죽음을 슬퍼하는 사람이 에밀리뿐이라는 사실이었다. 언더우드에게는 가족도 친지도 없었다. 자신의 소망대로 어마어마한 재산을 모았지만 그의 시신을 붙들고 오열할 사람 한 명 남기지 못했다. 그것이 하워드의 마음을 아프게 했다. 시트에 덮여 운구차에 실리는 언더우드의 마지막 모습을 지켜본 하워드는 에밀리에게 인사를 한 후 저택을 빠져나왔다. 그의 뇌리에는 언더우드의 유언이 문신처럼 각인되었다.

"세인트패트릭성당에 도착했습니다."

리무진 기사가 칸막이를 내리며 말했다.

"이른 아침부터 태워다줘서 고마워요."

하워드가 팁을 건넸다.

"아니요. 괜찮습니다. 안녕히 가십시오."

리무진 기사는 정중히 거절했다. 아마도 죽은 언더우드의 친구에게 마지막 예의를 갖추고 싶은 모양이었다. 하워드는 다시 한번 고맙다는 인사를 하고 차에서 내렸다. 천천히 심호흡하자 쌀쌀한 아침 공기가 가슴 깊이 밀려들었다.

성당 앞은 어젯밤에 전쟁이라도 치른 듯 엉망이었다. 성당 직원으로 보이는 노인이 하얀 김을 내뿜으며 묵묵히 쓰레기를 치우고 있었다. 쓰레기 중에는 예수의 재림과 종말 내용이 적힌 팻말들도 보였다. 사뮈엘의 여파가 이곳까지 들이닥친 게 분명했다. 하워드는 비질 소리를 들으며 성당으로 향했다. 문을 열자 사도신경을 외우는 신도들의 기도 소리가 나지막이 울려왔다. 새벽 미사를 집전 중이었다. 성당 안은 발 디딜 틈조차 없이 신도들로 가득했다. 그들은 무릎을 꿇고 간절히 신을 향해 기도했다. 하워드는 그들을 보며 어젯밤 언더우드가 했던 질문을 떠올리고는 비로소 자신 역시 신이 존재하길 바라고 있다는 것을 인정했다. 비록 대답 없고 무책임하더라도 신은 이들을 위해 있어야만 했다. 하워드는 두 손 모아 기도하는 신도들을 뒤로하고 예수회 사무실이 있는 이 층으로 발걸음을 옮겼다.

사무실은 이른 아침임에도 불구하고 분주했다. 그곳에서 일하는 신부들과 수녀들은 연신 걸려오는 전화에 답변하느라 정신을 못 차릴 지경이었다. 그들은 하워드가 나타난 것도 모른 채 이리저리 뛰어다니고 있었다. 어젯밤 내내 전화에 시달린 듯 모두 초췌해 보였다. 모든 게 사뮈엘 때문이었다. 이곳 말고도 대부분의 교회가 사뮈엘 때문에 몸살을 앓고 있을 게 뻔했다. 하워드는 통화를 마치고 숨을 돌리던 수녀에게 다가갔다.

"여쭤볼 게 있어서 왔습니다. 이곳 소속인 린지 길버트 수녀를 만나고 싶은데요. 저는 하워드 레이크라고 합니다."

이름이 사무실에 울려 퍼지자 시간이 정지한 것처럼 모든 사람이 하던 일을 멈추고 그를 돌아봤다. 하워드는 그제야 자신이 유명인이 되었다는 걸 기억해냈다.

"린지 길버트 수녀를 찾고 있습니다. 어디 있는지 알고 계신 분 있습니까?"

하워드가 모두를 보며 말했다. 그러자 신부 한 명이 다가왔다.

"당신은 여기 오면 안 돼요. 나가세요."

신부는 하워드를 사무실 밖으로 몰아내려 했다.

"린지 수녀가 어디 있는지만 말해주면 내 발로 나가겠소. 꼭 만나야만 해요."

하워드가 손을 뿌리치며 말했다. 하지만 신부는 막무가내로 쫓아냈다.

"린지 수녀란 분은 이제 여기 소속이 아니니 다른 데 가서 알아보시죠."

요란한 문소리가 복도에 울려 퍼졌다. 환대를 기대한 건 아니었지만 당황스러울 정도로 냉담한 반응이었다. 그는 하워드를 적그리스도의 수제자라도 되는 듯 적대시했다. 일어났던 일을 생각해보면 어쩔 수 없는 일이라는 걸 하워드도 이해했다. 성당을 빠져나온 하워드에게 남은 방법은 해리에게 도움을 청하는 것뿐이었다. 하지만 그는 지금쯤 침대에서 부족한 잠을 보충하고 있을 게 뻔했다. 하워드는 시간도 때울 겸 아침 식사를 할 식당을 찾아 발걸음을 옮겼다.

"하워드 씨."

다소곳한 여인의 목소리가 하워드를 불러 세웠다. 예수회 사무실에서 봤던 수녀였다.

"왜 그러시죠?"

수녀는 주변을 한번 돌아보고는 말했다.

"린지 수녀를 찾으신다고요."

"그렇습니다. 그녀가 어디 있는지 알고 있습니까?"

하워드가 묻자 그녀는 은밀히 다가와 메모지 한 장을 쥐여줬다.

"저는 린지 친구예요. 이곳에 가면 린지를 만날 수 있을 거예요."

"왜 나한테 알려주는 거죠?"

"린지는 지금 힘든 시간을 보내고 있어요. 당신이 린지를 도와줬으면 좋겠어요."

이 말을 남기고 그녀는 서둘러 성당으로 돌아갔다.

"힘들다고?"

린지에게 안 좋은 일이 생긴 게 분명했다. 하워드는 메모지에 적힌 주소를 확인했다. 하워드의 예상 밖에 있는 주소였다. 그는 급히 지나는 택시를 잡았다.

린지가 머무는 곳은 브루클린의 허름한 어느 모텔이었다. 네온사인이 떨어져 나간 호텔 간판 아래에는 부랑자들이 드럼통으로 만든 간이 난로에서 불을 쬐고 있었고 일을 마친 매춘부들이 돈을 세며 모텔을 빠져나오고 있었다. 어느 모로 보나 린지가 머물기에 적당한 곳이 아니었다. 하워드는 불안한 마음을 안고 모텔에 들어섰다. 로비에는 마약판매상처럼 생긴 카운터 직원이 TV를 켜놓은 채 잠들어 있었다. 하워드는 그를 깨우지 않고 곧바로 메모에 적힌 방으로 향했다. 퀴퀴한 냄새가 나는 복도에는 토사물이 그대로 있었고 여기저기서 실랑이를 벌이는 불쾌한 대화가 들려왔다. 하워드는 메모지에 적힌 방문을 두드렸다. 자고 있을 시간이었지만 예의를 따질 겨를이 없었다.

"누구세요?"

린지였다.

"나예요. 하워드."

그러자 잠시 후 문이 열리며 린지가 나타났다. 그녀는 이른 시각에도 불구하고 코트를 입고 있었다.

"당신이 여긴 무슨 일이죠? 빼앗긴 롱기누스의 창이라도 찾으러 왔나요?"

그녀가 쌀쌀맞게 물었다.

"가짜 창 따윈 관심 없소. 당신과 싸울 생각도 없고. 들어가도 되겠어요?"

린지는 잠시 망설이다가 문을 열어주었다. 방은 예상대

로 형편없었다. 누렇게 바랜 침대 시트에는 커다란 여행용 캐리어가 놓여 있었고 그 주변으로 그녀의 옷가지가 널려 있었다.

"내가 여기 있다고 누가 알려줬죠?"

린지가 옷가지를 여행용 캐리어에 넣으며 물었다.

"예수회 사무실을 찾아갔는데 당신 친구라며 어떤 수녀님이 일러주더군요."

"제시카로군."

그 수녀의 이름인 모양이었다.

"이 시간에 어딜 가려는 거예요?"

"당신이 알 바 아니에요."

린지는 잔뜩 화가 나 있었다.

"화를 내야 할 사람은 나 같은데."

그러자 린지가 돌아서며 싸울 듯 노려봤다.

"좋아요. 하워드 레이크 씨. 치를 게 있으면 지금 치릅시다. 어차피 앞으로 볼일 없을 테니. 자, 하고 싶은 말이 있으면 해봐요."

"아까 얘기했을 텐데. 난 당신한테 화난 거 없다고."

"그럼 볼일 없군요. 난 잘 있으니 돌아가요."

린지가 다시 옷가지를 챙기기 시작했다. 하워드는 주변을 살폈다. 그는 협탁 옆의 쓰레기통에 처박혀 있던 낯익은 옷가지를 보았다. 린지의 수녀복이었다.

"대체 무슨 일이죠? 왜 수녀복을 버린 거고?"

하워드가 수녀복을 꺼내 들며 물었다. 그러자 린지가 빼앗아 도로 쓰레기통에 처박았다.

"당신이 상관할 일이 아니라고 말했을 텐데요. 제발 날 내버려둬요."

그녀의 목소리가 흔들리고 있었다.

"당신 친구가 내게 당신을 도와주라고 하더군. 당신이 힘들 거라며. 대체 무슨 일이 있었던 거요? 린지 수녀."

하워드가 린지를 돌려 세우며 물었다.

"날 수녀라고 부르지 말아요! 난 이제 수녀가 아니에요!"

그녀가 절규하듯 소리쳤다.

"사뮈엘 때문인가요?"

"내 앞에서 사뮈엘이라는 이름도 꺼내지 말아요. 지긋지긋하니까. 제발 부탁이니 돌아가요."

그녀는 하워드의 시선을 피하고 있었다.

"사뮈엘이 부활하자 바티칸에서 그의 정체를 덮으려고 했겠지. 롱기누스의 창을 비롯한 모든 증거도 없애려고 했을 거고. 당신은 그걸 막으려고 했을 거야. 하지만 소용없었겠지. 당신은 일개 수녀에 불과했으니까."

"그런 게 아니에요."

린지의 눈망울이 흔들렸다.

"그러자 당신은 교황을 만나 직접 얘기하려 했을 테지만 당신 앞을 예수회 추기경들이 막았겠지. 그리고 협박했겠지. 수녀로 남고 싶으면 더는 이 일에 관여하지 말라고. 그렇지 않소?"

순간 린지가 돌아서며 소리쳤다.

"그들은 사뮈엘이 예수이길 바라지 않아요. 그가 진짜 예수님이라고 해도 그들은 인정하지 않을 거라고요."

린지는 흐느껴 울고 있었다.

"대체 그게 무슨 소리예요? 예수를 인정하지 않을 거라니."

"그들은 예수님이 재림하는 걸 원치 않아요. 신이 사람들 앞에 직접 나타나는 걸 원치 않는다고요."

충격적인 말이었다. 그리고 어떤 상황이 눈앞에 훤히 그려지면서 헛웃음이 나왔다.

"예수가 재림하면 그들이 할 일이 없어질 테니까. 그들이 지금껏 누렸던 무소불위의 권력이 한순간에 사라질 테니까. 결국 그들은 예수의 이름을 팔아 장사하고 있었군. 중세의 교회가 면죄부를 팔 듯. 그래서 당신은 참다못해 수녀를 포기한 거고."

적나라하게 드러난 진실 앞에 두 사람은 할말을 잃었다. 불행히도 그 진실은 추악한 몰골이었다. 신을 버렸다고 말한 하워드마저도 심한 배신감을 느꼈다.

"그래서 어쩔 거요. 이대로 포기하고 물러설 거예요?"

"나도 몰라요. 지금은 모든 걸 잊고 쉬고 싶어요."

그녀는 다시 짐을 쌌다.

"사뮈엘이 부활했어요. 그리고 새로운 단서들이 나타나

기 시작했고. 롱기누스의 창에 열두 자의 문자가 적혀 있었는데 그건 사뮈엘이 직접 써넣은 거요. 그 문자는 사뮈엘이 새로 만들고 있는 열두 사도를 의미해요. 얼마 전 그 중 한 명을 찾았어요. 놀랍게도 고대 마야의 예언자였지. 그의 예언에 따르면 앞으로 사흘 후 인류는 신으로부터 버림을 받게 돼요. 그걸 막기 위해선 나머지 사도를 찾아야만 해요. 당신의 도움이 필요해요, 린지."

"지금 저로선 당신을 도울 능력이 없어요. 미안해요."

그녀는 신념을 잃은 듯했다.

"웃기는군. 프라하에서 당신이 했던 말은 어떻게 되는 거지? 인간이 저지른 잘못을 신에게 덮어씌우지 말라며 당당하게 소리치던 당신은 어디 간 거냐고. 당신이 믿은 건 당신에게 수녀복을 준 교황청이 아니야. 당신이 찾던 건 당신을 부른 하느님 아니었나?"

그러자 린지가 소리쳤다.

"대체 언제부터 당신이 신을 찾게 된 거죠? 당신은 신 따윈 믿지 않는 걸로 아는데요. 왜죠? 언더우드 때문인가요?"

"언더우드는 어젯밤 숨을 거뒀어요."

그녀는 숨을 들이켰다. 그리고 잠시 후, 말문을 열었다.

"그럼 제이미 때문인가요? 신을 만나서 왜 내 딸을 처참하게 죽게 내버려뒀는지 물으려고? 왜 날 이 지경으로 만들었는지 물으려고?"

하워드는 할말을 잃었다.

"대답해봐요. 왜 그렇게 사뮈엘에게 집착하는 거죠?"

두 사람의 대화는 서로를 막다른 골목으로 내몰고 있었다.

"몰라요. 나도 모른다고."

하워드가 머리를 감쌌다.

"어젯밤 언더우드가 죽기 전에 내게 물었죠. 신이 있다고 생각하느냐고. 나는 신이 있기를 바란다고 대답했어요. 그러자 그가 다시 물었지. 왜 신이 있기를 바라냐고. 나는 신이 없다면 세상이 너무 슬퍼진다고 대답했어요. 신을 위해 죽어간 사람들의 인생이, 고통 속에서 지금도 신을 찾는 사람들이 슬퍼진다고. 어쩌면 그 얘기는 나 자신에게 한 말일지도 몰라요. 신이 없으면 내 삶이 슬퍼질까봐. 평생 신을 원망하며 살던 내 자신이 가엾어질까봐."

하워드의 애절한 목소리가 싸구려 모텔의 카펫 위로 빗물처럼 스며들었다. 린지도 말을 잃었다.

"이걸 두고 갈게요. 당신과 헤어진 후 알게 된 정보들이 모두 적혀 있어요. 이걸 읽고도 함께할 생각이 없다면 이 이상 당신을 괴롭히지 않을게요."

하워드가 자신의 수첩을 건네고 방을 나섰다.

세 번째 징조는 가장 극적인 형태로 드러났다. 그것은 전혀 예상치 못한 곳에서 가장 직접적인 수단을 통해 나타났다. 하지만 징조가 세상을 덮치던 순간, 하워드는 목자를 잃은 어린 양처럼 거리를 방황하고 있었다. 린지로부터 듣게 된 바티칸의 이면은 가뜩이나 종교에 비관적이던 하워드를 더욱 냉소적으로 만들기에 충분했다. 그것은 정치인들이 사리사욕을 채우기 위해 벌이는 권모술수와 조금도 다를 바가 없었다. 오히려 그보다 깊은 배신의 골을 세상에 남기고 있었다. 그들은 인간의 마음에서 가장 연약한 부분을 볼모로 자신들의 배를 채우기에 급급했다. 그것은 단지 바티칸에 국한된 문제가 아니었다. 현재 세상에 세워진 수많은 교회의 실체였다. 물론 모든 종교인이 신을 이용하고 있진 않았다. 그들 중 대부분은 진심으로 신에게 귀의한 사람들이었다. 하지만 상당수의 종교인이 신을 이용해 자신의 욕망을 채우고 있는 점 역시 부인할 수 없는 사실이었다. 하워드는 아침잠에서 깨어나 힘든 일과를 시작하는 사람들 틈에서 신을 생각했다.

"신이 또다시 대홍수를 일으킨다고 해도 할말이 없군."

암울한 생각을 하고 있자니 온몸에 한기가 돌았다. 그는 거의 한 시간가량을 얇은 외투에 의지한 채 추운 뉴욕 거리를 헤맸다. 카페인이 듬뿍 든 따뜻한 커피가 간절했다. 하워드는 근처에 있던 커피 체인점으로 들어섰다. 체인점에는 직장인들이 베이글과 모닝커피를 먹기 위해 장사진을 이루고 있었다. 한차례 홍역을 치렀던 하워드는 옷깃을 세워 얼굴을 가리고 차례를 기다렸다.

"뭘 주문하시겠어요?"

종업원이 기계로 찍어낸 듯한 말투로 물었다.

"카페인과 지방이 잔뜩 든 에스프레소 큰 거 하나."

잠시 후 일회용 잔에 담긴 커피가 나왔다. 하워드는 휴대용 술병에 담긴 버번위스키를 섞어 한 모금 입에 삼켰다. 알코올이 섞인 온기가 온몸으로 퍼지자 노곤한 졸음이 몰려왔다. 생각해보니 거의 이틀간 제대로 잠을 못 잤었다. 이 사건을 맡은 후로 제대로 된 잠을 잔 적이 언제인지 기억도 나지 않았다. 몸이 적당히 녹자 남은 커피를 들고 가까운 호텔로 향하려 했다. 그때 한 남자가 달려 들어오며 하워드와 부딪쳤다. 종업원 복장의 그 남자는 미안하다는 말도 없이 곧장 동료에게 다가가더니 소리쳤다.

"핵폭탄이 터졌다는 소식 들었어?"

남자는 사색이 되어 있었다.

"그게 무슨 뚱딴지같은 소리야?"

"헛소리가 아니야. 오늘 아침 텍사스 팬텍스(Pantex)에서 핵폭발이 일어났대. 지금 나라가 발칵 뒤집혔어!"

남자의 말에 카페 전체가 술렁이기 시작했다. 순간 하워드는 달려가 그 두 사람 앞에 섰다.

"그거 어디서 들었소?"

하워드가 대뜸 물었다.

"라디오에서요. TV는 그것 때문에 정규방송까지 중단했다던데."

하워드는 곧바로 TV를 찾으러 커피숍을 나섰다. 길 건너편에 가전제품 대리점이 보였다. 상점 앞에는 뉴스를 보기 위해 발걸음을 멈춘 사람들로 북적였다. 하워드는 그들을 뚫고 들어가 TV 앞에 섰다.

"오늘 오전 아홉 시 삼십 분경. 텍사스 애머릴로시 부근에 위치한 팬텍스에서 핵폭발이 발생했습니다. 팬텍스 전략 핵무기 해체동에서 일어난 이번 핵폭발은 1992년에 러시아와 이루어진 미소 전략무기 감축협정에 따라 전략 폭격기 탑재용 핵인 토마호크 미사일을 해체하던 중 발생하였으며 지나치게 노후한 안전장치가 발단이 된 것으로 군 당국은 추측하고 있습니다. 폭발한 핵무기는 총 네 개의 안전장치가 탄두를 보호하고 있는데 마지막 단계를 해체하는 과정에서 폭발이 일어난 것으로 알려지고 있습니다. 군 당국은 핵폭발이 지하 50미터 격납고에서 일어나 큰 피해는 막을 수 있었다고 발표했으나 섬광이 10여 킬로미터 밖에서도 목격된 것으로 알려져 큰 파장을 불러일으키고 있습니다. 현재 불길에 휩싸인 격납고 안에는 해체를 기다리던 수백 기의 구형 핵무기가 보관되어 있어 연쇄 폭발로 이어지지 않을까 우려되고 있습니다.

미국 본토에서 발생한 최초의 핵폭발 사고인 이번 사건으로 인한 인명피해는 집계되지 않았으나 적어도 수백에서 수천 명에 이를 것으로 추측하고 있으며, 군 당국은 애머릴로시를 비롯한 인근 도시 주민들에게 대피령을 내린 상태입니다. 현재 핵처리 전담팀이 급파되어 진화에 나서고 있지만 잔존 핵무기 폭발 가능성과 방사능 유출 우려 때문에 선불리 격납고에 접근하지 못하고 있는 상황입니다. 팬텍스는 미육군이 제2차 세계대전 당시 전략무기 제조를 위해 1942년에 건설한 곳으로 지난 반세기 동안 미군의 전략 핵무기 제조와 보수를 담당했던 곳입니다. 이곳 팬텍스에서는 지난 오십 년간 트라이던트 미사일과 토마호크 미사일 등 수천 기에 달하는 미군의 전략 핵무기 대부분이 생산되었고 현재는 전략무기 감축협정에 따라 냉전 기간 중 생산되었던 대륙 간 탄도 미사일과 잠수함 발사 미사일 등의 해체를 담당하고 있었습니다."

긴박하게 뉴스를 전하던 앵커 역시 당혹감을 감추지 못하고 있었다. 화면에는 헬기를 동원해 찍은 영상과 사고 당시 인근을 여행 중이던 민간인들이 촬영한 영상이 연신 흘러나오고 있었다. 비록 멀리서 찍힌 화면이었지만 폭발이 얼마나 큰 피해를 끼쳤는지 알 수 있었다. 사고 반경은 지진이 일어난 것처럼 거대한 원을 그리며 움푹 파였고 검은 연기와 불길로 온통 휩싸여 지옥을 방불케 할 정도의 처참한 폐허로 변해 있었다. 수많은 군용 헬기가 현장 주변을 날아다녔고 방사능복을 입은 군인들이 제3차 세계대전이라도 일어난 듯 급박하게 움직이고 있었다.

"거대한 새의 둥지에서 검은 도끼가 불을 뿜으니 신은 불을 물로 만들어 세상에 검은 비를 뿌리더라."

하워드의 입에서 신들린 듯 칠람발람의 예언이 흘러나왔

다. 하워드는 그것이 세 번째 징조라는 것을 단번에 알 수 있었다. 앵커가 전한 내용 속에 예언과 정확히 맞아떨어지는 단어들이 암시처럼 박혀 있었던 것이다. 하지만 하워드를 두렵게 만든 건 핵폭발이 아니었다. 신이 선택한 세 번째 징조가 인간 스스로 만들어낸 종국의 무기였기 때문이었다. 게다가 신이 선택한 장소는 최초로 핵무기를 개발한 미국 땅이었다. 현재 추정하기로는 인류가 보유한 핵폭탄 중 미국이 절반 이상을 갖고 있고, 팬텍스에서 그중 사천 개가량을 보수 내지는 해체를 위해 보관 중이었다. 문제는 이 폭탄이 전부 해체되기 위해서는 적어도 반세기 이상이 걸린다는 것이었다. 해체된 후에도 축출된 플루토늄이 자연 상태로 분해되는 데는 25만 년 이상이 걸린다. 인류는 지난 반세기 동안 이 저주받을 무기를 해결할 방법을 고민했지만 아직도 뾰족한 수를 찾지 못하고 있었다. 그런데 바로 그곳에서 세 번째 징조가 나타난 것이다.

"종말이 다가오고 있어."

한 노인이 중얼댔다.

"오, 하느님. 드디어 올 게 오고야 말았어."

"어떻게 이런 일이……."

사방에서 두려움에 떠는 목소리가 터져 나왔다. TV를 보던 한 어머니는 아이를 끌어안은 채 눈물을 흘렸고 어떤 이는 당장이라도 지구가 멸망할 것처럼 지인들에게 전화를 걸었다. 불행히도 종말의 징조는 공포를 잔뜩 머금은 채

바이러스처럼 퍼져나갔다. 그때 벨소리가 울렸다.

"하워드, 뉴스 봤어요?"

린지의 목소리 역시 급박했다.

"지금 보고 있소."

"이게 세 번째 징조인가요?"

"거대한 새의 둥지…… 검은 도끼…… 나도 믿고 싶진 않지만 그런 것 같군요."

하워드가 한숨 섞인 목소리로 대답했다.

"그게 뭘 의미하는 거죠?"

"팬텍스는 내가 자란 웰링턴시에서 한 시간도 안 되는 거리에 있어요. 그곳에는 레드록마운틴이라고 하는 산이 있는데 그 산에는 또 다른 이름이 있어요. 치후와타네이호. 인디언 말로 거대한 독수리의 둥지란 뜻이죠. 그리고 오늘 폭발을 일으킨 토마호크 미사일의 이름을 따온 '토마호크'는 인디언 수우족 전사, 크레이지 호스가 지니고 다니던 도끼의 이름이고요."

수화기 저편에서 짧은 신음이 들려왔다. 두 사람은 전화기를 사이에 두고 TV에서 방영되는 종말의 징조를 응시하고 있었다.

"지금 어디 있나요?"

"당신 호텔 인근 커피 체인점에 있소."

그녀는 생각에 잠긴 듯 침묵을 지켰다.

"당신 도움이 필요해요. 린지, 이건 나를 위한 게 아니에요. 당신 자신을 위해서, 어쩌면 이 세상을 위해서 필요하단 말이에요."

"정말 종말이 올까요?"

린지가 불안한 듯 물었다.

"나도 확신할 수 없어요. 하지만 분명한 건 지금 벌어지고 있는 상황이 심상치 않다는 거예요. 그리고 우리 일은 아직 끝나지 않았어요. 사뮈엘이 살아났으니."

하워드가 다급하게 대답했다.

"지금 당신이 있는 곳으로 갈게요. 당신이 봐야 할 게 있어요."

린지가 나타난 건 그로부터 이십 분 후였다. 그녀는 화장기 없는 수척한 얼굴로 머스탱을 타고 있었다.

"내게 보여주고 싶다는 게 뭐죠?"

하워드가 차에 올라타며 물었다. 그러자 린지가 한 장의 서류 봉투를 건네주었다. 하워드는 서둘러 봉투를 개봉했다. 봉투 안에는 하얀 양피지로 둘러싸인 오래된 고문서 한 장이 들어 있었다. 하워드가 조심스럽게 양피지를 벗겨냈다. 봉투 안에는 A4지 세 장이 들어 있었다. 그것은 뭔가를 손으로 옮겨 적은 것들이었는데 급히 작성했는지 글씨를 알아보기 힘들었다. 하워드는 인내심을 가지고 차분히 읽어나갔다.

"이건……."

하워드는 놀라지 않을 수 없었다.

"그래요. 콜럼버스의 『항해일지』 중 사라진 페이지를 필사한 문서예요. 당신과 헤어진 후 나는 바티칸의 갈릴리 도서관으로 향했어요. 그리고 콜럼버스의 또 다른 필사본이 있는지 찾아보았죠. 다행히 수도사님들의 도움으로 15세기 서고에서 콜럼버스 『항해일지』의 두 번째 필사본을 찾을 수 있었어요. 바르톨로메 데 라스카사스가 옮겨 적은 바로 그 필사본이에요. 그런데 그 안에 원본에는 유실된 페이지가 있었어요."

"그 도서관에 꼭 한번 가보고 싶군."

하워드는 나머지 페이지를 읽기 시작했다.

1493년 1월 12일 토요일

우리는 깎아지르는 듯한 절벽을 내려가 카보데앙헬평원으로 향했다. 우리는 평원을 가로지르던 네 개의 강 중 중앙을 향해 일직선으로 뻗은 두 번째 강을 따라 걷기 시작했다. 막상 평원에 서자 절벽 위에서 봤을 때와는 달리 평원은 상당히 광활했다. 저 멀리 몬테데플라타가 이정표처럼 서 있었지만 도달할 수 없는 신기루처럼 멀게만 느껴졌다. 탐험 도중 우리는 이곳 원주민들이 사용했던 것으로 보이는 카누 한 대를 발견했다. 그것은 네 사람이 탈 수 있는 배였는데 이곳에서 자생하는 갈대를 엮어 만든 것이었다. 카누의 앞과 뒤는 날렵하여 거친 물살을 가를 수 있었다. 그것은 산살

바도르섬에서 만난 원주민들이 타는 것과 상당히 흡사했다. 카누는 손상되어 있었지만 다행히 타는 데 무리가 없었다. 카누가 있는 것으로 보아 강 상류에 원주민들이 거주하고 있는 게 틀림없었다. 그들이 사는 곳이 에덴동산이라면 분명 우리를 환대해줄 것이다. 내가 가장 궁금한 건 그들이 믿는 신이다. 지금까지 만난 원주민들은 조잡하고 역겨운 토속 신을 믿고 있었다. 하지만 만약 내가 향하고 있는 곳이 에덴동산이라면 그들은 하느님을 믿고 있을 게 틀림없다. 나는 세 명의 건강한 선원을 뽑아 카누에 타게 하고 나머지는 돌려보냈다. 그중 몇 명이나 살아서 도착할지는 미지수였다. 그들 중 둘은 이미 밤에만 고열이 발생하는 풍토병에 걸려 있었다. 카누를 타고 우리는 강을 따라가기 시작했다.

이것이 사라진 페이지의 첫 장이었다. 콜럼버스는 그가 향하고 있는 곳이 에덴동산이라고 확신하고 있었다. 벤저민으로부터 케찰코아틀에 관해 들었던 하워드도 콜럼버스가 도착하게 될 장소와 그가 만나게 될 원주민들의 신이 누구일지 궁금했다. 하워드는 서둘러 다음 페이지를 펼쳤다. 신앙심이 깊었던 콜럼버스는 일요일인 다음날 탐험을 멈추고 주일을 보냈다. 탐험은 그다음날인 1월 14일부터 다시 시작되고 있었다.

1493년 1월 14일 월요일

배를 이용한 여행은 도보보다 훨씬 빠르고 효율적이었다. 우리는 걸어서 이틀이 걸릴 거리를 반나절 만에 통과할 수 있었다. 등대처럼 우리를 내려다보고 있는 몬테데플라타가 점점 가까워지고 있었다. 하루 동안 거의 10레구아 정도를 이동했다. 밤이 되자 우리는 강가에 카누를 정박시키고 캠프를 칠 준비를 했다. 우리가 도착한 곳은 주변이 온통 바위투성이였고 동굴이 많았으며 군데군데 풀과 향기로운 약초들이 무리 지어 자라는 곳이었다. 우리는 얼마 안 남은 식량을 먹고 기운을 차린 뒤, 만약을 대비해 남은 식량은 동굴에 보관했다. 그리고 바위 사이에서 수많은 새알을 모으고 마른 수초와 풀을 잔뜩 긁어모았다.

다음날 아침은 새알을 구워 먹을 예정이었다. 식량을 보관한 동굴에서 우리는 밤을 지냈다. 연료로 쓰려고 모아둔 마른 풀과 수초는 나의 담요가 되었다.

누락된 페이지에서도 탐험 과정을 자세히 적어나가고 있었다. 중요한 내용은 보이지 않았다.

1493년 1월 15일 화요일

지난밤을 거의 뜬눈으로 지샜다. 며칠 후면 그토록 찾아 헤매던 에덴동산에 도착하게 된다는 생각에 가슴이 설레서 잠을 이룰 수 없었다. 밤새껏 뒤척이던 나는 새벽 동이 틀 무렵 동굴을 나섰다. 열대기후인데도 새벽 강가는 음산하고 추웠다. 나는 얼마 남지 않은 식량을 확인한 후 강가를 거닐었다. 그런데 무심코 바라본 지평선 너머에서 나는 경이로운 광경을 목격했다. 그것은 말로 표현할 수 없을 정도로 신비로운 광경이었는데 지금까지 볼 수 없었던 몬테데플라타의 새로운 모습이었다. 아침 해가 떠오르는 산 정상에 거대한 도시가 있었다. 그것은 마치 하늘에 떠 있는 도시를 연상시켰다. 산 중턱까지 차 있던 안개는 도시를 공중으로 들어올린 것처럼 보였고 아침 햇살을 받으며 모습을 드러낸 도시에는 수많은 건물이 빼곡히 들어차 있었다. 공중도시를 보고 내가 얼마나 소스라치게 놀랐는지 상상도 할 수 없을 것이다. 나는 서둘러 망원경을 꺼내 도시를 살폈다. 산 경사를 따라 돌로 만든 건물들이 성냥개비처럼 다닥다닥 모여 있었고 평지와 연결된 계단과 회랑이 보였다. 그것은 내가 생각했던 에덴동산과는 거리가 있었지만 이런 신성한 곳에 도시를 짓는 사람들이라면 하느님의 자손이 분명했다. 나는 서둘러 선원들을 깨워 몬테데플라타를 향해 나아가기 시작했다.

콜럼버스가 발견한 에덴동산은 성경에 그려진 것과는 동떨어진 모습을 하고 있었다. 하워드는 공중도시라는 표현을 읽으며 잉카 문명이 산 정상에 건설한 마추픽추(Machu Picchu)를 떠올렸다. 마추픽추는 1911년에 미국의 역사학 교수 하이람 빙엄에 의해 발견된 신비의 도시로 안데스산맥 2,430미터 정상에 있었다. 마추픽추가 그곳에 세워지게 된 이유는 아직도 수수께끼이다. 또한, 백 톤이 넘는 거석을 산 정상까지 옮긴 방법과 현대 건축술로도 축조가 불가능한 다면체 석조 기술은 지금까지도 고고학자들의 숙제로 남아 있다. 하지만 콜럼버스가 발견한 도시가 마추픽추인지는 확인할 수 없었다.

1493년 1월 16일 수요일

점점 가까워지던 산은 원시림에 가려 모습을 감추더니 어느 시점을 지나자 시야에서 완전히 사라졌다. 카누를 이용한 탐험을 멈추고 도보로 산을 향해 가기 시작했다. 하지만 문제는 그곳 원시림이 지금까지 맞닥뜨린 어떤 숲보다도 험난하고 울창했다는 것이었다. 집채만 한 나무 때문에 대낮임에도 불구하고 칠흑같이 어두웠으며 사람의 키보다 큰 수풀에 가로막혀 방향조차 분간하기 힘들었다. 우리는 반나절을 헤맸다가 결국 길을 잃고 말았다. 미로처럼 펼쳐진 원시림 속에서 공중도시로 이어진 통로를 찾으려 했지만 소용없는 짓이었다. 나는 선장으로서 결단을 내려야만 했다. 선원들은 모두 지쳐 있었고 그중 한 명은 풍토병 증세까지 보였다. 식량도 남지 않았고 돌아갈 루트조차 확보하지 못한 상황이었다. 아쉬웠지만 여기서 탐험을 포기할 수밖에 없었다. 우리는 들어온 길을 더듬어 숲을 빠져나가기 시작했다. 해가 지기 전에 숲을 빠져나갈 수 있을지 의문이었지만 계속 나아갔다. 그런데 그때 우리 앞에 원주민 한 명이 나타났다. 그는 아직 어렸는데 머리에는 새의 깃털로 된 커다란 장식을 달고 목에는 조개와 금으로 된 장식을 치렁치렁 걸고 있었다. 갈대를 엮어 만든 바구니를 들고 있는 걸로 보아 약초를 캐고 있는 것 같았다. 공중도시에서 온 소년이 분명했다. 나는 정중하게 공중도시로 가는 길을 물으려 했지만 우리를 발견한 원주민 소년은 겁에 질려 그만 달아나 버리고 말았다. 우리는 소년을 잡으려 했지만 이곳 지리에 익숙한 소년은 사슴처럼 날쌔게 사라져버렸다. 마지막 희망이 사라진 우리는 소년을 찾는 걸 포기하고 다시 배가 있는 강가로 발걸음을 돌렸다. 그런데 놀라운 일이 벌어졌다. 우리를 피해 달아났던 소년이 다시 나타난 것이었다. 그는 조금 전과는 달리 친근하게 다가와 말을 건넸다. 그는 마치 신의 사도라도 만난 것처럼 경외심 가득한 눈으로 나를 바라보더니 '팜파차'라고 불렀다. 그리고는 내 손을 잡고 어디론가 끌고 갔다. 우리는 소년의 행동에 당황했지만 일단 따라가 보기로 했다. 소년은 능숙하게 숲을 지나더니 이윽고 사람들이 사는 마을에 도착했다. 그곳은 산 아래에 있었는데 지금까지 보지 못한 경작법으로 작물을 재배하고 있었다. 밭은 놀랍게도 늪지대 위에 건설되어 있었다. 그것은 물 위에 떠 있는 정원처럼 보였는데 나무를 엮어 만든 인공밭 위에 흙을 깔고 그 위에 처음 보는 작물을 대량으로 키우고 있었다. 처음에는 경계하던 원주민들도 소년이 뭔가를 설명하자 반갑게 맞아주었다. 당황스러울 정도의 환대였다.

나는 손수건을 흔들어 답례했다. 그러자 잠시 후 더 많은 원주민이 우리를 구경하기 위해 몰려들었다. 그들은 오래전부터 기다린 듯이 반겨주었고 우리가 입고 있던 옷과 망원경 등을 만지며 신기해했다. 처음에는 어리둥절해하던 선원들도 이내 마음을 열고 그들과 인사를 나누었다. 그 와중에 원주민 서너 명이 공중도시로 이어진 계단을 허겁지겁 올라갔다. 그리고 얼마 후 전사로 보이는 건장한 남자들과 함께 내려왔다. 그들은 돌을 갈아 만든 날카로운 칼과 기괴한 투구를 쓰고 있었다. 특히나 투구가 인상적이었는데 말과 흡사한 동물의 머리를 잘라 만든 것이었다. 그 투구를 쓴 전사는 이집트 죽음의 신인 호루스를 연상시켰다. 사람들은 그들을 '후이넘'이라고 불렀다. 그들은 소년과 대화를 나누더니 우리에게 질문을 했다. 그들의 언어를 알지 못했기 때문에 나는 산살바도르섬 원주민들에게 했던 것처럼 제스처로 대화를 시도했다. 소년은 연신 우리를 가리키며 '팜파차'라는 말을 되풀이했고 말 머리를 한 전사는 날카롭게 우리를 살폈다.

이윽고 확인이 끝난 듯 그들은 우리를 데리고 도시로 향했다. 우리를 받아들이기로 한 모양이었다. 계단 아래서 바라본 공중도시는 구름 때문인지 이리저리 떠다니고 있는 것처럼 보였다. 우리는 드디어 공중도시에 도착했다.

마침내 콜럼버스가 공중도시로 입성하고 있었다. 하지만 린지가 가져온 이야기가 거기에서 끝나는 바람에 콜럼버스가 목격한 공중도시의 모습을 하워드는 볼 수 없었다. 하워드는 수첩을 뒤져 콜럼버스의 『항해일지』 중 찢겨 나간 면수를 확인했다. 다섯 장이었다. 그러나 린지가 적어온 항해일지는 세 장뿐이었다. 린지의 말에 따르면 라스카사스 판본은 온전한 상태였다. 필사자가 임의로 삭제한 부분도 찢겨 나간 페이지도 없었다. 그렇다면 공중도시에서 일어났던 이틀간의 기록은 라스카사스가 참조한 『항해일지』의 원본에도 존재하지 않았다는 이야기였다. 콜럼버스가 어떤 이유에서 공중도시를 본 내용을 삭제했을까. 혼자만 간직하고 싶었는지 아니면 실제로 목격한 에덴동산의 모습에 실망한 건지 알 길이 없었다. 스페인으로 귀환한 후 이어진 세 번의 항해에서도 그는 공중도시에 관해 언급하지 않았다. 에덴동산을 찾겠다는 의지조차 안 보였다. 그곳에서 뭔가 특별한 일이 있었던 게 분명했지만 현재로선 알아낼 방법이 없었다.

"저도 읽어봤지만 사건을 푸는 데 도움이 되는 단서는 발견할 수 없었어요. 하지만 당신이라면 뭔가 찾으리라 생각했죠."

린지의 말대로 일지 자체는 큰 도움이 되지 않았다. 하지만 일지의 내용 중에는 하워드의 관심을 끄는 부분이 있었다. 그것은 몇 개의 문장과 단어였는데 어디선가 흡사한 내용을 본 듯한 기분이 들었던 것이다.

"후이넘……."

생각에 잠겨 있던 하워드가 무심결에 뱉은 단어였다.

"말 머리를 한 전사 말이군요. 고대 아즈텍 문명에 재규어 전사가 있다는 말은 들었지만 말 머리를 한 전사가 있었다는 건 처음 알았어요."

린지가 말했다.

"『걸리버 여행기』!"

하워드가 소리쳤다. 그는 급히 수첩을 펼쳐 사뮈엘이 남긴 문자를 살폈다. 아홉 번째 문자, 'S'였다.

"조너선 스위프트. 사뮈엘의 아홉 번째 사도는 조너선 스위프트였어!"

하워드가 금맥이라도 발견한 것처럼 기뻐서 소리쳤다.

"콜럼버스의 『항해일지』와 조너선 스위프트가 무슨 연관이 있다는 말이죠?"

"『항해일지』를 읽는 내내 어떤 책 한 권이 머릿속을 맴돌았어요. 그런데 그게 『걸리버 여행기』였던 거예요. 콜럼버스는 몬테데플라타 정상에 있는 도시를 공중도시라고 표현했소. 『걸리버 여행기』에도 그와 흡사한 도시가 등장해요. 바로 하늘을 나는 섬나라 '라퓨타'죠. 뿐만 아니라 콜럼버스가 만난 말 머리 전사를 원주민 소년은 '후이넘'이라고 부르고 있어요. 그건 『걸리버 여행기』 4장에 나오는 준마의 종족 후이넘과 일치해요. 『걸리버 여행기』의 후이넘 역시 말의 모습을 하고 있죠. 가장 중요한 건 사뮈엘이 남긴 열두 문자 중 조너선 스위프트의 첫 글자인 'S'가 있다는 거예요."

"그 말은 조너선 스위프트가 콜럼버스의 『항해일지』를 읽고 영감을 받아 『걸리버 여행기』를 썼다는 것처럼 들리는데요."

"그건 충분히 가능한 얘기예요. 조너선 스위프트는 그의 후원자였던 외교관 윌리엄 템플 경의 권유로 성직자가 되는데 신부로 재직하는 동안 유럽의 여러 수도원을 방문해요. 스트라호프 수도원은 당시 성직자들이 가장 많이 방문하는 수도원 중 하나였죠. 17세기 후반에 한창 식민지 개척으로 세상이 떠들썩하던 때, 정치적 야망이 있던 조너선 스위프트가 콜럼버스의 일지를 안 읽어볼 리 없지요."

"하지만 그렇다고 조너선 스위프트가 사뮈엘의 열두 사도 중 한 명이라고 단정 지을 수는 없을 것 같은데요?"

"물론 그래요. 하지만 확인해볼 가치는 충분하지. 만약 그가 사뮈엘을 만났고 그로부터 영감을 받아 『걸리버 여행기』를 집필했다면 분명 사뮈엘이 남긴 단서가 있을 거예요."

"그렇다면 지금 우리가 가야 할 곳은?"

린지가 시동을 걸며 물었다.

"도서관으로. 『걸리버 여행기』 초판본을 구해야 해요."

하워드가 말을 마치자마자 머스탱이 요란한 엔진음을 내

며 출발했다. 그들이 향하는 곳은 뉴욕시립 도서관이었다.

도서 기증자들의 이름이 새겨진 대리석을 밟고 들어서자 티파니 램프가 일렬로 늘어선 주 열람실이 나타났다. 하워드와 린지는 대출대에서 받아온 1726년에 발행된 『걸리버 여행기』 초판본을 들고 T.S 엘리엇이 「황무지」 원고를 썼던 책상에 자리를 잡았다. 두툼한 하드커버를 열자 내용을 암시하는 캐리커처 삽화와 함께 제목이 나타났다.

"정말 이 안에 종말을 막을 단서가 들어 있을까요?"

우스꽝스러운 캐리커처를 보자 미덥지 못한 듯 린지가 물었다.

"사람들은 이 책을 애들이 읽는 동화쯤으로 여기지만 사실은 당시 세계관과 정치적 풍자가 담긴 명작이었어요."

하워드가 첫 장을 넘기며 말했다. 두 사람은 지난 3세기 동안 전 세계에서 수억 부가 팔린 전설적인 책을 읽기 시작했다.

『걸리버 여행기』는 모두 네 장으로 구성되어 있었다. 첫 번째 장은 가장 유명한 '소인국 릴리펏 여행기'였고 두 번째 장은 '거인족의 나라 브롭딩낵'이었다. 여기까지는 사람들에게 익숙한 내용이다. 그러나 『걸리버 여행기』의 백미는 사람들에게 덜 알려진 세 번째 장 '하늘을 나는 섬나라 라퓨타'와 마지막 장 '준마 종족 후이넘의 나라'였다. 하워드가 기대를 걸고 있는 장들이었다.

하워드는 첫 장부터 차분히 읽어나갔다. 학창 시절 읽은 적이 있었지만 워낙 오래전이었고 또 초판본은 읽을 기회가 없던 터라 모두 살펴볼 필요가 있었다. 이야기는 주인공 걸리버의 개인적인 소개부터 가족, 직업, 항해를 하게 된 계기까지 일기를 쓰듯 적어나갔다. 그 후로 걸리버는 항해를 시작했고 남쪽 바다에서 난파되어 이름 모를 섬에 도착했다. 그리고 그 유명한 소인들이 등장했다. 걸리버는 하루에 백오십 명분의 식량을 해치우며 오줌으로 왕궁의 불을 끄고 밧줄과 갈고리만으로 적군함 오십 척을 나포해 왕의 신임을 얻었다. 하워드는 현재 출판된 책과 다른 내용이 있는지 유심히 살폈지만 특별히 다른 점을 발견할 수 없었다. 그는 빠르게 다음 장으로 넘어갔다. 뗏목을 만들어 간신히 고향인 영국으로 돌아온 걸리버는 가족들과 십 개월을 보낸 후 다시 항해를 나섰다. 그를 태운 어드벤처호는 희망봉을 지나 모잠비크 해협을 통과하던 중 폭풍우를 만나 조난당해 또다시 정체불명의 섬에 도착했다. 거인국 브롭딩낵이었다. 18미터나 되는 거인들이 살던 그 나라에서 걸리버는 시장통의 원숭이처럼 구경거리가 되기도 하고 쥐에게 쫓겨 목숨을 잃을 뻔하는 등 여러 위기를 넘기며 이야기를 진행하고 있었다.

하워드는 비록 단서를 찾지는 못했지만 이전에는 느낄 수 없었던 점을 발견할 수 있었다. 작가의 세계관이었다. 그는 소인국과 거인국을 빗대어 세상을 비웃고 있었다. 장난감만 한 크기의 릴리펏 사람들은 구두 굽의 높낮이로 당파를 가르고 달걀의 어느 쪽을 깨느냐를 놓고 전쟁을 벌였다. 거인국 브롭딩낵의 국왕은 걸리버가 영국의 발달한 기술을 가르쳐주려 하자 자존심을 내세워 거절했다. 여인들의 거대한 젖꼭지는 아름다움 대신 역겨움을 주었고 작다는 이유만으로 걸리버의 훌륭한 조언들은 무시당했다. 하워드는 글을 읽으며 사뮈엘이 바라본 세상을 떠올렸고 그가 지난 수천 년의 세월 동안 인간과 함께 살아오며 목격한 인간들의 모습이 걸리버가 본 두 나라의 모습일지도 모른다는 생각이 들었다. 한 여인을 차지하기 위해 전쟁을 일으키고 자신의 욕망을 채우기 위해 신을 내세우며 스스럼없이 수많은 민중을 희생시키는 인간들을 보며 사뮈엘은 무슨 생각을 했을까. 자신이 선물한 선악과의 지식을 가지고 인류 스스로 감당 못할 무기를 만들어 서로를 죽이는 모습을 보며 어떤 표정을 지었을까. 적어도 걸리버가 목격한 우스꽝스러운 세상보다 긍정적인 모습은 아니었을 게 분명했다.

하워드는 사뮈엘의 따가운 시선을 느끼며 책을 읽어나가고 있었다. 농부에게 발견되어 많은 수모를 겪던 걸리버는 우연히 왕의 눈에 띄게 되어 왕궁으로 들어갔다. 그사이 걸리버는 그럼달클리치라는 좋은 성품의 소녀를 만나고 여왕과 함께 국토를 여행하면서 거인국의 여러 모습을 보았다. 그 와중에도 걸리버는 국왕과 많은 대화를 나누었다. 그는 비록 거만했지만 이해력이 뛰어나고 호기심이 많은 거인이었다. 국왕을 통해 걸리버는 크기라는 단순하고 한심한 기준 때문에 가지는 사람들의 어리석은 선입관에 대해 얘기했다. 하워드는 브롭딩낵의 국왕을 보며 벤저민을 떠올렸다. 그는 국왕과는 달리 거만하지는 않았지만 뛰어난 두뇌와 어린애 같은 호기심이 있었다. 하워드는 벤저민의 별명이 참으로 적절하다는 생각을 하며 거인국을 마무리했다.

세 번째 장부터 하워드는 이제까지와는 달리 정신을 집중해 한 문장 한 문장을 읽어나갔다. 콜럼버스의 일지에 나와 있던 공중도시와 말의 종족 후이넘이 등장하는 챕터이기 때문이었다. 하워드는 낱말 하나하나에 온 신경을 집중하며 걸리버와 함께 하늘을 나는 섬 라퓨타로 들어갔다. 1706년 8월 5일에 세 번째 항해를 시작한 걸리버는 이번에는 해적들에게 붙잡혀 정체불명의 섬에 버려졌다. 그런데 새로운 모험은 시작부터 하워드의 시선을 끄는 문장들로 채워졌다. 섬에서 살아남기 위한 걸리버의 행적이 콜럼버스의 일지에 적혀 있던 내용과 정확히 일치하고 있었기 때문이었다.

섬을 거의 한 바퀴 일주했을 무렵, 상륙에 적절한 장소를 겨우 발견했는데 그것은 통나무배의 세 배 되는 폭을 가진 작은 만이었다. 그 섬은 거의 바위투성이였고 동굴이 많았으며, 군데군데 풀과 향기로운 약초들이 무리 지어 솟아 있었다. 나는 얼마 안 되는 식량을 꺼내 먹고 기운을 차린 뒤, 남은 것은 동굴에 보관했다. 바위 사이에서 수많은 새알을 모으고 마른 해초와 풀도 잔뜩 긁어모았는데 다음날 마른 풀을 태워서 새알을 구워 먹을 예정이었다. 식량을 보관 중이던 동굴에서 밤을 지샜다. 연료로 쓰려고 모아둔 마른 풀과 해초 더미는 나의 담요가 되었다.

이것이 『걸리버 여행기』 세 번째 장 중 초반의 내용이었다. 내용은 물론이고 구체적 표현까지 콜럼버스가 몬테데플라타를 향해 다가가던 1493년 1월 14일 일지와 일치했다. 하워드는 조너선 스위프트가 콜럼버스의 『항해일지』로부터 영감을 받아 『걸리버 여행기』를 집필했다고 확신했다. 그리고 일치하는 내용은 거기서 끝나지 않았다.

육체적으로 지친 것보다는 정신적으로 불안해서 잠이 오지 않았고, 그래서 거의 뜬눈으로 밤을 지새웠다. 그토록 동떨어진 곳에서 목숨을 부지하기가 얼마나 어려운 일인지. 그리고 내 최후의 순간은 얼마나 비참할 것인지 생각해보았다. 너무나 맥이 빠지고 자포자기한 심정이 간절하여 잠자리에서 일어날 생각도 들지 않았다. 정신을 가다듬어 간신히 동굴 밖으로 기어나왔을 때는 해가 이미 높이 뜬 뒤였다. 나는 바위들 사이를 잠시 걸어 다녔다. 하늘에는 구름 한 점

없고, 햇살은 뜨거워 고개를 돌리지 않을 수 없었다. 갑자기 해가 어떤 것에 가려졌을 때, 나는 구름이 해를 가릴 때와 다른 식으로 가려진다고 생각했다. 해를 향해 고개를 다시 돌렸더니 거대한 불투명체가 해를 등진 채 내가 있는 섬을 향해 다가오는 중이라는 것을 깨달았다. (중략) 나는 망원경을 꺼내고는 그것의 경사가 진 듯 보이는 여러 옆면을 오르락내리락하는 많은 사람을 발견했다. (중략) 사람들이 사는 섬이 공중에 떠 있는 것을 보고 내가 얼마나 소스라치게 놀랐는지는 독자들이 상상하기 힘들 것이다.

걸리버가 공중도시 라퓨타를 발견하는 순간을 묘사한 글 역시 콜럼버스가 몬테데플라타에서 도시를 발견한 순간을 묘사했던 내용과 일치했다.

"당신 추측이 맞을 수도 있겠군요."

함께 책을 읽던 린지도 같은 생각인 모양이었다. 두 사람은 흥분을 가라앉히며 페이지를 넘겼다. 라퓨타에 도착한 후 시작된 걸리버의 모험은 조너선 스위프트의 상상력을 기반으로 펼쳐졌다. 라퓨타의 사람들은 자신만의 세계에 몰입하여 살고 있었다. 조너선 스위프트는 수학과 음악에만 관심을 두는 그들의 모습으로 당시 과학자들을 신랄하게 풍자했다. 그들은 오이에서 태양광선을 추출하는 실험을 하고 대변의 색을 분석해 배설한 이의 속마음을 읽어내는 황당한 실험에 평생을 바치고 있었다. 또한 그들은 지나치게 사색에 빠진 나머지, 방광 주머니를 들고 다니는 하인이 깨워주어야만 대화를 할 수 있었고 남의 말에 귀를 기울이지 않았다. 비록 삼백 년 전에 쓰인 책이었지만 마치 현대인을 묘사한 듯했다. 현대인들은 체스판처럼 다닥다닥 붙은 사각의 파티션 속에 고립되어 주위와의 소통을 끊은 채 살고 있고 그것은 하워드도 예외가 아니었다. 하워드는 마음을 닫고 산 지난 칠 년의 세월을 돌아보며 걸리버와 함께 공중도시를 여행했다. 그러던 중 하워드의 시선을 끄는 글이 나타났다. 라퓨타의 사람들이 언제나 걱정하던 지구 종말에 관한 것이었다. 라퓨타인은 지구가 태양에 점점 접근하고 있으며 언젠가 태양에 지구가 흡수되어 사라져버릴 거라고 믿었다. 그들은 고성능 망원경을 사용해 화성에 있던 두 개의 위성을 관측하기도 하는 등 당시 영국인보다 뛰어난 천문학 지식을 가지고 있었다. 이 내용이 하워드의 관심을 끈 이유는 『걸리버 여행기』가 출간된 18세기 초반에는 화성의 위성이 발견되기 전이라는 사실 때문이었다. 화성의 위성이 발견된 때는 그로부터 백 년 후의 일이었다. 그런데 조너선 스위프트는 라퓨타인을 통해 정확한 위성의 모습을 묘사했다. 그리고 라퓨타인은 천 년전 대륙 건너편에 문명을 건설했던 마야인과 똑같이 지구의 종말을 고민했다. 책은 점점 하워드가 찾고 있던 문제의 핵심으로 다가갔다.

걸리버는 라퓨타에서 내려와 '그럽덥드럽'이라고 하는

마법사의 섬을 여행하고 있었다. 그런데 그곳 총독을 그린 내용을 읽던 중 하워드는 조너선 스위프트가 사뮈엘을 만났다는 확실한 증거를 발견한다. 그럽덥드럽의 총독이 거느리는 하인들은 모두 죽은 영혼들이었다. 그런데 그들은 평범한 영혼이 아니었다. 총독을 만난 걸리버는 알렉산더 대왕의 영혼과 대화를 나누었다. 뒤를 이어 브루투스의 영혼을 소환하고 아리스토텔레스와 데카르트의 이론을 토론했다. 그 모습은 이천 년 동안 세상을 떠돌며 위인들에게 영감을 불어넣고 그들을 통해 문명을 발전시키던 사뮈엘의 모습과 너무도 흡사했다. 놀라운 내용은 그게 전부가 아니었다. 뒤를 이어 등장한 내용은 라퓨타인이 '스트럴드블럭'이라고 부르던 '신비로운 불멸의 인간'에 관한 것이었다. 분명 사뮈엘에게서 영감을 얻어 쓴 게 틀림없었다. 세 번째 장을 읽으며 하워드는 조너선 스위프트가 지금까지 만난 어떤 위인보다도 사뮈엘의 생각을 가장 잘 이해하고 있는 듯이 느껴졌다. 그는 마치 사뮈엘과 오랜 시간 토론을 한 듯 인간 군상의 모습을 적나라하게 그리고 있었다. 좋지 않은 징조였다.

걸리버는 이제 준마 종족 후이넘의 나라로 들어섰다. 후이넘의 나라를 보며 하워드는 조너선 스위프트와 사뮈엘이 인간에게서 느낀 실망감을 그대로 읽을 수 있었다. 후이넘의 나라에서 인간은 '야후'(Yahoo)라는 짐승의 모습으로 그려졌는데 탐욕스럽고 역겨운 동물이었다. 그에 반해

말 종족인 후이넘은 현명하고 고귀한 존재로 그려졌다. 야후를 통해 작가는 여자들의 허영심과 음탕함을 꼬집었으며 남자들의 탐욕스러움과 아둔함을 통렬하게 비웃었다. 그리고 후이넘을 통해서 인간이 나아가야 할 방향을 제시했다. 걸리버는 후이넘의 고귀한 성품에 반해 그 나라에 살고 싶어 했으나 야후의 모습을 한 외모 때문에 추방당한다. 손수 만든 보트를 타고 대양을 표류하던 걸리버는 포르투갈 선박에 발견되어 영국으로 돌아갔다. 그렇게 이야기는 끝이 났다.

오백 페이지에 달하는 두꺼운 책을 덮으며 하워드는 알 수 없는 절망감에 사로잡혔다. 사뮈엘과의 비상식적이고 경이로운 추격전을 마친 하워드에게는 이 책이 차가운 종말의 예언처럼 느껴졌다. 마치 사뮈엘이 냉소적인 시각으로 인간을 바라보는 것 같은 시점이 책 전체에서 느껴졌다. 이래도 너희 인간들이 살아남기를 바라느냐는 매서운 질책처럼 들리기도 했다.

"결국 쓸 만한 단서를 못 찾은 모양이군요."

린지가 낮은 목소리로 입을 열었다. 그녀의 말이 맞았다. 하워드는 책을 모두 읽는 동안 『구원의 서』와 신의 문에 관한 단서를 찾았지만 아무런 소득도 없었다. 하지만 하워드는 이 책에 단서가 있을 것만 같은 느낌을 지울 수가 없었다.

"연결 고리가 필요해."

하워드가 무의식중에 내뱉었다.

“우리가 단서를 못 찾은 이유는 이 책을 읽기 전에 거쳐야 할 단계를 지나쳤기 때문일지도 몰라요.”

하워드가 수첩을 뒤적이며 말했다.

“거쳐온 과정을 돌아보면서 지울 수 없는 느낌이 한 가지 있었어요. 그건 우리가 사뮈엘이 계획한 시나리오에 따라 움직였다는 걸지도 모른다는 점이에요.”

하워드는 수첩의 첫 장을 펼쳤다.

“내가 처음으로 사뮈엘이 비범한 존재라는 걸 알게 된 건 바로 아인슈타인의 유언장을 봤을 때였죠. 그 뒤를 이어 아이작 뉴턴의 만유인력과 오펜하이머의 원자폭탄, 그리고 스트라호프 도서관에서 만난 콜럼버스의 『항해일지』에서도. 이걸 잘 봐요.”

하워드가 사뮈엘이 남긴 열두 자의 문자를 펼쳤다.

“첫 번째 B는 사뮈엘 베케트를 의미해요. E는 알베르트 아인슈타인을, N은 아이작 뉴턴, O는 로버트 오펜하이머, C는 크리스토퍼 콜럼버스, G는 헬가 그라비츠, ㅅ은 생명공학자 신기원, 는 마야의 예언자 칠람발람, 그리고 S는 조너선 스위프트요. 이게 뭘 의미하는지 알겠어요?”

“당신이 만난 인물들 순서로군요.”

그녀의 말대로 롱기누스의 창에 새겨져 있던 문자는 하워드가 만난 인물들의 순서와 정확히 일치했다.

“또 한 가지. 우리는 이미 걸리버가 여행한 소인국과 거인국을 지난 걸 수도 있어요. 독일에서 만났던 헬가 그라비츠 씨가 아우슈비츠에 들어가기 전에 이끌었던 악단 이름이 바로 릴리펏이었소. 얼마 전 마야 문자를 해독해준 벤저민의 별명은 브롭딩낵이었소. 그러니 우리가 찾아야 할 신의 문이 있는 곳은 공중도시 라퓨타일지도 몰라요."

"그럼 후이넘의 나라는 뭐죠?"

린지가 물었다.

"어쩌면 사뮈엘이 꿈꾸는 이상적인 인간들의 모습일지도 몰라요. 종말로 세상을 잠재우고 다시 세울 나라의 모습일지도."

하워드의 목소리가 침울해졌다.

"이상한 건 제임스 클러크 맥스웰이에요. 남은 것은 S, B, L, 이 세 문자뿐인데, 어느 것과도 맞질 않아요. 그것만 빼면 나머지는 순서가 맞아요. 게다가 제임스 클러크 맥스웰로부터는 아직 아무런 단서도 얻지 못했어요."

하워드가 문자를 응시하며 말했다. 똑같이 문자를 바라보던 린지가 신중히 입을 열었다.

"하워드. 사실 나는 이 책을 읽던 중 한 가지 단서를 발견했어요."

"그게 뭔가요?"

하워드가 반색하며 물었다.

"하늘을 나는 섬 라퓨타에서 그들이 섬을 공중에 띄우는 장치를 설명한 부분이 있어요."

"섬 중심에 있던 거대한 자석을 말하는 거요?"

세 번째 장 중간 부분에는 걸리버가 목격하게 된 섬 중심의 모습이 상세하게 적혀 있었다. 거기에는 섬을 공중에 띄우는 기능을 하는 직조기의 북처럼 생긴 어마어마하게 큰 천연자석이 있었다. 길이는 5.4미터였고 가장 두꺼운 부분은 적어도 2.7미터 이상이었다. 금강석으로 만든 대단히 강한 축이 그 자석의 중앙을 관통하며 지탱했다. 자석의 가운데는 오목한 홈이 파여 있었고 거기에는 작은 자석이 손잡이처럼 놓여 자석을 쉽게 움직일 수 있게 해놓았다. 그것을 움직이는 방향에 따라 섬 전체가 움직이게 설계되었다.

"그래요. 그 자석 말이에요. 그것과 흡사한 자석을 본 적이 있어요."

"대체 어디에서 봤죠?"

하워드가 다급하게 묻자 린지가 잠시 머뭇거렸다.

"오해 말고 들어줘요. 상부의 명령을 받아 어쩔 수 없이 그런 거니까. 당신한테 말한 위인 중 제가 억지로 끼운 인물이 있어요. 제임스 클러크 맥스웰이에요. 사실 그는 사뮈엘을 만난 적이 없어요."

"왜 그런 거짓말을 한 거예요?"

"당신이 사뮈엘을 너무 깊숙이 파고들기에 혼선을 빚게 만들려고 그랬어요."

"어이가 없군. 그런데 왜 하필이면 제임스 클러크 맥스웰이었죠?”

“우리는 사뮈엘을 추적하기 위해 역사적 인물 중 그와 접촉했을 법한 인물의 리스트를 작성했어요. 맥스웰도 그중 한 명이에요. 임의로 고른 거죠.”

“그러면 리스트 중 사뮈엘을 만난 또 다른 위인이 있다는 건가요?”

“네. 로버트 F. 스콧이에요.”

“설마 아문센과 남극점 정복을 경쟁했던 영국의 로버트 F. 스콧을 말하는 거요?”

“맞아요. 그는 노르웨이의 탐험가 아문센과 남극점을 놓고 경쟁을 했지만 한 달 차이로 선수를 빼앗기고 말았죠. 그리고 돌아오던 중 전원이 실종돼요. 팔 개월 후 영국의 수색팀이 남극의 얼음 속에서 그들을 발견하게 되는데 이미 동사하고 난 후였어요. 그런데 거기에서 로버트 F. 스콧이 적은 열두 통의 편지와 탐험 과정을 기록해두었던 일기가 발견되었죠.”

“거기에 사뮈엘을 만났던 기록이 있었군요.”

“그래요. 로버트 F. 스콧이 남극점 탐험을 위해 출발하기 직전에 한 남자를 만났는데 그로부터 아문센이 스콧보다 남극점에 먼저 도달할 거라는 묘한 예언을 듣게 되죠. 화가 난 스콧이 멱살을 잡고 화를 내자 그는 또다시 이상한 말을 남겨요. 비록 남극점을 최초로 발견하지는 못하겠지만 더 중요한 걸 발견하게 될 거라고. 그런데 놀랍게도 남극점에서 귀환하던 중 스콧은 이상한 물체를 발견해요."

이야기가 묘하게 돌아갔다. 로버트 F. 스콧은 사뮈엘의 문자 중 열 번째 단어, 'S'였다. 그가 정말 사도라면 사뮈엘의 열두 문자와 정확히 맞아떨어진다.

"대체 그게 뭐였죠?"

"그것이 무엇인지 아무도 알지 못해요. 당신 눈으로 직접 확인하세요."

린지가 자리에서 일어나며 말했다. 하워드도 뒤따라 도서관을 나섰다. 사뮈엘의 발자국은 걸리버가 여행한 신비의 나라를 지나 남극으로 향했고 그곳에는 정체불명의 물체가 하워드를 기다리고 있었다.

마지막 사도
THE LAST APOSTLE

구원의 서

\-

도서관에서 나온 두 사람은 뉴욕 시내를 빠져나갔다.

"그 물체가 어디 있나요?"

"메릴랜드주 워싱턴 D.C. 외곽 군 기지 안에 있어요."

"군 기지라면 우리가 접근할 수 없을 거 같은데."

"그러니까 도와줄 사람이 필요한 거죠."

린지가 핸드폰을 들어 어디론가 전화를 걸었다. 그녀는 누군가와 한참 심각한 대화를 나누더니 어두운 표정으로 핸드폰을 접었다.

"뭔가 뜻대로 되지 않은 모양이군요."

"왜냐면 저는 이제 수녀가 아니니까요."

그녀가 도움을 청한 사람은 예수회 쪽 인물인 듯했다. 그가 린지의 요청을 수락했는지 알 수 없었으나 그녀는 말없이 메릴랜드주를 향해 차를 몰았다. 린지의 차는 65번가를 지나 브로드웨이 거리로 들어섰다. 자정을 넘긴 시각이었지만 브로드웨이 거리는 여전히 사람들로 분주했다. 크리스마스를 앞둔 거리에는 산타클로스 복장을 한 사람들 사이로 흥겨운 캐럴이 울려 퍼지고 있었다. 그러나 붉은색 머스탱을 탄 두 사람은 어깨에 세상의 모든 짐을 짊어진 듯 비장한 얼굴이었다. 브로드웨이 타임스스퀘어를 지나 엠파이어스테이트 빌딩가 주변에 있는 가먼트 구역으로 들어섰다. 언제나 막히는 곳이었다. 끝도 없이 늘어선 차들을 보며 린지는 답답한 듯 핸드백에서 담배를 꺼냈다. 그녀가 익숙한 동작으로 담배를 물고 불을 붙이려 할 때 하늘에서 우박처럼 뭔가가 떨어지며 차 앞 유리창에 부딪혔다. 깜짝 놀란 린지가 물체를 살폈다. 비둘기의 사체였다. 비둘기는 목이 부러진 채 보닛 위에 죽어 있었다. 워낙 세게 부딪힌 바람에 앞 유리창은 금이 가 있었다.

"하워드. 미안하지만 비둘기 좀 치워주시겠어요?"

린지는 비둘기를 제대로 쳐다보지도 못했다.

"그러죠."

하워드가 차에서 내려 비둘기 사체를 치우려고 한 그 순간이었다. 브로드웨이 상공을 떼 지어 날던 비둘기들이 갑자기 방향을 잃고 사방으로 부딪히기 시작했다. 비둘기들은 마치 자살이라도 하려는 듯 빌딩 유리창과 가로등, 광고판에 스스로 머리를 부딪쳤다. 새들의 사체가 우박처럼 쏟아지며 브로드웨이 거리를 온통 피로 물들였다. 당황한 사람들이 비명을 지르며 건물 안으로 달아났다. 하워드의 머리 위로도 수십 마리의 비둘기가 쏟아져 내렸다. 하워드는 황급히 차로 돌아왔다. 사체들이 차의 지붕을 때리며 드럼을 치는 듯 둔탁한 소리를 내고 있었다.

"대체 이게 무슨 일이죠?"

"네 번째 징조……. 하늘에서 새들이 우박처럼 떨어지고 네발 달린 동물들이 스스로 목숨을 끊으니 세상에서 생명이 사라지기 시작하더라."

하워드가 아스팔트 위를 메운 비둘기 사체를 보며 중얼댔다.

"어서 가요. 시간이 없어요!"

하워드가 소리쳤지만 린지는 차를 출발시키지 못하고 있었다. 그녀는 거리를 가득 메운 비둘기의 사체를 밟고 지날 수 없었던 것이다.

"오, 하느님. 난 도저히 못하겠어요, 하워드."

"지금 어린애 같은 푸념을 할 때가 아니에요. 종말은 이제 사흘밖에 안 남았다고요!"

하워드가 소리치자 린지는 눈을 질끈 감고 액셀러레이터를 밟았다. 그리고 중앙선을 가로질러 반대편 골목으로 들어갔다.

"대체 왜 비둘기들이 자살하는 거죠?"

비둘기 사체를 밟고 지나며 린지가 물었다.

"마야인은 종말의 날에 지구가 태양계 행성들과 함께 은하계 중심과 일치할 거라고 믿었죠. 그리고 은하계와 태양계가 일치되는 순간 지구의 축이 바뀐다고 예언했고요. 새들의 뇌에는 생체 나침반 같은 게 들어 있어요. 지구의 양극에서 흘러나오는 자기장을 따라 철새들은 수천 마일을 여행해 서식지를 찾아가죠. 그런데 만약 지구의 양극이 바뀐다면 새들은 방향을 잃고 말아요."

"그 말은 정말로 지구의 축이 변하고 있다는 말인가요?"

린지가 믿을 수 없다는 듯 물었다.

"아마도."

하워드의 암울한 목소리가 나지막이 차 안에 울려 퍼졌다. 두 사람을 태운 머스탱은 종말의 새로운 징조를 밟고 지나며 뉴욕을 빠져나갔다. 그리고 그 시각 지구의 자기장은 종말의 시계처럼 반대편을 향해 서서히 움직였다.

기지는 워싱턴 D.C.에서 80킬로미터 떨어진, 버지니아 주와의 경계에 있었다. 거대한 잣나무 숲 한가운데 있었기 때문에 도로에서는 전혀 보이지 않았고 팻말조차 없어서 일반인들은 그곳에 기지가 있는지조차 몰랐다. 예전에 가본 적이 있던 린지마저도 기지를 지나쳐서 차를 돌려야만 했다. 좁은 도로를 따라 300여 미터를 들어가자 '군사보호구역'이라는 푯말이 나타났고 조금 더 들어가자 기지가 모습을 드러냈다. 철제문이 가로막은 입구에는 중무장한 군인이 경계를 서고 있었고 전기가 흐르는 철조망이 이중으로 기지를 둘러싸고 있었다. 그런데 그곳은 일반적인 기지가 아니었다. 초소 너머에는 창문 하나 없는 벽돌 건물이 늘어서 있었는데 입구는 자물쇠가 채워진 두터운 철문으로 막혀 있었다. 또한 서치라이트가 설치된 경계초소들이 일정한 간격으로 지키고 있었다. 얼핏 보아도 비밀스러운 것을 보관하는 창고라는 걸 알 수 있었다. 린지는 입구에서 조금 떨어진 숲에 주차했다. 아마도 오는 길에 새로 통화했던 사람을 기다리는 모양이었다.

"이곳은 FBI가 수집한 증거물들을 보관하는 곳이에요."

린지가 담배 한 대를 물며 말했다.

"원래 담배를 피웠었나요?"

하워드가 의아한 듯 물었다.

"수녀가 되면서 끊었는데 어제부터 다시 피우기 시작했어요."

린지가 능숙하게 담배 연기를 빨아들이며 말했다. 담배를 피우는 그녀의 모습이 낯설었다.

"뭐 하나 물어봐도 돼요?"

"왜 수녀가 됐냐고요?"

그녀가 다시 한 모금 깊이 빨며 말했다.

"그래요. 처음부터 느꼈던 거지만 당신은 수녀가 어울리지 않아요."

하워드의 말에 린지가 어이없다는 듯 돌아봤다.

"하워드. 지난번에도 말했지만 당신은 지나치게 선입견에 사로잡혀 있어요. 사람들은 당신이 생각하는 것보다 훨씬 더 복잡하다고요. 당신이 오 년 전의 나를 만났다면 알아보지도 못할 거예요."

"미안해요. 나도 요즘 그 사실을 뼈저리게 느끼고 있긴 해요."

하워드도 담배 한 대를 물었다. 두 사람은 나란히 앉아 담배를 피웠다.

"내가 한때 매춘부였다면 믿겠어요?"

린지가 무덤덤하게 물었다. 산전수전 다 겪은 하워드였지만 그녀에게서 매춘부의 이미지를 떠올리기는 쉽지 않았다.

"당신은 나를 어리다고 생각할지 모르지만 나는 다른 사람이 평생 못 겪을 일들을 스무 살이 되기 전에 겪었어요."

그녀는 익숙한 악몽을 떠올리듯 담담하게 이야기했다.

"당신한테 보여줄 게 있어요."

그녀는 갑자기 셔츠 단추를 풀기 시작했다.

"뭘 하려는 거요?"

당황한 하워드가 말리려 했지만 린지는 셔츠를 벗고 자신의 오른쪽 가슴을 보여줬다. 수녀복을 벗은 후부터 린지는 마치 다른 사람이 된 듯 의외의 모습들을 계속 보여준다고 생각하며 그녀의 가슴을 본 하워드는 놀라지 않을 수 없었다. 그녀의 오른쪽 가슴에는 담뱃불로 지진 흉터가 북두칠성 모양으로 나 있었다.

"내가 두 번째로 달아났을 때 포주 놈이 한 짓이에요. 그때 내 나이가 열여덟 살이었어요. 이제 알겠죠? 세상은 당신이 생각하는 것보다 훨씬 복잡해요."

그녀는 셔츠를 여몄다. 하워드는 가슴이 아팠다.

"만약 하느님을 만나지 못했다면 난 이미 죽었을 거예요."

린지는 이 이상 말하고 싶지 않은 듯 입을 굳게 다물었다. 그러나 표정에서 그녀가 겪어야만 했던 파란만장한 과거를 생생히 읽을 수 있었다. 그녀의 해맑은 미소 저편에는 치유될 수 없는 깊은 상처가 있었던 것이다. 그리고 그곳에서는 아직도 피가 흐르고 있었다. 하워드도 더는 묻지 않고 묵묵히 담배를 피웠다. 그때 검은색 쉐보레 한 대가 전조등을 켠 채 다가와 나란히 섰다. 차를 확인한 린지가 긴장된 얼굴로 차창을 내렸다. 차 안에는 50대 중년 남자가 앉아 있었다. 그는 전형적인 공무원처럼 보였는데 마른 얼굴에 매서운 눈매를 하고 있었다.

"당신은 이제 나를 찾아선 안 돼, 린지."

인상만큼이나 건조한 목소리였다.

"당신은 나한테 갚아야 할 빚이 있을 텐데요. 잊진 않았겠죠?"

린지의 말에 남자는 깊은 한숨을 내쉬었다. 두 사람 사이에는 청산되지 않은 채무가 있는 듯했다.

"당신이 보고 싶은 건 그거겠지?"

남자가 말하자 린지가 고개를 끄덕였다.

남자는 잠시 생각에 잠겼다가 어쩔 수 없다는 듯 앞장서서 기지로 향했고 린지가 그 뒤를 따랐다. 남자는 보초에게 신분증을 제시하며 몇 마디 대화를 나누었다. 보초는 뒤따르던 린지와 하워드를 확인하더니 특별한 수색 없이 기지 문을 열어주었다. 남자는 군 기지를 간단히 드나들 수 있을 정도로 고위인사인 모양이었다. 두 대의 차가 초소를 지나 기지 안으로 들어갔다. 남자는 '24'라고 쓰인 창고 앞에 멈춰 섰다. 창고는 동을 표시하는 푯말 외에는 아무것도 없었다. 남자는 창고 자물쇠를 제거했다.

"십 분이면 되겠어?"

남자가 물었다.

"충분해요. 고마워요, 토마스."

린지의 말에 남자가 처음으로 미소를 지었다. 하워드도 인사를 하고 싶었으나 그는 관심 없다는 듯 돌아가버렸다. 무거운 철문을 열고 들어서자 드넓은 어둠이 두 사람을 맞이했다. 창고 안은 어디선가 들려오는 규칙적인 기계음만이 들릴 뿐 로스웰에 추락한 외계 비행물체도 보이지 않았고 일급 기밀 도장이 찍힌 상자도 없었다. 린지가 조명 스위치를 올리자 창고의 모습이 드러났다. 창고는 비행기 격납고 정도의 크기였는데 중앙에 철로 된 커다란 상자가 놓여 있었다. 상자는 코끼리를 가둬둘 수 있을 만큼 컸다. 상자 주위에는 상자 내부의 습도와 온도를 조절하는 장치들이 붙어 있었다. 린지가 상자 왼쪽 귀퉁이에 붙어 있던 스위치 뭉치에서 붉은 스위치를 누르자 칙— 소리를 내며 상자 안으로 공기가 유입됐다.

"물러서요."

린지가 하워드를 상자에서 떼어냈다. 둔탁한 기계음과 함께 상자가 사방으로 열리기 시작했다. 바닥을 제외한 다섯 면이 열리며 안에 들어있던 물체가 모습을 드러냈다.

"이런 세상에……."

하워드의 입에서 탄식이 흘러나왔다. 그것은 하워드가 지금껏 본 것 중 가장 놀랍고 화려한 물체였다. 조명 불빛을 사방으로 반사하며 눈부시게 빛나는 그 물체는 전체가 황금으로 이루어진 거대한 기계장치 같아 보였다.

"이건 마치……."

하워드는 천천히 물체로 다가갔다.

"헬리콥터 같죠."

그녀 말대로 그것은 1인승 헬리콥터를 연상시켰다. 높이는 약 3미터에 길이는 10여 미터가량 됐는데 한 사람 정도가 들어갈 수 있는 조종석처럼 보이는 둥그런 공간이 앞부분에 있었고 헬기 꼬리를 연상시키는 가늘고 긴 꼬리가 뒤에 붙어 있었다. 조종석 아래에는 원뿔을 뒤집어 놓은 듯한 모양의 네 다리가 붙어 있었고 조종석 위에는 헬기의 메인 로터를 연상시키는 여덟 개의 날개가 사방으로 펼쳐져 있었다. 조종석은 거대한 달걀처럼 둥그렇고 앞뒤로 길쭉했으며 잠자리의 눈을 떠올리게 하는 두 개의 창문이 정면을 향해 뚫려 있었다. 현재의 헬리콥터와 다른 점은 지나치게 기하학적으로 생겼다는 것과 꼬리에 붙어 있어야 할 테일 로터가 없다는 것 정도였다. 모든 것이 이음새 없이 하나로 이어져 있었고 나사나 리벳으로 고정한 흔적도 찾아볼 수 없었다. 군데군데 세월에 긁힌 흠집이 있긴 했지만 전체적으로 원형을 그대로 유지했으며 얼굴이 비칠 정도로 광이 났다.

"하지만 날 수 없어요. 왜냐면 속은 텅 비어 있으니까요."

린지의 말대로였다. 조종실은 아무런 장비도 없이 텅 비어 있었고 날개로 보이는 부분은 움직일 수 없도록 몸체와 하나로 연결되어 있었다.

"대체 이걸 어디서 발견한 거요?"

하워드가 경이로운 눈으로 물체를 살피며 물었다.

"남극에서요. 1912년에 스콧의 탐험대를 구조하기 위해 남극으로 향했던 영국 수색대는 그의 일기에서 이 물체에 대해 알게 돼요. 일기에는 이것을 발견한 정확한 위치도 기록되어 있었거든요. 하지만 수색대가 그곳을 수색했을 때 물체는 보이지 않았어요."

"남극이 움직인다는 걸 그때는 몰랐겠지."

"그래요. 이 물체가 다시 발견된 건 그로부터 십삼 년 후 한 미국인에 의해서였어요. 미국의 탐험가 링컨 엘즈워스가 비행기를 이용해 남극을 횡단하던 중 얼음 속에 갇혀서 번쩍이던 괴물체를 발견해요. 그는 돌아온 후 이 사실을 FBI에 보고했고 1947년에 남극 기지를 건설하기 위해 탐사 중이던 미 해군이 물체를 찾아내게 되죠. 그 후 수많은 과학자와 고고학자가 이 물체의 정체를 밝히기 위해 노력했지만 결국 알아낼 수 없었어요. 그런데 이걸 봐요."

린지가 조종석을 가리켰다. 조종실 앞부분에는 조종간

으로 보이는 편평한 패널이 있었는데 그 위에 낯익은 문자가 조각되어 있었다. 마야의 문자였다. 그런데 조종간에 있던 건 마야 문자만이 아니었다. 조종간 중앙에는 원형으로 움푹 들어간 홈이 있었고 가운데에는 손잡이처럼 생긴 막대가 붙어 있었다. 물체 중 유일하게 황금이 아닌 어느 검정 물질로 만들어져 있었다. 문자는 막대가 있는 홈을 빙 둘러 새겨져 있었다.

"자석이로군."

"『걸리버 여행기』를 읽은 순간 떠오른 게 이거였어요."

하워드는 자석 막대를 움직여보았다. 그것은 아주 쉽게 상하좌우로 움직였다. 움직일 때마다 스스로 제자리로 돌아왔고 홈에서 떼어내려 했지만 떨어지지 않았다.

"무엇에 쓰이는 물건일까?"

하워드는 자석 막대를 응시하며 『걸리버 여행기』의 내용을 떠올려 보았다.

"걸리버는 이 자석이 라퓨타를 움직이는 데 사용되는 조종기라고 했어요. 자석을 좌로 움직이면 섬은 왼쪽으로, 위로 움직이면 위로 움직인다고요. 그렇다면 이것 역시……."

순간 하워드의 시선에 문자 이외의 표식이 보였다. 그것은 자석 막대가 있던 홈 안에 그려져 있었는데 방위를 나타내는 선처럼 십자가 형태로 홈의 상하좌우에 새겨져 있었다. 하워드는 그 선을 유심히 살폈다. 그런데 선은 단순한 일직선이 아니었다. 선의 앞부분에는 화살표처럼 동그란 원이 붙어 있었다.

"섬을 움직이는 자석…… 선택받은 자……『구원의 서』……."

순간 섬광처럼 해답이 하워드의 뇌리를 스치고 지나갔다.

"그건 십자가가 아니였어!"

하워드가 소리쳤다.

"십자가라뇨?"

"벤저민이 내게 보여준 책이 있어요.『구원의 서』라는 마야의 책이었소. 그 책을 엑스레이로 투시했는데 온통 십자가 투성이었죠. 하지만 만약 그 안에 그려진 것이 화살표일 경우, 책을 겹쳐놓은 상태에서 투시하면 십자가처럼 보이게 돼요."

하워드는 서둘러 자석 막대 주위에 새겨진 문자를 옮겨 적기 시작했다.

"그런데 화살표들은 뭘 의미하는 거죠?"

"신의 문을 열기 위한 암호일 거예요.『구원의 서』는 특별한 비밀 장치가 안에 들어 있어서 펼치는 순간 화학적으로 반응하며 불타기 시작해요. 책이 전부 불타기 전에 선택받은 자는 그 안에 있는 화살표 방향대로 자석을 움직여야 하는 거죠."

"화살표가 모두 몇 개나 되는데요?"

"스물네 페이지에 걸쳐 896개의 십자가가 그려져 있다고 했어요. 십자가를 분해한다고 생각해보면 가로선과 세로선으로 나눌 수 있잖아요? 그러니 십자가 개수에 두 배를 곱하면 결국 1,792개의 화살표가 있는 거죠."

하워드가 문자를 적으며 말했다.

"그걸 단 몇 초 만에 전부 외워야 한단 말이에요? 그건 불가능한데."

"그러니까 선택받은 자겠죠. 뭔진 모르지만 선택받은 자만이 가진 특별한 방법이 있을 거예요."

하워드가 수첩을 접으며 미소를 지었다.

"그렇다면 이 물체는 무엇에 쓰이는 거죠? 신의 문을 여는데 필요한 건가요?"

린지가 황금 물체를 가리키며 물었다.

"내 생각에 신의 문을 여는 장치는 신의 문이 있는 곳에 있을 가능성이 커요. 확신할 순 없지만 마야인이 이 물체를 만든 건 촐킨이 만들어진 시기일 거고요. 그렇다면 적어도 기원전이라는 얘긴데 이천 년 후에 사용될 장치를 분리해 놓았을 리 없잖아요. 왜냐면 분실될 가능성이 크니까. 아마도 신의 문과 연결된 건축물 안에 들어 있을걸요. 이건 어쩌면 선택받은 자를 찾기 위해 고안된 장치일 수도 있어요."

"공군의 시뮬레이션 장치 같은 거로군요."

거대한 황금 물체가 당장이라도 움직일 듯 위협적으로

빛을 발하고 있었다.

"아마도."

추측은 할 수 있었지만 실제로 이 물체가 어떤 용도로 사용됐는지 지금으로선 알 수 없었다. 게다가 어떻게 남극 대륙의 만년설 속에 갇히게 됐는지는 더더욱 알 수 없었다. 시간과 역사의 거대함에 하워드는 고개를 숙일 수밖에 없었다.

"그럼 이제부터 할 일은?"

"선택받은 자를 찾아야죠. 그가 모든 열쇠를 쥐고 있을 거예요."

하워드가 서둘러 창고를 빠져나가며 말했다. 그때였다. 기지를 둘러싼 숲으로부터 구구구쿵— 하는 낮은 진동음이 울려왔다. 지하에 서식하는 거대한 괴물이 흙을 파헤치는 듯한 기괴한 진동은 순식간에 기지를 향해 다가왔다.

"몸을 숙여요."

하워드가 바닥에 엎드리며 소리쳤다. 몇 초 후, 기지 전체가 춤을 추듯 흔들리기 시작했다. 지진은 시간이 지날수록 강도를 더해가고 있었다. 천장에 매달린 조명들이 끊어질 듯 이리저리 흔들리고 콘크리트 벽이 널빤지처럼 요동쳤다. 하워드가 겪어본 지진 중 가장 강력한 지진이었다. 엎드려 있는 상황에도 롤러코스터를 타고 있는 것처럼 좌우로 흔들렸다. 창고 천장이 진동을 이기지 못해 금이 가고 있었다. 그런 와중에도 황금 물체는 꿈쩍하지도 않고 제자리를 지켰다. 지진은 약 삼십 초간 이어졌다. 하워드와 린지는 몸을 낮춘 채 지진이 지나가기를 기다렸다. 이윽고 진동이 멈추자 죽음 같은 정적이 흘렀다. 창고 바닥은 천장에서 부서져 내린 파편들로 엉망이었다. 하워드는 조심스럽게 고개를 들었다.

"괜찮아요?"

린지가 고개를 끄덕였다.

"적어도 진도 6은 될 거 같은데요?"

린지가 몸을 일으키며 말했다.

"워싱턴에 강진이라니."

워싱턴은 미국 내에서 지진이 가장 적은 지역 중 하나였다.

"지금쯤 워싱턴 D. C.는 난리가 났겠군요."

린지가 걱정스러운 얼굴로 말했다. 하지만 하워드가 걱정하고 있던 건 지진이 아니었다. 지진은 앞으로 나타날 징조의 빙산에 일각에 불과했다. 앞으로 나타나게 될 징조들은 이미 모습을 드러낸 것들과는 비교도 안 될 무시무시한 것일 게 틀림없었다.

"서둘러요. 종말까지 앞으로 50시간도 안 남았어요."

하워드는 린지를 데리고 급히 창고를 빠져나갔다.

브루클린다리에 들어선 두 사람은 대혼란과 마주쳐야만 했다. 그 혼란은 사람과 자동차, 그리고 두려움이 한데 엉켜 만들어냈다. 육차선 다리를 수백 대의 자동차가 주차장을 방불케 할 정도로 가득 메우고 있었다. 린지의 머스탱은 삼십 분이 지나도록 단 1미터도 움직이지 못하고 있었다.

"뉴욕에 산 지 오 년이 넘도록 이렇게 막히는 건 처음인데요."

린지가 답답한 듯 말했다. 사방에서 경적이 울렸다. 하워드는 린지의 손목시계를 슬쩍 확인했다. 러시아워를 한참 넘긴 시간이었다. 물론 뉴욕은 교통 정체로 세계 챔피언이었으니 밤 아홉 시가 지났다고 정체가 없으리란 법은 없었다. 하지만 이건 도가 지나쳤다.

"시내에 무슨 일이 생긴 거 같은데."

하워드는 직접 확인하기 위해 차에서 내렸다. 그는 앞 차로 다가가 차창을 두드렸다.

"대체 왜 이렇게 막히는 거죠?"

그러자 운전자가 대답했다.

"시내에서 시위가 일어났대요."

"무슨 시위요?"

"교회에 있어야 할 사람들이 거리로 몰려나왔대요. 기도하면서 타임스스퀘어까지 행진하고 있어요."

하워드는 난간에 올라 맨해튼을 바라봤다. 다리 저편에는 촛불을 든 수많은 사람이 도로를 장악하고 있었다.

"뉴욕뿐만 아니라 온 나라가 종말론 때문에 난리예요. 전부 성경책을 들고 거리로 뛰쳐나왔다니까요."

이제 종말은 사람들에게 현실로 다가오고 있었다. 그리고 사람들이 매달릴 곳은 신뿐이었다. 하워드는 서둘러 돌아갔다.

"어서 내려요."

하워드가 수첩을 챙기며 말했다.

"대체 무슨 일인데요?"

"사람들이 거리로 몰려나왔어요. 여기 있다가는 밤새워도 다리를 못 건너요."

"그럼 차는 어쩌고요."

"지금 차가 문제겠어요? 평범한 사람들도 종말을 믿기 시작했단 말입니다."

차를 버려둔 채 두 사람은 도보로 다리를 건넜다. 하워드는 달리면서 벤저민에게 전화를 걸었다. 그러나 그의 핸드폰은 꺼져 있었다.

"젠장. 하필이면 이런 중요한 때에."

그는 벤저민의 연구소 번호를 눌렀다. 신호는 갔지만 역시 받을 기미가 보이지 않았다. 연구소에도 없다면 그가 있을 곳은 한 곳뿐이었다. 하워드는 벤저민의 집이 있는 브롱크스로 달리기 시작했다. 그런데 맨해튼 거리에 들어선 두 사람은 거대한 인의 장막에 갇히고 말았다. 거리로 뛰쳐나온 사람들은 다리에서 본 것보다 훨씬 많았다. 한 손으로 촛불을 들고 다른 한 손으로 성경책을 든 채 찬송가를 부르는 인파로 넘쳐나고 있었다. 성직자들이 인솔하던 무리는 인도에 따라 기도문을 암송했다. 가톨릭, 장로교, 여호와의 증인 등 종파에 상관없이 이들은 한목소리로 신을 찾고 있었다. 사방에서 '할렐루야'가 터져 나왔고 두려움에 울부짖는 소리가 거리를 온통 메웠다. 그들은 약속이나 한 듯 각 방향에서 타임스스퀘어를 향해 걸어가며 찬송가를 부르고 성경을 암송했다. 거리로 몰려나온 사람은 기독교인만이 아니었다. 이슬람교를 비롯해 불교, 힌두교, 심지어 부두교 신도들도 행진에 동참했다. 온몸에 부적을 그려 넣은 사람이 알아들을 수 없는 언어로 하늘을 향해 주술을 외우는가 하면 터번을 쓴 이슬람인이 바닥에 엎드려 절을 하며 코란을 읊조렸다. 어떤 이는 종말을 멈춰 달라며 빌었고 어떤 이는 종말 후 구원을 염원했다. 처절한 기도 소리가 도시 전체에 암울하게 울려 퍼졌다. 뉴욕 경찰이 총동원되어 군중을 막으려 했지만 역부족이었다. 진압을 시도했던 경찰은 결국 포기하고 폭력 사태로 발전되지 않도록 지켜보고 있었다. 하워드는 군중을 보자 종말이 임박했다는 게 피부로 느껴져 온몸에 소름이 돋았다. 이제 종말은 지상으로 내려와 수세기 동안 잠자고 있던 궁극의 공포를 대기에 퍼트렸다. 하워드는 인파를 뚫고 나아가려 했다. 하지만 린지는 넋이 나간 사람처럼 기도문 소리에 동화되어 제자리에 멈춰 있었다.

"이러고 있을 시간이 없어요."

하워드가 소리쳤지만 린지는 움직일 기색이 없었다.

"하워드, 난 두려워요."

막연했던 종말의 공포가 사람들의 기도 소리와 함께 표출되며 그녀의 온몸을 얼어붙게 했다.

"내 말 잘 들어요, 린지!"

하워드가 살며시 린지의 어깨를 잡으며 말했다.

"내가 성경에서 가장 좋아하는 구절이 뭔지 알아요? '내가 너와 함께 있어 네가 어디로 가든지 너를 지키며 너를 이끌어 이 땅에 돌아오게 할지라. 내가 네게 허락한 것을 다 이루기까지 너를 떠나지 아니하리라.' 창세기 28장 15절에 나오는 구절이에요. 린지, 나는 하느님이 우리에게 실망하고 분노해서 우리를 버리려 하실 때에도 그분은 분명 실낱같은 희망을 품고 있으리라 믿어요. 비록 종말이 실제로 일어나게 될지라도 그분은 분명 우리에게 마지막 길을 남겨두셨으리라 믿어요. 만약 우리가 여기까지 오게 된 게 그분의 뜻이라면, 우리가 포기하지 않고 끝까지 길을 찾으려 한다면 그분은 우리 곁을 떠나지 않을 거예요."

린지의 호흡이 거칠어지고 있었다.

"자, 린지. 내 손을 잡아요. 그리고 달립시다."

하워드가 린지를 부축하며 조심스럽게 앞으로 나아가기 시작했다. 그러자 린지도 한 걸음씩 발을 내딛었다. 욕망의 늪에서 비로소 고개를 들고 신을 바라보는 수많은 사람 사이에서 가슴속에 묻어뒀던 신의 말을 되찾은 두 사람이 달리고 있었다.

하워드와 린지는 벤저민의 집 앞에 도착하여 다급하게 노크했다. 똑똑. 문을 두드렸지만 대답이 없었다. 다시 한 번 문을 두드리려는 순간 문이 열리며 운동복 차림의 벤저민이 나타났다. 그는 운동이라도 하고 있었는지 숨을 몰아 쉬고 있었다.

"미안하네. 늦은 시각에 찾아와서."

하워드가 자초지종을 설명하려 했다.

"하워드, 들어와서 이걸 보게."

벤저민은 다짜고짜 두 사람을 끌고 거실로 향했다. 거실에 켜져 있던 TV에서는 긴급 뉴스가 흘러나왔다. 카메라에 잡힌 장면은 떼죽음을 당한 소들이었다. 끝이 보이지 않을 만큼 넓은 농장에 헤아릴 수도 없이 많은 소가 죽어 있었다. 휘청대던 소는 갑자기 울타리를 향해 미친 듯이 돌진하더니 기둥을 들이받고 그 자리에서 즉사했다. 하워드는 숨을 멈췄다.

"지금 보고 계신 화면은 오늘 오후 네브래스카주의 한 축산 농장에서 있었던 소의 떼죽음 장면입니다. 미국 최대 육류 생산업체인 도슨 앤 하비 인코퍼레이티드 소유의 농장에서 발생한 원인불명의 떼죽음으로 네브래스카주 전역에 비상 방역령이 내려졌고 모든 도축장에서 소의 도축이 금지됐습니다. 현지에 미 농림부 소속 검역팀이 파견되어 원인을 찾고 있지만 아직까지 결과를 내지 못한 실정입니다."

의심할 여지 없는 네 번째 징조였다.

"종말이 오고 있어, 하워드. 정말로 종말이 다가오고 있다고."

거인처럼 덩치가 큰 벤저민이 어린애처럼 떨고 있었다. 그의 말대로 칠람발람의 예언은 계단을 밟듯 종말을 향해 한 걸음씩 다가오고 있었다.

"문제는 이것만이 아니야. 이걸 봐."

그가 보여준 것은 인터넷에 떠 있던 위성사진과 어느 바닷가를 찍은 파노라마 사진이었다.

"이게 어느 지역인지 알겠어?"

벤저민이 위성사진을 가리켰다. 어느 반도를 찍은 것이었는데 전체적으로 플로리다주와 닮아 있었다. 하지만 반도 아랫부분이 플로리다주보다 훨씬 넓었고 키웨스트 지역이 보이지 않았다.

"설마 이게 플로리다주는 아니겠지?"

"맞아. 플로리다주야. 단 하룻밤 사이에 40만 제곱킬로미터가 육지로 변했어. 여길 봐. 이 도시가 네이플스(Naples)라고."

해안에 인접해 있던 네이플스는 지금, 해안도시가 아니었다. 눈대중으로 보기에도 도시는 20킬로미터 이상 내륙으로 들어가 있었다. 네이플스뿐만이 아니었다. 세인트피터즈버그와 마이애미 등 플로리다주의 해안 도시들 대부분이 내륙 도시로 바뀌어 있었다.

"이게 다가 아니야. 오버시스 하이웨이[1]는 필요 없게 됐어. 키웨스트는 육지와 연결되었거든."

벤저민이 바닷가를 찍은 사진을 가리켰다. 사진에는 바닥을 드러낸 갯벌 위에 앙상하게 서 있던 플로리다키스(Florida Keys)의 오버시스 하이웨이가 찍혀 있었다. 하워드가 걸리버를 따라 상상의 세계를 여행하는 동안 지구 저편에선 지도를 바꿔야 할 정도로 엄청난 재난이 닥쳐 왔다.

"그렇다면 지구 반대편에는 물난리가 났겠군."

빠진 곳이 있으면 넘치는 곳이 있게 마련이었다.

"말레이시아와 필리핀을 비롯해 동남아시아 일대 섬들이 물에 잠겼어. 필리핀의 어떤 섬은 아예 섬 전체가 바닷속으로 사라진 곳도 있어서 거긴 지금 완전히 패닉 상태라고. 과학자들도 이 현상을 설명하지 못하고 있어."

그것은 허리케인이나 쓰나미처럼 국지적으로 일어나는 자연재해가 아니었다. 지구 깊은 곳에서 일어나는 근본적인 변화였다.

"마치 잔이 기울어지면서 샴페인이 넘친 것 같군."

하워드가 홍수에 모든 것이 떠내려가고 있는 지구 반대편 모습을 보며 중얼댔다.

"지구 축이 움직이고 있어. 예언이 맞아떨어지고 있다

오버시스 하이웨이[1] : Overseas Highway. 플로리다 반도에서 키웨스트섬까지 약 200킬로미터 거리 사이에 있는 수십 개의 섬을 약 마흔 개의 다리로 연결한 길의 이름.

고."

벤저민은 머리를 움켜쥔 채 부들부들 떨고 있었다. TV는 비통에 잠긴 사람들과 축사에 갇힌 채 처참하게 죽은 소들을 번갈아 비추고 있었다. 지구 전체가 공황 상태였다.

"선택된 자를 찾아야 해. 그게 유일한 길이야."

죽은 소들을 응시하며 하워드가 말했다.

"다 틀렸어. 이제 죽는 것밖에 안 남았다고."

벤저민이 울부짖었다.

"벤저민. 내가 찾아온 이유는 자네 도움이 필요하기 때문이야."

하워드가 다급히 말했지만 벤저민은 듣고 있지 않았다. 그는 늪에 빠진 사슴처럼 허우적대고 있었다.

"정신 차려, 벤저민! 종말을 막으려면 자네가 도와줘야 한다고!"

하워드가 벤저민의 멱살을 잡으며 소리쳤다. 그제야 벤저민이 고개를 들었다.

"『구원의 서』에 그려져 있던 건 십자가가 아니었어. 그건 화살표야. 신의 문을 열기 위해선 선택받은 자가 자석으로 된 뭔가를 『구원의 서』에 그려진 화살표 순서대로 움직여야만 하는 거야."

"그렇군. 그런 거였군. 그런데 선택받은 자는 어떻게 찾지?"

정신이 돌아왔는지 벤저민이 물었다.

"그래서 자네를 찾아온 거야. 선택받은 자에 대해 알고 있는 대로 말해줘."

하워드는 거슬리던 TV를 꺼버렸다.

"선택받은 자라……."

벤저민은 냉장고에서 물을 꺼내 답답한 가슴을 적셨다.

"미안하지만 선택받은 자에 관해 알려진 건 거의 없어. 유일한 단서는 인디오들 사이에 구전으로 전해오는 이야기뿐인데 그들에 따르면 선택받은 자는 칠람발람의 자손이고 그들만이 가진 특별한 능력이 있다는 거야."

"어떤 능력이지? 혹시 엄청난 기억력을 가진 천재인가?"

하워드가 물었지만 벤저민은 고개를 저었다.

"드레스덴 사본에는? 거기라면 뭔가 적혀 있을 거 아냐?"

하워드가 다그쳤지만 벤저민에게서 더 들을 수 있는 정보는 없었다. 그때 하워드의 뇌리에 콜럼버스의 일지에 적혀 있던 한 단어가 떠올랐다.

"혹시 팜파차가 뭘 뜻하는 건지 아나?"

팜파차는 오백 년 전 마야 소년이 콜럼버스를 부르던 단어였다.

"그건 마야어로 길을 인도하는 사람이란 뜻인데. 어디서 들었나?"

"콜럼버스의 일지에서."

혹시나 해서 물었지만 그것 역시 도움이 되지 못했다. 난감한 일이었다. 종말은 이제 코앞인데 가장 중요한 선택받은 자에 관한 정보는 전무했다. 그렇다고 종말을 기다리며 사과나무를 심을 수는 없는 노릇이었다. 하워드는 머리를 쥐어짰다. 지금까지의 정보를 종합하고 사뮈엘이 남긴 단서를 모두 살피기 시작했다.

"아인슈타인의 유언장…… 시간 지연 방정식…… 뉴턴의 만유인력…… 사과…… 아니야. 오펜하이머의 원자폭탄…… 우라늄235…… 콜럼버스…… 조너선 스위프트의 『걸리버 여행기』…… 라퓨타…… 신비한 불멸의 인간."

지난 한 달간 사뮈엘의 뒤를 쫓으며 찾아낸 단서를 모두 훑어봤지만 소용없었다. 막다른 골목에 몰린 기분이었다. 벽은 비집고 들어갈 틈 하나 없이 견고했다. 하지만 어떻게든 부수고 나가야만 했다. 그때 잠자코 있던 린지가 처음으로 입을 열었다.

"당신은 우리 중 유일하게 사뮈엘을 직접 만난 사람이에요. 그가 했던 말 중에 단서가 될 만한 건 없었나요?"

중요한 시점에 참으로 적절한 질문이었다. 그녀가 무심코 던진 말에 고지식하게 서 있던 벽이 무너져 내렸다.

"총에 맞기 직전에 이렇게 말했소. '모든 걸 찾게 되리라 생각지 마라. 그가 당신을 찾아올 것이다.'"

세 사람은 숨죽인 채 서로를 바라봤다.

"내 귀엔 선택받은 자가 제 발로 찾아올 거라는 말처럼 들리는데?"

벤저민이 말했다.

"나도 같은 생각이에요. 그렇다면 우리가 할 일은 기다리는 것뿐이로군요."

린지가 동의했다. 하워드도 같은 생각이었다. 현재로선 그 말 외에 기댈 수 있는 단서가 없었다. 하지만 선택받은 자가 찾아온다 하더라도 『구원의 서』가 없다면 아무 소용이 없었다.

"아니. 선택받은 자를 만나기 전에 준비해둬야 할 게 있어요."

하워드가 긴장한 얼굴로 벤저민을 바라봤다.

"또 뭔데?"

벤저민이 머리를 긁적이며 물었다.

"따라와보면 알아."

벤저민은 영문도 모른 채 나갈 차비를 했다. 그는 천진난만하게 양복 색깔에 맞는 셔츠를 고르고 있었지만 그를 기다리고 있던 일은 목숨을 건 도박이었다.

불 꺼진 메트로폴리탄 미술관은 고대 신전을 연상케 했다. 미술관 정면에는 며칠 후 있을 일본 국보급 문화재 전시를 홍보하는 커다란 현수막이 걸려 있었고 입구에는 관람 시간이 끝난 걸 알리는 팻말이 달려 있었다. 벤저민의 구형 링컨이 미술관에 도착한 시간은 밤 열 시가 지나서였다. 미술관 앞 도로는 조금 전과는 달리 텅 비어 있었다. 거리를 메웠던 인파는 이제 타임스스퀘어 광장에 모여 있었다. 그들의 기도가 이곳까지 들려왔다.

"난 도대체 이해할 수 없군. 선택받은 자가 이곳으로 올 거라니. 여긴 이미 문을 닫았단 말이야."

벤저민이 투덜댔다.

"그러니까 문을 열어야지."

하워드가 미소를 지으며 대답했다.

"문을 열라니? 나보고 지금 이 문을 열란 말인가? 하워드, 여긴 메트로폴리탄 미술관이야. 오전 아홉 시 반에 열고 밤 아홉 시면 칼같이 닫는다고. 그 짓을 지난 백 년간 해왔고 한 번도 어긴 적이 없어."

"벤저민. 자네가 선택받은 자라면 어디로 가겠는가?"

하워드가 물었다.

"『구원의 서』를 찾아올 거라는 건가?"

벤저민이 머뭇거리며 대답했다.

"정답이야. 그러니 우린 문을 열고 『구원의 서』 앞에서 기다려야 하는 거야. 내가 자넬 데려온 것도 그 이유 때문이고. 자, 들어가자고."

하워드가 앞장서 미술관 입구로 향했다.

"자네 말이 맞으면 좋겠군."

벤저민이 마지못해 뒤를 따랐다.

"벤저민, 자네 차 좀 빌려야겠네."

문득 생각난 듯 하워드가 말했다.

"어딜 가려고?"

"쓸 일이 있어."

벤저민은 못마땅한 얼굴로 열쇠를 줬다.

"린지, 부탁이 있어요."

앞서가는 벤저민이 투덜거리는 사이 하워드는 린지와 은밀히 대화를 나누었다.

"왜 그래야 하죠?"

하워드의 얘기를 들은 린지가 못마땅한 듯 물었다.

"이유는 묻지 말고 내 말대로 해줘요. 꼭 그 자리에 있어야 해요."

린지가 여전히 못마땅한 얼굴로 미술관 앞에 주차되어 있던 벤저민의 링컨에 올랐다. 그녀는 화를 내듯 크게 공회전을 한 후 미술관 뒤편 도로로 사라졌다.

"어딜 가는 거야?"

벤저민이 멀어지는 자신의 애마를 보며 물었다.

"중요한 볼일이 있는 모양이야. 자, 가지."

하워드는 벤저민을 앞세워 미술관 입구로 향했다. 벤저민은 입구 옆에 설치되어 있던 인터폰으로 경비원을 불렀다. 경비원은 좋아하는 드라마의 주요 장면을 놓친 듯 불쾌한 얼굴로 나타났다.

"잘 있었어요? 해럴드."

벤저민이 어색하게 인사를 했다. 그러나 경비원의 기분은 풀리지 않았다.

"이 시간에 무슨 일이시죠? 벤저민 박사님."

그가 철문 너머에서 무뚝뚝하게 물었다.

"그게…… 두고 간 물건이 있어서요. 내일 아침 세미나에서 쓸 중요한 자료거든요."

벤저민이 대충 둘러댔다.

"내일 아침 일찍 오시면 되는 거 아닌가요?"

경비원이 수상하다는 듯 말했다.

"내일은 12월 20일, 정기 세미나가 아침부터 열리는 걸 잘 아시잖아요."

경비원은 잠시 망설이다가 문을 열어주었다.

"저 사람은 누구죠?"

하워드를 가리키며 물었다.

"내 조수예요. 자료가 워낙 많아서 같이 왔어요."

그제야 경비원은 길을 내주었다.

"절대 전시실 안으로 들어가시면 안 돼요. 경보장치가 작동 중이거든요. 그냥 연구실에서 물건만 가지고 나오세요."

"걱정 말아요. 전시실 근처는 갈 생각도 없으니까."

벤저민이 머쓱하게 미소를 지으며 말했다. 경비원은 더 괴롭히지 않고 자리로 돌아갔다. 늦은 밤 미술관은 관람객들로 분주했던 낮과는 사뭇 다른 느낌이었다. 수많은 전시실과 이어져 있는 중앙 홀은 거대한 공룡의 뱃속처럼 음산하고 기이했다. 하워드는 곧장 『구원의 서』가 있는 마이클 C. 록펠러 윙관으로 향했다. 텅 빈 복도를 따라 두 사람의 발소리가 운명처럼 뒤를 따르고 있었다.

"화장실은 어디지?"

하워드가 복도에 설치된 경보장치를 확인하며 물었다. 복도에는 유사시에 봉쇄되는 철문이 20미터 간격으로 설치되어 있었고 곳곳에 적외선 감지기와 감시카메라가 설치되어 있었다.

"복도 끝이야."

벤저민이 가리킨 곳에는 고급스러운 화장실이 있었다. 하워드는 소변을 보는 척하며 안을 둘러보았다. 최고의 미술관답게 고급 변기와 타일로 장식되어 있었다. 하지만 하워드가 이곳에 들른 이유는 창문에 있었다. 마침 맞은편 벽에 한 사람이 통과하기에 충분한 크기의 창문이 위치했다.

"설마 화장실에도 경보기가 설치되어 있진 않겠지?"

하워드가 지퍼를 올리며 물었다.

"아마도. 근데 그건 왜 물어?"

"드레스덴 사본에 있던 마지막 문구는 해독했나?"

하워드가 서둘러 주제를 바꿨다.

"그건 자네 생각처럼 간단한 문제가 아니야. 내가 그 문구를 해독하려고 지난 몇 년간 얼마나 노력했는지 자네도 알지 않나."

벤저민이 불안한 듯 연신 주위를 둘러보며 말했다.

"자네에게 보여줄 게 있네."

하워드가 수첩을 펼쳐 황금 물체에 적혀 있던 마야 문자를 내밀었다.

"이걸 어디서 구했나?"

벤저민은 역시 타고난 고고학자였다. 그는 장소를 불문하고 문자가 나타나면 어김없이 빠져들었다.

"반세기 전 남극에서 발견된 정체불명의 물체에서 얻었네. 난 이게 신의 문과 연관이 있을 거라고 생각하네."

벤저민은 문자를 유심히 살폈다.

"반세기 전 남극에서 발견된 물체에 마야 문자가 새겨져 있다……."

벤저민은 이제 하워드의 이야기를 담담하게 받아들이고 있었다. 마야의 예언이 실제로 벌어지고 있는 마당에 남극의 얼음 속에서 마야 문자가 발견되지 말란 법도 없었다.

"그게 사실이라면 피리 레이스 제독이 참조했다는 남극 지도가 실제로 존재할 수도 있겠군."

벤저민은 학계에서는 인정받지 못하는 남극 대륙과 미지의 문명에 관한 학설을 말했다. 그 학설은 1513년에 그려진 한 장의 세계지도에서 시작되었다. 피리 레이스라는 오스만 제국의 제독이 작성한 지도에 그려진 남극 대륙의 형태가 1949년에 스웨덴과 영국 조사단이 만년설 위에서 실시한 지진파 측정과 놀라울 정도로 똑같았던 것이다. 게다가 피리 레이스의 지도가 그 이전 시대의 지도를 바탕으로 편집된 것이 알려지면서 학계는 그야말로 발칵 뒤집혔다.

지도의 진위 여부에 대해 의견이 분분했지만 그 학설에 따르면 남극 대륙이 지금보다 북방에 위치했으며 기원전 4000년까지 얼음으로 뒤덮이지 않았다고 한다. 뿐만 아니라 이곳에 알려지지 않은 문명이 존재했으며 그 문명은 아메리카 대륙에 존재했던 문명과 맥을 같이했을 가능성이 있다고 주장한다.

"무슨 내용인지 알겠나?"

"이건 고대 마야의 제사에 사용되던 주문이야."

"주문이라……."

"고대 마야에서는 가뭄이 들거나 흉년이 들면 신에게 금은보화와 함께 처녀나 어린아이를 바쳤지. 그들은 제물을 바치기 전에 신전에서 제사를 지냈는데 그때 제사장은 신의 언어로 된 주문을 읊었어. 바로 이 내용이지. 이걸 처음 발견한 건 고고학자인 에드워드 톰슨(Edward Thompson)이었는데 그는 치첸이트사 피라미드를 칠십오 달러에 사들였지. 톰슨은 거기서 800미터 떨어진 곳에 있던 우물을 탐사하던 중 석판 하나를 발견해. 석판에는 다양한 용도의 주문이 적혀 있었는데 이것도 그중 하나였어. 재밌는 건 그 주문이 남미의 원주민들의 전승 노래와 상당히 흡사했다는 거야."

"어떤 내용인데?"

벤저민의 설명이 길어지자 하워드가 말을 자르며 물었다.

"사람과 흙, 불과 돌이 하나가 되니 신이 귀를 기울이더라. 허나 신의 목소리를 듣기 위해선 진실의 피가 돌 위에 흘러넘쳐야 하니 그제야 비로소 신이 분노를 멈추고 돌아서더라."

대부분의 주술이 그렇듯 난해하고 애매모호한 내용이었다.

"하지만 이게 정확한지는 나도 확신할 수 없어. 왜냐면 아까 말했던 구전 민요를 이 내용과 연결해서 번역한 거니까. 여기에는 내가 드레스덴 사본에서 해독하지 못한 마지막 문구에 적혀 있던 문자들이 들어 있거든."

"그렇다면 이 내용이 마지막 문구를 해독하는 데 도움이 될지도 모르겠군."

"어쩌면."

두 사람은 어느새 『구원의 서』가 전시된 마이클 C. 록펠러 윙관에 도착해 있었다. 오는 동안 기괴한 마야의 주술을 들어서인지 어둠 속에 전시된 석상들이 당장이라도 살아나 덤벼들 것 같았다. 최첨단 방범장치로 둘러싸여 있는 전시실로는 들어가지 못한 채 어둠 속에서 바라보는 『구원의 서』는 암갈색을 띠고 있었다. 두 사람은 인류의 생존이 달렸을지도 모를 낡은 책을 의미심장한 눈으로 바라보았다.

"이대로 무작정 기다릴 건가?"

벤저민이 정적을 깼다.

"아니. 기다릴 생각 없네."

"그럼?"

벤저민이 의아한 눈으로 바라봤다. 하워드가 의미심장한 표정을 지었다.

"마지막으로 한 가지만 묻겠네. 단서 중 신의 문과 연관된 것은 이제 하나 남았네. 바로 자석이야. 조너선 스위프트가 쓴 『걸리버 여행기』에 라퓨타를 움직이는 장치가 자석이었네. 그리고 조금 전 자네에게 보여준 문구가 적혀 있던 물체에도 자석이 있었어. 나는 이게 신의 문을 여는 열쇠라고 생각해. 이제 질문을 하겠네. 자네가 지금까지 마야 문명을 조사하면서 자석이 있던 유적지나 장소가 있었나?"

벤저민은 심각하게 고민했다.

"미안하지만 내가 아는 바로는 자석이 설치된 마야의 유적지는 없었네. 하지만 마야의 유적지는 모두 발굴된 상태가 아니야. 그러니 나도 확실하다고 할 수는 없어."

그의 말대로였다. 마야의 유적지는 아직도 발굴 중이므로 또 다른 유적지가 나타날 가능성은 얼마든지 있었다. 그러나 하워드가 의지할 수 있는 사람은 벤저민뿐이었다. 그는 누가 뭐래도 마야 문명에 있어 타의 추종을 불허하는 전문가였다.

"그렇다면 만약 자네가 신의 문이 있는 위치를 선택해야 한다면 어딜 고르겠나?"

하워드가 진지한 눈빛으로 물었다. 그것은 누구도 명확히 답할 수 없는 문제라는 걸 하워드도 잘 알고 있었다. 그렇지만 당장 내일 종말이 닥칠지도 모르는 상황에서 꼭 추리해내야만 할 문제였다.

"나라면 팔렝케의 십자가 신전으로 가보겠네."

벤저민이 고민 끝에 내린 결론이었다. 그곳 외에도 신의 문이 있을 만한 장소는 많았다. 케찰코아틀의 또 다른 이름인 쿠쿨칸의 신전이 있던 치첸이트사도 그중 하나였고 신의 문으로도 불린 '태양의 문'이 있는 티아우아나코도 가능성이 있는 장소였다. 그곳의 십 톤이나 되는 태양의 문 동쪽 면에는 아직 해석되지 못한 기록이 새겨져 있었다. 만약 하워드로부터 사뮈엘 베케트에 관해 듣지 않았다면 벤저민은 티아우아나코에 있는 태양의 문을 지목했을 것이다. 그런데 그가 마지막 순간 팔렝케의 십자가 신전을 선택하게 된 데는 결정적인 이유가 있었다.

"내가 그곳을 지목하는 건 바로 세계의 나무 '와카 찬'이 있기 때문이야. 그런데 '와카'는 세계라는 뜻도 있지만 '올라간', 또는 '하늘'이란 뜻도 있네. 그리고 '찬'은 '나무'라는 뜻도 있지만 '지역', 내지는 '도시'라는 의미도 있지. 고로 와카 찬은 '세계수'라는 뜻도 있지만 달리 해석하면 '하늘도시'도 돼. 바로 자네가 말했던 공중도시인 거야."

"알겠네. 자네 말대로 팔렝케로 가도록 하지. 그런데 그 전에 자네에게 할말이 있네."

"무슨 말인지는 몰라도 날 놀랠 생각이라면 그만둬. 이 이상 놀랄 것도 없으니."

벤저민이 고개를 설레설레 저었다.

"벤저민. 그동안 고마웠네."

하워드가 악수를 청하자 벤저민이 얼떨결에 손을 잡았다. 벤저민이 어리둥절하는 사이 하워드는 전시실을 향해 성큼성큼 걸어 들어갔다. 그와 동시에 경고등이 켜지며 귀가 찢어질 정도로 크게 경보가 울리기 시작했다. 모든 창문에는 두꺼운 철제 셔터가 내려가고 지나온 통로에도 쇠창살이 가로막았다.

"하워드! 자네 제정신이야? 어서 돌아오지 못해!"

당황한 벤저민이 소리쳤지만 하워드는 뒤도 돌아보지 않고 바닥에 설치된 수많은 레이저를 유유히 밟고 지나더니 『구원의 서』 앞에 멈췄다. 그러고는 뒤춤에 숨겨뒀던 베레타를 꺼내 『구원의 서』를 감싸고 있던 방탄유리를 주저하지 않고 겨눴다.

"안 돼! 하워드, 그만둬!"

보다 못한 벤저민이 달려왔다. 그러나 이미 결심이 선 하워드를 막을 수는 없었다.

탕탕탕. 총소리가 미술관 내에 메아리쳤다. 방탄유리는 생각보다 훨씬 견고했다. 탕탕탕. 다시 한번 총소리가 울렸다. 그와 함께 방탄유리가 깨지며 『구원의 서』가 모습을 드러냈다. 하워드는 깨진 틈으로 손을 넣어 책을 집었다.

"그 손 놓지 못해? 그건 미술관 소유물이야. 이건 범죄라고!"

뒤늦게 달려온 벤저민이 흥분해서 소리쳤다.

"정신 차려, 벤저민. 내일 종말이 오면 이 책뿐만 아니라 미술관 안에 있는 유물들은 모두 잿더미로 변하고 말아."

하워드는 단호했다.

"무슨 말인진 알겠네, 하워드. 하지만 세상엔 절차라는 게 있는 거야. 우선 미술관장에게 설명을……."

"모든 책임은 내가 지겠네. 그리고 또 하나."

하워드가 벤저민에게 바짝 다가섰다.

"이번엔 또 뭐야?"

"미리 사과하지. 미안하네."

하워드의 말이 끝나기가 무섭게 경비원들이 총을 겨누며 나타났다.

"꼼짝 마! 너희는 독 안에 든 쥐다. 여길 빠져나갈 수 없어!"

여러 개의 총구가 하워드를 향했다. 그 순간 하워드가 벤저민의 턱에 총을 겨눴다.

"하워드. 대체 왜 이러나?"

하워드보다 30센티 이상 큰 벤저민이 그가 겨눈 작은 총 앞에서 사시나무 떨듯 떨고 있었다.

"이 방법밖에는 없었네. 용서하게."

하워드는 벤저민을 방패 삼아 천천히 전시실 입구로 다

가갔다.

“어서 박사님을 놓아줘!”

경비원 중 한 명이 소리쳤다.

“그 총 내려놔. 아니면 벤저민 박사의 머리통을 날려버리겠다!”

하워드가 위협했다. 경비원들은 머뭇거렸다.

“자네 정말 날 쏠 생각인가?”

벤저민이 울먹이는 목소리로 물었다.

“그럴 리가. 하지만 좀 도와줘야겠어. 연기를 하란 말이야.”

그제야 분위기 파악을 한 벤저민이 엄살을 떨기 시작했다.

“해럴드. 이 친구가 하라는 대로 해요. 설마 이까짓 낡은 책 한 권 때문에 날 죽게 내버려둘 생각은 아니죠?”

그러자 망설이던 경비원이 들고 있던 총을 내려놓았다.

“이제 전시실 철문을 올려. 어서!”

하워드가 방아쇠에 힘을 가하며 소리쳤다. 하지만 경비원들은 꿈쩍도 하지 않았다.

“이 사람이 하라는 대로 해요. 제발!”

벤저민이 울먹이며 소리쳤다. 그러자 경비원은 어쩔 수 없다는 듯 해제 장치에 열쇠를 꽂고 돌렸다. 요란한 기계음이 울려 퍼지며 복도를 가로막고 있던 쇠창살들이 하나둘 올라갔다. 하워드가 벤저민을 앞세워 전시실을 빠져나가는 사이, 경찰 사이렌 소리가 점점 가까이 들렸다.

"이제 어쩔 건가? 경비원은 그렇다 쳐도 여긴 이제 요새나 다름없어. 모든 출구는 봉쇄되었고 몇 분 후면 경찰이 여길 꽁꽁 둘러쌀 거야."

"잔소리 말고 날 따라와."

하워드가 복도를 달리기 시작했다. 경비원들도 총을 다시 집어 들고 뒤를 쫓았다. 그는 복도 끝에 있던 화장실로 향했다. 남자 화장실로 들어간 하워드는 문을 걸어 잠그곤 뒷골목과 연결된 창문으로 달려갔다. 창문 너머로 골목 입구에 세워진 벤저민의 링컨이 보였다. 뒤늦게 도착한 경비원들은 화장실 문을 부수고 있었다.

"내 말 잘 들어, 벤저민. 이건 부탁이 아니라 명령이야. 21일 오후 아홉 시까지 무슨 일이 있어도 드레스덴 사본의 마지막 문구를 해석해야만 해. 알아듣겠나?"

"해보겠지만 장담할 수는 없어."

벤저민의 목소리는 풀이 죽어 있었다. 경비원들이 화장실 문고리를 거의 부수고 진입하려는 순간이었다.

"그런 말은 필요 없어. 무조건 해야 하는 거야. 자네한테 세상의 운명이 달려 있다고. 전 세계 사람들의 목숨이 달려 있어."

벤저민은 어쩔 줄 몰라했다. 그의 심정은 충분히 이해할 수 있었다. 한 인간이 감당하기에 부담스러운 짐인 건 분명했다.

"알겠네. 해보겠네."

벤저민이 자신 없는 목소리로 대답했다. 하워드가 기운을 북돋듯 그의 어깨를 툭 치고는 창문으로 향했다. 워낙 작은 창문이었기 때문에 하워드는 입고 있던 코트를 벗고 나서야 간신히 빠져나갈 수 있었다. 순간 문을 부수며 경비원들이 화장실로 뛰어 들어왔지만, 하워드는 이미 이 층 높이를 뛰어내려 바닥에 뒹굴고 있는 상태였다. 착지하는 순간 발을 삐끗했지만 지금 그런 걸 신경쓸 겨를이 아니었다. 이제 경찰들은 미술관이 있는 5번가로 들어서고 있었다. 하워드는 미친 듯이 링컨을 향해 달렸다.

"설마 당신……."

하워드가 조수석으로 뛰어들자 린지가 믿을 수 없다는 듯 말했다.

"밟아요! 뒤돌아보지 말고."

하워드가 소리쳤다. 구형 링컨이 요란한 바퀴 소리를 내며 골목을 빠져나갔다. 대로로 들어서는 순간 코너를 돌며 열 대가량의 경찰차가 나타났다. 린지는 반대편 차선으로 들어서서 경찰차와 교차하며 달려나갔다. 그녀는 지나는 차량으로 위장하려 했으나 경찰은 곧바로 차를 돌려 린지와 하워드를 추적하기 시작했다.

"내 머스탱이었으면 저런 것들을 따돌리는 건 일도 아닌데."

린지가 액셀러레이터를 깊숙이 밟으며 말했다. 요란한

엔진음이 파크애비뉴에 울려 퍼졌다. 린지는 센트럴파크를 따라 북쪽으로 차를 몰았다. 그 뒤를 사이렌이 자석처럼 따라붙었다. 저만치 구겐하임 미술관의 기하학적인 모습이 나타났다.

"어떻게 따돌릴 셈이에요?"

"일은 당신이 저질러놓고 그걸 나한테 물으면 어떡해요."

그때 정면에서 경찰차가 등장했다. 지원요청을 받고 온 경찰들이었다. 그들은 구겐하임 미술관 앞에 경찰차를 이용해 바리케이드를 치고 있었다.

"젠장, 꽉 잡아요!"

린지가 핸들을 틀며 말했다. 하워드는 대시보드를 움켜쥐었다. 링컨은 타이어 끌리는 소리를 내며 왼쪽으로 머리를 틀었다. 린지는 센트럴파크로 달려 들어갔다. 늦은 밤에도 사람들로 넘쳐나던 공원은 종말론 때문인지 지나치게 한가했다. 린지는 죽어 있는 비둘기 떼를 밟고 지나며 산책로를 무자비하게 내달렸다.

"조심해!"

센트럴파크 분수대 앞을 통과하는 순간 술 취한 노숙자 한 명이 비틀거리며 나타났다. 린지는 재빨리 핸들을 틀어 피했다. 노숙자는 휘청하더니 분수대에 빠지고 말았다.

"미안해요."

린지는 사과하며 백미러를 바라봤다. 뒤쫓던 경찰차가 바짝 다가왔다. 그들은 이 정도 추격전에는 이골이 난 듯 능숙하게 따라붙고 있었다.

"이대로 가다가는 잡히겠어요."

린지가 경찰차를 살피며 말했다.

"어쩌려고요?"

하워드가 『구원의 서』를 움켜쥐며 물었다.

"한 가지 묻고 싶은 게 있어요."

"꼭 이 상황에 물어야겠어요?"

린지는 구불구불한 산책로를 일직선으로 가로질렀다.

"이 세상이 살아남을 가치가 있다고 생각해요?"

그녀의 목소리는 전에 없이 진지했다.

"죄 없는 당신 딸 제이미를 처참하게 죽이고 신의 이름을 팔아 자신의 배를 채우는 성직자들이 넘쳐나는 이 세상이 살아남을 자격이 있나요? 유태인이라는 이유만으로 수백만 명을 아무런 죄책감 없이 가스실로 밀어 넣는 이 세상이 존재할 가치가 있을까요?"

급박한 상황에 어울리지 않는 본질적인 질문이었다.

"만약 종말이 선택적인 인간들에게만 적용된다면 반갑게 맞이하겠어요. 멘데스의 염소, 연쇄 살인자, 강간범. 내가 지금까지 살면서 마주친 역겨운 인간들에게만 찾아온다면 나는 즐거운 마음으로 지켜보겠어요. 하지만 그게 아니라 모든 사람에게 닥쳐온다면 나는 용납할 수 없어요. 이 세상이 살아남을 자격이 있는지 나는 알지 못해요. 하지만 한 가지는 분명히 말할 수 있어요. 내가 종말을 막으려는 건 인류를 위해서가 아니라 내가 사랑하는 사람들을 위해서라는 사실이에요. 내 아내 헬렌, 나를 위해 수프를 끓여주던 우르슬라, 그리고 이 순간까지 나와 함께 신을 찾고 있는 당신. 그 사람들은 살아남을 자격이 있어요."

시속 140킬로미터로 비포장도로를 달리던 린지가 고개를 돌려 하워드를 바라봤다.

"조심해요!"

백 년 된 느티나무를 들이받으려는 순간 하워드가 핸들을 돌렸다.

"하워드, 나는 이제 숲으로 차를 몰 거예요. 가로등도 없는 가장 어두운 곳으로요. 거기에 도착하면 딱 이 초간 차를 멈추겠어요. 거기서 당신은 당신이 가야 할 길을 가면 돼요."

링컨이 요동을 치며 공원에서 가장 울창한 숲으로 들어서고 있었다.

"당신은 어쩌려고?"

"내 걱정은 말아요. 책을 훔친 건 내가 아니니까."

이윽고 가로등 불빛이 닿지 못하는 어두운 숲 한가운데에 도착했다. 순간 린지가 브레이크를 밟아 차를 멈췄다. 하워드는 서둘러 내렸다.

"고마워요, 린지."

하워드가 마지막 인사를 했다.

"하워드. 당신을 만나서 기뻤어요. 이제 가서 세상을 구하세요."

린지가 주먹을 불끈 쥐며 말했다. 하워드가 미소로 인사를 대신했다. 얼마 있다가 뒤쫓아온 경찰차의 불빛이 사방에서 쏟아지기 시작했다. 린지가 적당히 모습을 드러낸 후 다시 달리기 시작했다. 하워드는 풀숲에 몸을 숨겼다. 경찰들은 하워드가 내렸는지도 모른 채 린지를 쫓았다. 그들은 순식간에 멀어져갔다. 잠시 후 공원에는 스쳐가는 바람소리만이 가득했다. 하워드는 나무 사이로 보이는 하늘을 바라봤다. 구름 한 점 없이 맑은 하늘에는 어린 시절에 배웠던 별자리들이 선명했다. 앞으로 이틀 후면 이 별을 두 번 다시 못 볼 수도 있다는 사실이 믿기지 않을 정도로 평화로웠다. 하워드는 린지의 질문을 떠올리며 지금까지 만난 사람들을 하나씩 그려보았다. 그들 중에는 선한 이도 있었고 악한 이도 있었다. 하지만 막상 그들 중 종말의 날에 죽음을 맞아야 할 사람을 고르려니 선뜻 선택할 수 없었다. 결국 그것은 신의 몫이었다. 하워드는 자리에서 일어나 공원을 빠져나가기 시작했다. 그는 도움을 청할 지인에게 전화했다.

"무슨 일이에요? 하워드, 별일 없는 거죠?"

에밀리가 걱정스러운 듯 물었다.

"난 괜찮아요. 그보다 마지막으로 도와줘야 할 일이 있어요."

"말씀하세요. 제가 할 수 있는 일이면 뭐든."

“언더우드에게 전용 비행기가 있는 걸로 아는데.”

공원이 거의 끝나고 있었다.

“있어요. 24시간 언제나 사용할 수 있도록 대기 중이죠.”

“지금도 가능합니까?”

“물론이에요.”

“그럼 비행기를 준비해줘요.”

저만치 JFK공항 방향이 적힌 안내판이 보였다.

“행선지를 말씀해주세요. 조종사를 준비해놓을 테니.”

“행선지는 멕시코시티입니다.”

전화를 끊은 후 하워드는 공항이 있는 방향으로 달리기 시작했다. 저 멀리에서 신을 찾는 사람들의 기도 소리가 차가운 아스팔트를 타고 그의 발끝에 전해지고 있었다.

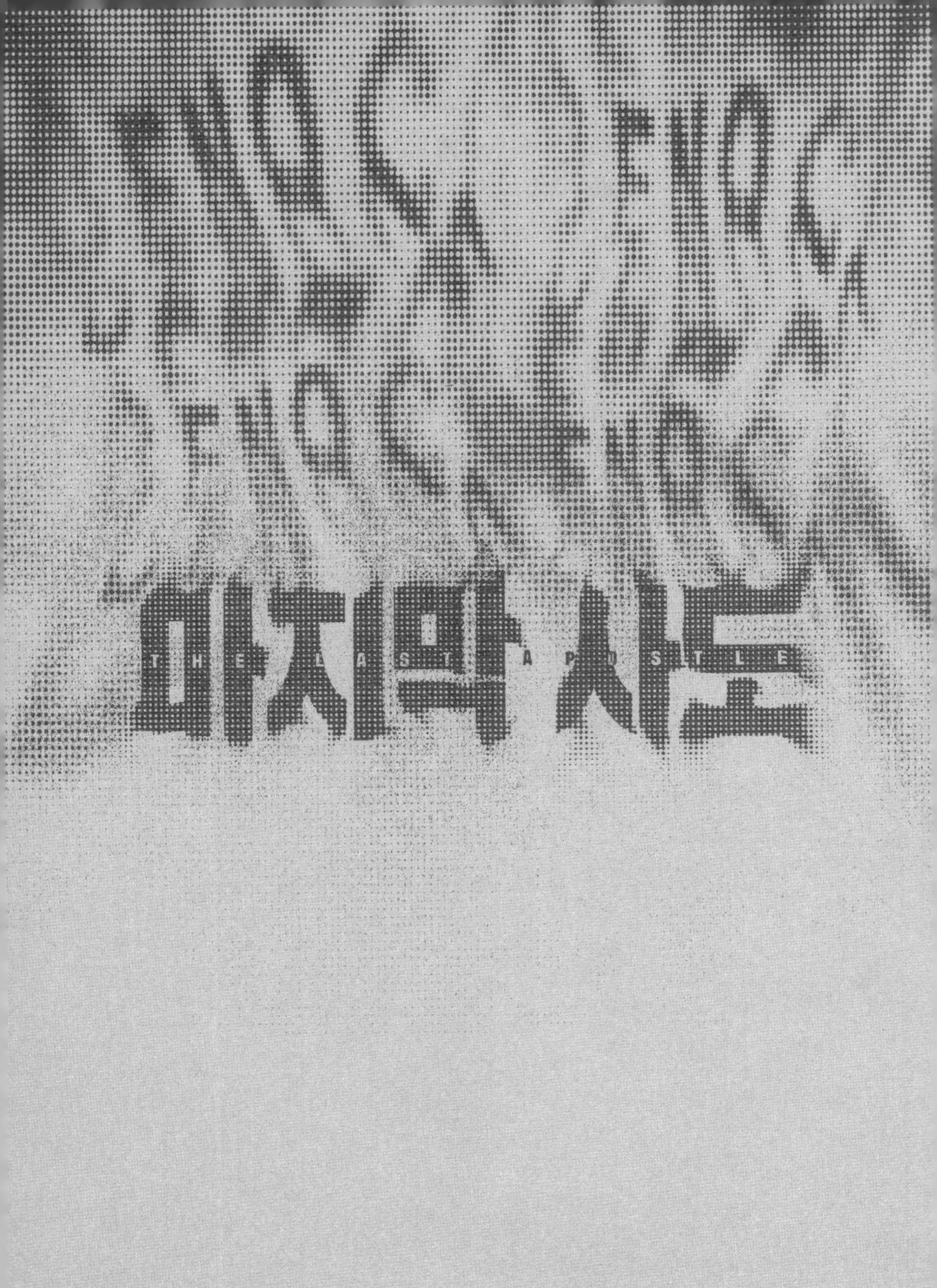
마지막 사도
THE LAST APOSTLE

선택된 자

\-

언더우드의 봄바디어 BD-700이 멕시코시티공항 활주로에 착륙한 건 그로부터 일곱 시간 후였다. 고급스러운 가죽 소파에 앉아 낯선 풍경을 바라보고 있던 하워드의 눈은 심하게 충혈되어 있었다. 사흘 내내 잠을 못 잤던 그는 조금이라도 눈을 붙이려고 노력했지만 소용없었다. 마치 각성제를 먹은 듯 정신은 또렷했고 심장은 마라톤을 완주한 듯 빠르게 뛰고 있었다. 머릿속에는 온통 선택받은 자의 얼굴로 가득했다. 하워드가 멕시코시티까지 오게 된 건 사뮈엘이 남긴 한마디 때문이었다. 그의 선문답 같은 한마디에 인류의 운명이 달려 있었다. 문제는 선택받은 자가 언제, 어디서 오는지 모른다는 점이었다. 그럼에도 하워드는 신의 문이 팔렝케에 있을 것이라는 벤자민의 조언을 따라 멕시코로 왔다. 그리고 벤자민의 말마따나 선택받은 자가 정말 칠람발람의 자손이라면 선택받은 자는 신의 문이 있는 곳으로 올 가능성이 컸다.

"그는 분명히 찾아올 것이다."

하워드가 스스로 북돋으려는 듯 되뇌었다.

"하워드 씨. 말씀하신 멕시코시티에 도착했습니다."

기장이 다가와 말했다. 어느새 비행기는 멈춰 있었다.

"더 도와드릴 일은 없습니까?"

"여기까지 데려다주신 것만으로 충분합니다."

하워드가 짐을 챙기며 말했다.

"저희는 일을 마칠 때까지 이곳에서 기다리겠습니다. 얼마나 걸리실 것 같습니까?"

하워드는 돌아가라고 말하려다가 생각을 바꿨다. 어떤 상황이 닥칠지 모를 일이었다.

"확신할 수는 없지만, 적어도 오늘 안엔 돌아오겠습니다."

오늘 안에 돌아오지 못한다면 이 비행기뿐만이 아니라 세계 전체가 내일을 맞이하지 못할 수도 있었다.

구름 한 점 없이 맑은 하늘이 펼쳐져 있었다. 만약 이번 여행의 목적이 관광이었다면 더할 나위 없이 좋은 날씨였으리라. 하워드는 시간을 확인하기 위해 버릇처럼 헬렌이 사준 시계를 바라봤다. 그런데 어쩐 일인지 멈춰 있던 시계가 정상적으로 움직이고 있었다. 묘한 기분이 들었다. 마치 종말까지 남아 있는 시간을 가리키는 운명의 스톱워치처럼 느껴졌다. 하워드는 시계를 이곳 멕시코시티 현지 시각으로 맞추었다. 째깍거리며 움직이는 초침을 보자 마음이 조급해졌다.

"혹시 위성전화기가 있나요?"

하워드가 문뜩 떠오른 듯 물었다. 그는 벤저민으로부터 중요한 메시지를 기다리고 있었다. 물론 하워드의 핸드폰도 국제 로밍이 되어 있었지만, 종말이 코앞인 지금, 만약을 대비할 필요가 있었다.

"물론 있습니다."

언더우드의 비행기에는 간이 바부터 홈시어터용 대형 TV까지 있었으니 위성전화기가 없을 리 없었다. 기장이 한쪽 벽에 설치되어 있던 위성전화기를 건네줬다.

"단축번호 1번을 누르시면 저와 통화하실 수 있습니다."

"알겠습니다. 잘 쓰겠습니다."

하워드는 전화기를 가방에 넣고 비행기에서 내렸다.

지루한 입국 수속을 걱정했던 하워드는 입국장을 보고 조금은 당황할 수밖에 없었다. 북적대야 할 입국장이 텅 비어 있었다. 입국 수속을 기다리는 여행객들도 거의 보이지 않았고 심사대에 있던 입국 심사원도 몇 명 되지 않았다. 그들은 마치 퇴각을 앞둔 패잔병들처럼 대충 시늉만 하곤 입국자들을 통과시키고 있었다. 하워드는 아무런 제재 없이 심사대를 지났다. 촌각도 지체할 수 없는 하워드로선 다행스러운 일이었다. 그는 서둘러 공항 로비로 향했다. 아메리카 대륙 전체가 자세히 그려진 지도가 필요했다. 하지만 로비 역시 비어 있었다. 면세점뿐만 아니라 상가들도 모두 셔터가 내려져 있었다. 내전이라도 발발한 듯한 모습이었다. 하워드는 일단 공항을 빠져나갔다. 택시 승강장으로 향하던 하워드는 분위기가 심상치 않은 곳이 공항뿐만이 아니란 걸 알 수 있었다. 택시 승강장도, 공항 버스 승강장도 텅 비어 있었다. 심지어 지나는 차도 거의 보이지 않았다.

"정말 내전이라도 일어난 건가."

낭패였다. 시간은 촉박한데 이동할 수단이 없었다. 그때였다.

"세뇨르 레이크?"

누군가가 하워드를 불렀다. 돌아보자 30대 중반 정도로 보이는 멕시코 남자가 서 있었다.

"누구시죠?"

"에밀리 씨에게 부탁받고 기다리고 있었습니다. 차를 준비해두라고 하셨습니다."

남자가 건너편 길가에 세워져 있던 검은색 지프를 가리키며 말했다. 고마운 일이었다. 에밀리는 언더우드의 뜻을 받아 끝까지 하워드를 돕고 있었다.

"고맙습니다. 그런데 여기서 팔렝케까진 얼마나……."

하워드는 팔렝케까지 얼마나 걸리는지 물으려 했지만 남자는 그럴 틈을 주지 않았다. 마치 불길한 물건을 떼어내게 되어 홀가분하다는 듯이 재빨리 하워드의 손에 열쇠를 쥐어주고는 달아나는 것이었다.

"이봐요."

하워드가 붙잡으려 했으나 남자는 길가에 대기 중이던 픽업 트럭에 뛰어 오르더니 순식간에 사라졌다.

하워드는 픽업 트럭을 바라보다 지프로 향했다. 지프의 보조석에 다행히도 아메리카 대륙 전체가 그려진 지도가 놓여 있었다. 에밀리의 세심함에 새삼 감탄했다. 이제 남은 건 추측이 맞기를 비는 일뿐이었다.

지프를 몰고 공항을 나서며 하워드는 선택받은 자의 모습을 상상해보았다. 처음에 떠오른 모습은 온몸에 피를 바르고 깃털로 된 장식을 머리에 쓴 채 심장을 들고 있던 노인이었다. 진부할뿐더러 그의 취향이 아니었다. 시간이 갈수록 선택받은 자는 점점 젊어지더니 어느 순간 건장한 20대 청년으로 변했다. 그는 청바지에 금목걸이를 치렁치렁 걸고 구부정하게 서서 <라밤바>를 불렀다. 그것 역시 마음에 드는 모습은 아니었다. 하워드는 몇 명을 더 그려보다가 결국 포기하고 말았다. 모습이야 어쨌건 바라는 건 그 사람이 나타나는 것 한 가지뿐이었다.

공항대로를 지나 멕시코시티 시내로 들어서며 하워드는 위성전화기를 들었다. 성능을 시험해볼 겸 벤저민의 전화번호를 눌렀다. 착신음이 울리며 시차를 두고 신호가 가기 시작했다.

"여보세요?"

위성을 거쳐가기 때문인지 감이 멀었다.

"어젯밤은 고마웠어. 무사한 거지?"

"무사하냐고? 자네 덕분에 어제 밤새도록 경찰서에서 심문을 받았어. 어쩌면 이 전화도 경찰이 도청하고 있을지 몰라.”

벤저민은 화가 나 있었다. 그럴 만도 했다. 졸지에 미술관에서 유물을 훔친 공범으로 몰렸으니 기분이 좋을 리 없었다.

“미안하네. 어쩔 수 없었어.”

이해 못할 그도 아니었다.

“그래서 지금 어디 있는 거야?”

“여긴 멕시코시티야. 방금 도착했어. 지금 팔렝케로 향하고 있네.”

벤저민은 잠시 침묵을 지켰다. 머리가 복잡한 모양이었다.

“내가 부탁한 건 진척이 있나?”

“지금 해독 중이야. 자네가 준 문구가 도움이 되고 있어. 어쩌면 해독이 가능할지도 모르겠군.”

“중요한 건 시간이야. 내일까진 해독을 끝내야만 해.”

“나도 노력 중이라고.”

벤저민이 짜증 섞인 목소리로 말했다.

“힘든 부탁이란 건 알아. 하지만 자네만이 할 수 있어. 해내리라고 믿어.”

“전화기가 새로 생긴 모양이지?”

“잠깐 빌린 거야. 해독을 마치게 되면 이 번호로 연락하게.”

수화기 저편에서 낮은 한숨이 들렸다.

"알겠네. 몸조심해, 하워드."

이 말을 끝으로 그는 사라졌다. 목소리만으로도 그가 얼마나 큰 부담을 느끼고 있는지 알 수 있었다. 하지만 지금으로선 그 외에 마지막 문구를 해독할 수 있는 사람이 없으니 어쩔 수 없는 일이었다. 지프는 이제 멕시코시티에서 가장 번화한 소칼로광장으로 들어섰다. 광장 저편에 유명한 멕시코 예술궁전이 웅장하게 서 있었다. 하워드는 지도를 보며 팔렝케로 이어진 고속도로를 찾고 있었다. 그런데 광장을 진입하던 하워드는 무언갈 깨달았다. 소칼로광장은 멕시코시티에서 가장 번화한 곳이다. 이 시간이라면, 일자리를 구하는 인부들과 관광객, 민속춤을 공연하는 사람들로 발 디딜 틈 없어야 했다. 하지만 광장은 모두 증발해버린 것처럼 사람 그림자조차 찾아볼 수 없었다. 매연을 내뿜던 자동차도 없었고 전차도 보이지 않았다. 그 광경은 전쟁을 예감하고 피난을 떠난 도시를 연상시켰다. 더욱 놀라웠던 건 광장 여기저기에 널린 동물들의 사체였다. 광장 중앙에 전시된 아즈텍 수도 미니어처 위에는 죽은 고양이들이 널브러져 있었고 대성당 앞에는 개들을 비롯해 비둘기들, 심지어 쥐들까지도 혀를 내민 채 죽어 있었다. 광장뿐만 아니라 도로 전체에 작렬하는 태양 아래서 동물들의 사체가 악취를 내뿜으며 썩어가고 있었다. 멕시코시티는 죽음의 도시로 변해 있었다. 네 번째 징조가 예외 없이 멕시코도 휩쓸고 지나간 것이다. 폐허가 된 도시에서 움직이고 있던 건 하워드의 지프뿐이었다. 하워드는 시간을 확인했다. 대시보드에 붙은 시계는 오전 여덟 시 삼십오 분을 가리키고 있었다. 이제 종말은 37시간가량을 남겨두고 있었다. 하워드는 서둘러 차를 몰았다. 팔렝케까지는 먼 길이었다.

팔렝케는 멕시코 최남단 치아파스주에 있었다. 고속도로를 타고 산크리스토발에 도착한 하워드는 팔렝케로 이어진 국도로 들어섰다. 산크리스토발은 마야의 후손들이 대를 이어 살아가는 곳이었지만 그곳 역시 죽음의 도시로 변해 있었다. 거리에 늘어선 형형색색의 건물들은 모두 주인을 잃은 채 적막하게 도시를 지키고 있었고 마야의 후손들은 도시를 버린 채 어디론가 사라져버렸다. 미로뿐만 아니라 이곳까지 오는 내내 사람의 흔적도 찾아볼 수 없었다. 모든 가게는 문을 닫았고 가판대는 텅 비어 있었다. 도로를 지나는 차도 거의 보이지 않았다. 가끔 군용 차량이 지나긴 했지만 그게 전부였다. 대체 이들은 어디로 간 걸까. 어떻게 사람들이 일순간에 사라질 수 있을까. 알 수 없는 일이었다. 단지 태풍의 중심으로 들어서는 느낌만이 있었다. 서서히 주위를 좁히는 압박감에 하워드는 핸들을 꽉 움켜쥐었다.

하워드는 다시 지도를 펼쳐 위치를 확인했다. 팔렝케까지는 얼마 남지 않았다. 그는 서둘러 팔렝케로 이어진 국도로 차를 몰았다. 구불구불한 국도는 제대로 포장되어 있지 않았고 도로 표시판조차 없었다. 지도에 의지해 달리던 하워드는 제대로 가고 있는지 확인하고 싶었지만 방법이 없었다. 약 삼십 분가량 달리던 하워드는 처음으로 사람을 만날 수 있었다. 여든은 족히 넘어 보이는 노파였는데 도로변 나무 그늘에서 기우제라도 지내는 듯 하늘을 뚫어져라 응시했다. 하워드는 앞뒤를 생각하지 않고 바로 브레이크를 밟았다. 지프가 거센 먼지바람을 일으키며 그녀 곁에 멈춰 섰다. 그녀는 멕시코 원주민들이 입는 레보소를 입고 직접 말은 담배를 피우고 있었다.

"실례합니다. 이 길이 팔렝케로 가는 길 맞나요?"

하워드가 물었지만 노파는 하늘에 시선을 고정한 채 꿈짝도 하지 않았다. 귀가 어두운 모양이었다.

"팔렝케를 찾고 있습니다. 이 길이 맞습니까?"

하워드가 큰소리로 물었다.

"태양이 죽어가고 있어."

노파가 담배 연기를 내뿜으며 탄식하듯 중얼댔다. 노파의 희미한 동공은 공허하게 태양을 응시하고 있었다. 순간 하워드의 등줄기를 타고 찌르르 전류가 흘러내렸다. 그는 서둘러 태양을 확인했다. 무서운 징조가 일어나고 있었다. 구름 한 점 없이 푸른 하늘을 배경으로 떠 있던 태양 중앙에 작지만 검은 반점이 생겨나고 있었던 것이다. 그것은 흑점과는 전혀 달랐다. 마치 블랙홀처럼 태양 중심에 뚫린 작은 구멍이 태양 빛을 빨아들이고 있었다.

"다섯 번째 날, 여섯 번째 태양이 목숨을 다해 죽어가니 세상은 어둠으로 덮이고 식물들이 죽어가더라."

다섯 번째 징조였다. 하워드는 태양 중앙의 검은 점을 보며 블랙홀 이론을 떠올렸다. 은하계 중심에는 태양의 수십 배에 달하는 거대한 블랙홀이 자리하고 있어 지구 인력의 이백오십만 배에 달하는 강력한 힘으로 주위의 모든 것을 집어삼킨다고 했다. 지구가 은하계 중심과 동화된다는 것은 중심의 블랙홀과 동화된다는 뜻이었다. 그것이 어떤 변화를 가져올지 상상도 할 수 없었지만 태양 중심에 심각한 영향을 주고 있는 건 확실했다. 태양이 변한다는 건 지구가 변한다는 걸 의미했다. 눈앞에 벌어지고 있는 현상은 현대 과학으로 설명될 수 있는 한계를 넘어서고 있었다. 그리고 한계 너머에는 신이 자리하고 있었다. 하워드는 길을 묻는 걸 포기하고 액셀러레이터를 밟았다.

오후 여섯 시가 조금 넘어 팔렝케에 도착했다. 그곳도 예외 없이 종말의 징조가 점령하고 있었다. 관광객으로 넘쳐나야 할 고대 신전은 인적을 찾아볼 수 없었다. 주변을 둘러싼 숲에서는 새 울음소리도 들리지 않았다. 심지어 바람 소리마저도 사라졌다. 하워드는 입구에 차를 세워놓고 적막한 신전을 향해 발을 내디뎠다. 입구에는 토속적인 분위기를 내기 위해 나뭇가지를 엮어 지은 매표소가 있었지만 역시 비어 있었다. 매표소뿐만 아니라 기념품과 음료수 등을 파는 상점도 주인을 찾아볼 수 없었다.

"세상을 구하려는데 입장료까지 낼 수는 없지."

하워드는 천천히 유적지로 들어섰다. 치아파스 산악지대에 자리잡은 유적지에는 서기 683년에 여든의 나이로 사망한 마야의 왕 키니치 하나브 파칼 1세의 궁전과 무덤이 있었다. 입구에 들어서자 좌측에 비문의 신전, 우측에 태양의 신전과 십자가 신전, 그 너머에 궁전이 보였다.

그중 가장 유명한 것은 파칼 왕의 무덤이 있던 비문의 신전이었다. 그곳에는 벤저민이 보여줬던, 케찰코아틀이 세계수를 타고 부활하는 모습이 조각된 석판이 있었다. 신전은 마야 문명의 공통적 특징인 계단식 피라미드 위에 사각의 신전이 세워진 전형적인 형태였다. 그 안에 현실(玄室)로 이어진 통로가 있고 석실 안에 파칼 왕의 석관이 있었다. 평소에는 출입이 통제되어 들어갈 수 없었지만 지금이라면 직접 눈으로 석관을 확인할 수 있었다. 하지만 하워드는 그럴 여유가 없었다. 그는 곧장 십자가 신전으로 향했다. 신전 벽과 기둥에 조각된 고대 마야인이 하워드를 내려다보고 있다. 습한 원시림의 호흡을 느끼며 수천 년 세월 동안 인간의 눈을 피해 잠자고 있던 고대의 건물 사이를 홀로 걷고 있자니 하워드는 한없이 작아지는 기분을 느꼈다. 태양 신전을 지나자 찬란한 햇빛을 받으며 당당히 서 있던 십자가 신전이 모습을 드러냈다. 신전은 다른 신전에 비해 작은 규모였다. 역시 계단식 피라미드 형태였고 상층부에 신전이 있었다. 주위를 둘러보았으나 인기척은 없었다.

하워드는 천천히 신전으로 이어진 계단을 오르기 시작했다. 계단을 오르는 데 오랜 시간이 걸리진 않았다. 기하학적인 지붕에 마야 전사의 투구를 쓴 것처럼 사각 장식이 달린 신전 건물이 눈앞에 모습을 드러냈다. 하워드는 땀을 닦으며 마지막 계단에 올라섰다. 신전은 그리 크지 않았다. 이곳이 십자가 신전으로 불리는 이유는 신전 벽에 그려져 있던 십자가 형태의 벽화 때문이었다. 벤저민은 그것이 케찰코아틀과 연관이 있다고 말했다. 그리고 경이롭고 신비로운 한 달간의 여행을 마친 하워드는 이제 그가 예수일지도 모른다고 생각했다. 하워드는 선택받은 자가 도착해 있기를 빌며 신전 안으로 향했다. 네 개의 흰 기둥을 지나 신전 안으로 들어서자 바깥과는 사뭇 다른 서늘한 공기가 불어왔다. 공기는 고대의 전설을 머금은 듯한 기묘한 냄새를 품고 있었다. 하워드는 신전 안을 둘러보았으나 선택된 자는 보이지 않았다. 원시림 너머로 저녁 하늘이 붉게 물들고 있었다. 시계는 어느새 오후 여섯 시 삼십 분을 가리키며 다섯 번째 날이 끝나가고 있었다. 초조한 마음이 들기 시작했다. 하워드는 막연한 추측만으로 낯선 마야의 땅에 도착해 있었다. 선택된 자가 어떤 모습을 하고 있으며 언제, 어디서 올지 아무런 정보도 갖고 있지 않았다. 그가 오리란 어떤 보장도 없었다.

"나타날 거야. 분명히……."

하워드는 자신을 위로하며 사뮈엘이 죽기 직전에 했던 말을 떠올렸다. 그것이 유일한 희망이었다. 하워드는 시간도 보낼 겸 신전 내부를 둘러보았다. 신전은 볼품없었다. 인신공양을 위해 바쳐진 재물의 증거인 해골이 늘어서 있지도 않았고 마야 왕이 제사 직전에 자신의 혀를 뚫어 피를 받던 금잔도 없었다. 그것은 그저 텅 빈 사각형의 방이었다. 그중 유일하게 시선을 끄는 것은 십자가 벽화였다. 부조로 조각된 벽화였는데 얼마 전에 벤저민이 보여줬던 파칼 왕의 석관과 흡사한 모양이었다. 양옆에는 일렬로 마야의 문자가 조각되어 있었고 중앙에 석판의 세계수와 흡사한 형태의 십자가가 있었다. 하지만 케찰코아틀의 모습은 보이지 않았다. 석판은 세월을 이기지 못하여 심하게 부식되었고, 태양을 보고 싶은 듯 유일하게 난 정문을 응시했다. 하지만 햇빛은 석판에 도달하지 못했다. 하워드는 십자가 벽화에서 일말의 단서라도 찾아보려고 했지만 소용없는 짓이었다. 하워드는 벽화 아래에 앉아 불길한 흉터처럼 검은 점이 퍼져나가는 저녁 해를 바라보며 선택받은 자를 기다렸다.

얼마나 지났을까. 주위는 이미 어둠으로 덮여 있었다. 깜빡 잠이 든 모양이었다. 하워드는 서둘러 시간을 확인했다. 어느새 오후 여덟 시를 넘기고 있었다. 주위를 둘러보았으나 어둠뿐이었다. 결국 선택받은 자는 나타나지 않았고, 그의 예상은 틀렸다. 순간 머릿속이 하얘지며 소름이 돋았다. 이제부터 어떻게 해야 할지 상상도 가지 않았다. 실낱같던 희망이 사라진 상황에서 그는 멕시코의 원시림에 고립되어 있었다. 그를 도와줄 사람도 없었고 만약을 대비한 계획도 없었다. 주위에선 아무 소리도 들리지 않았다. 원시림 깊은 곳에 서식하는 동물의 울음소리도 나뭇가지를 스쳐지나는 바람 소리도 들리지 않았다. 그것은 마치 음소거장치를 사용해 세상에 존재하는 모든 소리를 단번에 삭제한 것 같은 완전한 정적이었다.

"이제 어쩌란 말이야."

하워드는 머리를 움켜쥐었다. 그는 자신이 있는 신전이 천길 낭떠러지의 꼭대기처럼 느껴졌다. 구원을 받을 수도 빠져나갈 방법도 없었다.

"사뮈엘. 내가 뭘 빠뜨린 거죠? 아니면 내 추측이 잘못된 건가요? 도와줘요, 사뮈엘. 도와주세요, 하느님!"

하워드가 머리를 무릎에 파묻으며 소리쳤다. 무의식중에 신의 이름을 입에 담은 하워드는 자신에게 놀랐다. 비록 의도한 건 아니었지만 그가 신을 찾은 건 칠 년 만에 처음이었다.

그때였다. 누군가 신전 계단을 올라오는 소리가 들렸다. 어둠 속에서 잔뜩 몸을 사린 채 겁먹은 토끼처럼 조심스럽게 다가오고 있었다. 하워드는 입구를 응시했다. 잠시 후 푸른 달빛을 받으며 어둠 속 인물이 모습을 드러냈다. 그런데 한 명이 아니었다. 30대 중반 여인과 열 살가량 된 소녀가 있었다. 여인은 레보소를 입고 챙이 넓은 모자를 쓰고 있었고 소녀는 원피스에 흑진주처럼 검은 머리를 양 갈래로 따고 있었다. 소녀는 귀중한 보물이라도 되는 듯 낡은 인형 하나를 꼭 끌어안고 있었다. 그들은 하워드와 거리를 둔 채 망설이고 있었다. 특히 소녀는 겁에 질린 표정으로 힐끗거렸다.

하워드는 그들을 안심시키기 위해 조심스럽게 다가갔다. 그런데 가까이에서 소녀의 얼굴을 확인한 하워드는 심장이 멎을 뻔했다. 피부와 눈동자 색깔은 달랐지만 소녀는 죽은 제이미와 꼭 닮아 있었다. 제이미와 쌍둥이 자매처럼 똑같았다. 하워드는 번개를 맞은 듯 제자리에 얼어붙은 채 소녀를 바라보고 있었다.

"당신이 팜파차인가요?"

여인이 스페인어로 물었다. 하지만 소녀의 외모에 충격을 받은 하워드 귀에는 들리지 않았다.

"당신이 팜파차인가요?"

여인이 다시 물었다. 그제야 하워드는 정신을 차렸다. 그는 팜파차가 누군지 잘 알고 있었다. 콜럼버스의 『항해일지』에 기록된 내용이었다.

"길을 안내할 수 있을지는 모르지만 내가 팜파차요. 나는 선택된 자를 기다리고 있었소."
하워드가 대답했지만 여인은 못 미더운 눈초리였다.
"당신이 팜파차라면 그 책을 갖고 있어야 해요."
여인이 미심쩍은 듯 말했다. 하워드는 품속에 간직하고 있던 『구원의 서』를 보여줬다. 그제야 여인은 의심의 눈초리를 거뒀다.
"바로 이 아이예요."
여인이 자신의 소매를 꼭 붙들고 있는 소녀의 머리를 쓰다듬으며 말했다. 하워드는 조금 당황했다. 선택된 자가 하워드의 예상과 전혀 다른 모습을 하고 있었기 때문이었다. 사뮈엘은 선택된 자를 '그'라고 칭했다. 그런데 눈앞에 나타난 선택된 자가 소녀라니.
"그럼 이 아이가 칠람발람의 자손이란 말이오?"
여인은 고개를 끄덕였다.
"그렇다면 이 아이에겐 특별한 능력이 있겠군요?"
하워드가 믿을 수 없다는 듯 물었다. 그러자 여인이 다시 한번 고개를 끄덕였다.
"이 책에 어떤 내용이 있는지 알고 있소?"
여인은 고개를 저었다. 하워드는 직접 확인하기 위해 소녀에게 다가갔다.
"얘야. 이 안에는 1,792개의 화살표가 있어. 그걸 모두 외울 수 있겠니?"
하워드가 조심스럽게 물었다. 그런데 소녀는 하워드가

넘어선 안 될 선을 넘기라도 한 듯 심하게 불안해하며 뒤로 물러섰다. 그리고 여인의 손을 잡은 채 알아들을 수 없는 말을 반복해서 웅얼거렸다. 그것은 마치 자폐인에게서 보이는 증상과 흡사했다. 하워드가 저도 모르게 인상을 썼던 모양이었다.

"그러지 말아요. 아이가 불안해하잖아요."

여인이 소녀를 다독이며 말했다.

"혹시……."

"태어날 때부터 그랬어요. 우리 가족 외의 사람들과는 이야기를 나눌 수 없어요. 그래서 학교도 다닐 수 없었고요. 오직 집에서만 생활했죠."

소녀는 여인 품에 안겨 같은 말을 반복하며 고개를 떨구었다.

"서번트 신드롬."

서번트 신드롬은 자폐 등의 발달 장애나 뇌손상 등으로 장애를 갖게 된 이들이 특정 부분에서 천재적 재능을 발휘하는 희귀한 증상을 말한다. 서번트 신드롬을 가진 자폐인은 달력 계산, 암산, 암기 등에 특히 뛰어난 능력을 보이는 것으로 알려져 있다.

"이 아이 이름이 뭡니까?"

하워드가 소녀를 바라보며 물었다.

"밤비야에요."

"밤비야……. 예쁜 이름이군요."

하워드는 머릿속으로 열한 번째 문자 B를 지웠다. 사뮈엘의 열두 사도 중 한 명은 멕시코의 아이였던 것이다. 이제 열두 번째, 마지막 사도만이 남았다.

"나이가 어떻게 되나요?"

"열다섯 살이에요."

제이미가 살아 있다면 올해로 열여섯 살이 됐을 것이다. 너무도 닮은 소녀를 보자 하워드는 가슴이 북받쳤다. 하워드는 밤비야와 눈높이를 맞추기 위해 무릎을 꿇었다. 가까이서 보니 소녀는 나이에 비해 왜소했다. 그리고 순수한 눈을 가졌다.

"내 이름은 하워드 레이크란다. 만나서 반갑다, 밤비야."

하워드가 다정하게 인사를 했다. 방금까지만 해도 두려워하던 밤비야는 하워드의 진심을 느꼈는지 힐끗힐끗 눈을 맞추기 시작했다.

"그런데 어떻게 내가 올 줄 알았죠?"

하워드가 물었다.

"그분이 오셨어요."

"그분이라면 누굴 말하는 겁니까?"

"쿠쿨칸……. 그분이 이틀 전에 집으로 오셨어요. 그분께서 이곳에 가면 당신이 올 거라고 하셨죠."

쿠쿨칸은 케찰코아틀의 또 다른 이름이었다.

"그를 만났단 말이오? 어떻게 그가 쿠쿨칸인 걸 알아봤죠?"

하워드가 흥분해서 물었다.

“전설에 나오던 모습 그대로였어요. 검은 머리에 파란 눈, 구레나룻……. 비록 입고 있던 옷은 전설과 달랐지만 분명 그분이었어요. 중요한 건 밤비야가 알아봤다는 거예요. 밤비야가 그분을 단번에 알아보고 그분 품에 안겼어요.”

“혹시 맨발에 군용 야상을 입고 있지 않았소?”

“당신한테도 찾아오셨군요.”

하워드는 여인이 만난 쿠쿨칸이 누군지 알 수 있었다. 사뮈엘이었다. 이제 더는 망설일 필요가 없었다.

“밤비야. 이제 우리 둘은 짧지만 긴 여행을 해야 한단다. 신의 문을 찾아야 해. 그런데 불행히도 아저씨는 형편없는 팜파차란다. 신의 문이 어디 있는지 몰라. 너는 알고 있니?”

하워드가 솔직하게 말했다. 그러자 밤비야가 손가락으로 저 멀리 남쪽을 가리켰다. 그것은 예상치 못한 일이었다. 하워드는 지푸라기를 잡는 심정으로 물었을 뿐인데 밤비야는 당연하다는 듯이 방향을 가리켰다.

“너 정말 신의 문이 어디 있는지 알고 있어?”

하워드가 놀라움을 감추지 못하고 다시 묻자 밤비야는 가리켰던 방향을 계속 응시했다.

“선택된 자만이 신의 문이 어디 있는지 알고 있어요. 이 아이를 따라가면 찾을 수 있을 거예요.”

여인이 말했다. 모든 것이 운명처럼 하나씩 모습을 드러내고 있었다.

"이곳에 도착한 후로 계속 궁금했던 게 있었소. 대체 다들 어디로 사라진 거요?"

"모두 태양이 비치지 않는 곳에 몸을 숨기고 있을 거예요. 죽어가는 태양 빛을 쐬게 되면 두 번 다시 환생하지 못하거든요."

아마도 이들만의 내세 신앙인 모양이었다. 하지만 미신이라고 치부하기에 이들의 예언은 너무도 정확했기에 딱히 부정할 마음은 들지 않았다. 하워드는 서둘러 시계를 확인했다. 종말은 이제 25시간을 남겨놓고 있다.

"서둘러야 해요. 시간이 없어요."

하워드는 두 사람을 자신의 차로 안내하려고 했다. 하지만 여인이 밤비야의 손을 하워드에게 넘겨주며 말했다.

"밤비야를 잘 부탁해요."

"당신은 안 가는 거요?"

"신의 문은 선택받은 자와 길을 인도하는 자만이 들어갈 수 있어요."

여인은 마지막 길을 떠나보내듯 슬픈 눈으로 밤비야를 바라봤다.

"밤비야는 내가 목숨을 걸고 지키겠소. 걱정하지 말아요."

하워드가 안심시키려고 했지만 여인은 슬픈 미소를 지을

뿐이었다. 그것은 운명에 순종할 수밖에 없다는 걸 인정한 듯한 미소였다. 그리고 그녀의 눈에 비친 운명은 슬픈 모습을 하고 있었다. 하워드는 밤비야의 손을 잡고 신전을 내려갔다. 계단을 내려가며 밤비야는 연신 뒤를 돌아봤지만 여인은 이미 사라진 후였다.

밤비야와 함께 차로 돌아온 하워드는 서둘러 시동을 걸고 지도를 펼쳤다.

"밤비야. 이 지도에서 신의 문이 있는 곳을 가리킬 수 있겠니?"

하지만 밤비야는 지도를 처음 보는 듯 멍하니 바라봤다. 아이가 지도를 모른다면 달리 도리가 없었다.

"좋아, 온전히 너를 믿는 수밖에."

하워드는 지도를 손에 들고 이리저리 돌려보는 밤비야에게서 시선을 떼고 일단 밤비야가 가리켰던 남쪽을 향해 차를 출발시키려고 했다. 그때 갑자기 밤비야가 하워드의 팔을 당겼다. 하워드가 돌아보자 밤비야는 지도의 한 곳을 가리켰다.

"여기야? 여기에 신의 문이 있어?"

밤비야가 고개를 끄덕였다. 하워드는 그녀가 가리키는 곳을 살폈다. 그곳은 안데스산맥이었다.

"신의 문이 안데스산맥 안에 있단 말이야?"

밤비야는 연신 고개를 끄덕이며 산맥을 가리켰다. 밤비야가 지목한 곳은 국경 너머 페루에 있었다. 차로 가려면 적어도 나흘은 걸릴 거리였다. 하워드는 언더우드의 전용기를 돌려보내지 않은 걸 다행이라고 생각하며 기장에게 전화를 걸었다.

전용기에서 내려다본 태평양은 발을 담그면 온몸이 파랗게 변해버릴 것처럼 푸르렀다. 작열하는 태양 아래서 바다는 영겁의 세월을 그래왔듯이 평화롭게 파도쳤다. 하지만 평화롭던 그곳에도 징조의 기운이 도달해 있었다. 어디에도 생명체가 보이지 않았다. 파도를 가르며 뛰어오르던 돌고래도, 꽁치 떼를 쫓아 무리 지어 날던 갈매기도 보이지 않았다.

바다뿐만이 아니었다. 페루에서 제일 큰 항구 중 하나인 침보테항은 폐허처럼 변해 있었다. 어선과 화물선으로 가득해야 할 항구는 물이 빠지면서 앙상한 바닥을 드러냈고 사막처럼 변해버린 바닷가에는 죽은 물고기 떼가 널려 있었다. 건물들은 폭격을 맞은 듯 부서져 있었고 사람들의 그림자도 찾아볼 수 없었다. 끔찍한 광경이었다.

폐허의 상공을 날면서도 하워드는 천진난만하게 인형을 갖고 노는 밤비야에게서 눈을 떼지 못하고 있었다. 조그만 비행기 창문에 비친 푸른 하늘을 배경으로 인형과 대화를 나누는 밤비야의 옆모습은 마치 제이미가 살아 돌아온 것처럼 딸아이를 닮았다. 하워드는 돌아온 제이미에게 다가가고 싶었지만 밤비야는 아직도 하워드를 경계하는 듯했다. 아이는 종말 따윈 관심 없다는 듯 유일한 친구인 인형과 즐겁게 보내고 있었다. 하워드는 지갑에서 제이미의 사진을 꺼내 들었다. 제이미가 초등학교에 입학하고 처음으로 등교하던 날 찍은 사진이었다. 제이미는 멜빵바지에 짧게 자른 머리를 하고 처음 산 가방을 자랑하듯 내보이고 있었다. 사진을 보고 있자니 자연스레 눈물이 고였다. 처음 본 아이 앞에서 눈물을 보이고 싶지 않았던 하워드는 사진을 도로 집어넣었다. 그런데 갑자기 밤비야가 괴성을 지르며 몸부림치는 것이었다.

"왜 그래? 무슨 일이야?"

하워드가 놀라서 물었다. 밤비야는 인형을 부둥켜안고 미친 듯이 고함치고 있었다. 자세히 보니 인형의 한쪽 팔이 뜯겨 있었다.

"진정해, 밤비야. 아저씨가 고쳐줄게."

하지만 밤비야는 하워드의 말이 들리지 않은 듯했다. 아이는 자기 팔이 떨어져 나간 양 괴로워하고 있었다. 하워드는 가방에서 바느질 도구를 찾았다.

"이걸 봐, 밤비야. 아저씨가 낫게 해줄 수 있어. 이래 봬도 솜씨가 꽤 쓸 만하단다."

바늘과 실을 보자 밤비야가 몸부림을 멈췄다.

"인형 이름이 뭐지?"

이번에도 밤비야는 하워드의 물음에 대답하지 않았다. 낯선 사람에게 친구의 이름을 말하기 싫은 모양이었다. 하워드는 살며시 인형을 건네받았다. 인형은 누군가 직접 만든 듯 엉성했는데 모양이 다른 단추로 양쪽 눈을 만들고 여러 헝겊을 덧대어 만든 옷을 입고 있었다. 인형을 건네주고도 미덥지 않은지 밤비야는 하워드를 의심스러운 눈초리로 지켜보았다. 하워드는 마술을 선보이듯 능숙하게 바늘귀에 실을 꽂고 인형의 팔을 꿰매기 시작했다.

"아저씨한테도 너만한 딸이 있었단다. 이름이 제이미야. 너처럼 예쁘고 의젓한 아이였지. 제이미한테도 인형이 있었는데, 네 것처럼 여기저기 상처투성이였어. 제이미는 남자아이들과 어울려 축구를 하거나 친구 집에서 노는 걸 더 좋아했단다. 그래서 한 번도 장난감이나 인형을 사달란 적이 없었어. 그런데 어느 날 여기저기 찢어진 인형 하나를 들고 울고 있는 거야. 버려진 인형을 근처 개들이 물어뜯고 있던 걸 구해온 거지. 제이미는 인형을 살려달라며 내게 인형을 맡겼어. 그래서 내가 인형을 수술해줬단다. 형편없는 솜씨였지만 어쨌든 인형은 살아났어. 제이미는 그제야 맘이 놓이는지 인형을 안고 잠이 들었지. 그 후로 한 번도 그 인형을 떼어놓은 적이 없었어. 그 인형을 무척 좋아했단다."

하워드의 손에 시선을 고정하던 밤비야가 하워드를 올려다보았다.

"그걸 보면서 깨달았어. 그 아이, 인형을 갖고 싶었지만 얘기를 못 했던 거야. 우리는 가난했거든. 제이미는 그런

아이였단다."

인형을 수술하던 하워드의 눈가가 촉촉해졌다. 밤비야는 조용히 이야기를 듣고 있었다. 이윽고 인형의 팔이 완성됐다.

"자, 다 됐다. 여기, 네 친구."

하워드가 인형을 건네주었다.

"고마워, 팜파."

밤비야가 처음으로 하워드에게 말을 건넸다.

"너 지금 뭐라고 했니? 파파?"

하워드가 자기 귀를 의심하며 물었다.

"다시 한번 말해봐."

"팜파……."

물론 팜파차를 말하는 것일 터였다. 그러나 하워드의 귀에는 파파처럼 들렸다.

밤비야는 초롱초롱한 눈으로 하워드를 향해 미소를 머금었다. 하워드는 참지 못하고 아이를 끌어안았다. 하워드의 눈에서 그동안 참았던 눈물이 하염없이 흘러내렸다.

리마공항은 전쟁터를 방불케 했다. 침보테를 덮쳤던 지진은 태평양 연안을 따라 질주하며 리마 역시 할퀴고 지나갔다. 덕분에 호르헤차베스국제공항은 쑥대밭으로 변해 있었다. 공항 전면을 장식하던 유리창은 모두 깨진 채 파편이 되었고 비행기들은 충돌하거나 도랑에 처박혀 있었다. 활주로의 절반이 부서져 있었기 때문에 하워드가 탄 비행기는 비상활주로에 착륙해야만 했다. 비행기가 멈추자 하워드는 기장에게 이 이상 자신을 기다릴 필요가 없다고 말하곤 그 길로 돌려보냈다. 그들에게도 종말의 시간에 가족과 함께 할 권리가 있었다. 그들이 종말 직전에는 가족과 상봉하기를 바라며 하워드는 밤비야를 데리고 비행기에서 내렸다.

공항을 빠져나가며 하워드는 교통수단을 걱정했다. 리마는 공항 여기저기에 공항이 소개한 택시 외에는 타선 안 된다는 안내문이 붙어 있을 만큼, 거친 도시였다. 또한 오면서 본 모습을 생각하면 렌터카 창구는 보나마나 비어 있을 것이 뻔했다.

그런데 리마 시내로 들어선 하워드는 더는 차편을 고민할 필요가 없었다. 리마 시내에는 수많은 차가 버려져 있었기 때문이었다. 모두 차 따위에는 관심 없다는 듯 팽개치고 어디론가 사라진 후였다. 멕시코시티와 똑같은 상황이 이곳에도 벌어진 것이다. 하워드는 길가에 버려진 차 중 쓸 만한 차 한 대를 골라 문을 땄다. 열쇠 없이 구형 포드의 시동을 거는 일은 베테랑 탐정에게 그다지 어렵지 않았다. 하워드는 밤비야를 태우고 안데스산맥을 향해 달리기 시작했다. 에어컨조차 없는 낡은 포드는 비록 가래 끓는 소리를 내고 있었지만 힘차게 나아갔다. 도심을 지나자 하워드는 안데스산맥 북부로 가기 위해 팬아메리칸 하이웨이로 차를 몰았다. 그런데 그때였다.

"팜파! 팜파!"

밤비야는 불안한 듯 몸을 흔들며 미친 듯이 소리를 질렀다.

"왜 그래? 밤비야. 무슨 일이야?"

본능적으로 방향이 잘못됐다는 걸 느낀 듯이 소녀는 연신 남쪽을 가리키며 소리쳤다. 하워드는 차를 멈추고 '쿠스코'로 이어진 남쪽 고속도로를 향해 핸들을 꺾었다. 그제야 밤비야는 몸부림을 멈췄다. 그녀는 몸 안에 신의 문을 가리키는 나침반이 들어 있는 듯 방향을 정확히 제시하고 있었다. 이것이야말로 상상할 수 없었던 놀라운 능력이었다.

"내비게이션이 따로 없군."

하워드는 신기한 듯이 말했다. 차는 거대한 성벽처럼 버티고 있는 안데스산맥을 향해 달려나갔다.

지도에도 없는 국도로 들어서고 있었지만 하워드는 전혀 불안하지 않았다. 길이 헷갈릴 때면 어김없이 밤비야가 길을 알려줬기 때문이었다. 소녀는 조금도 망설임 없이 길을 선택하고 있었다. 비록 종말을 막기 위한 여행이었지만 하워드에겐 돌아온 딸과 함께 휴가를 떠나는 기분이었다.

국도를 약 한 시간가량 달렸을 때 밤비야가 또다시 몸부림을 치기 시작했다. 하워드는 길을 확인했지만 도로는 일직선으로 나 있었다. 지나친 샛길도 없었고 갈림길도 보이지 않았다. 하지만 밤비야는 괴로운 듯 몸을 떨고 있었다.

"왜 그러니? 어떻게 하면 돼?"

그러자 밤비야가 중얼댔다.

"팜파, 오줌. 팜파, 오줌."

그제야 하워드는 밤비야가 몸부림치는 이유를 알았다. 이번엔 생리적인 문제 때문이었다. 하워드는 적당한 곳에 차를 세우고 밤비야를 수풀 속으로 데려갔다.

"일이 끝나면 신호해."

하워드가 돌아서며 말했다. 하지만 뭐가 잘못됐는지 밤비야는 같은 말을 되풀이했다.

"팜파, 오줌. 팜파, 오줌."

"오, 이런."

하워드는 그녀가 다섯 살 정도의 지능을 가진 자폐인이라는 사실을 잊고 있었다. 소변을 볼 때도 주위의 도움이 필요했다. 하워드가 옷을 내려주자 밤비야는 소변을 봤다. 하워드는 밤비야가 볼일을 마치길 기다리며 과거의 추억을 떠올렸다. 제이미도 네 살까진 누군가의 도움 없인 볼일을 보지 못했다. 헬렌과 하워드는 번갈아 가면서 제이미가 볼일을 마칠 때까지 옆에서 기다려야 했다. 그럴 때면 제이미는 언제나 이 노래를 불렀다.

'할아버지 시계는 아주 커 마루에 세워 놓았어요. 할아버지가 태어난 아침에 처음 우리집에 왔지요. 시계는 언제나 할아버지의 소중한 보물이었지요…….'

귓가에 제이미의 노랫소리가 맴돌았다. 담배가 필요했다. 하워드는 주머니를 뒤져 담배를 찾았다. 그런데 순간 누군가가 불을 끈 것처럼 주위가 어두워졌다. 하워드는 태양을 확인했다. 검은 점이 태양 중심부를 삼 분의 일 가량 잠식하고 있었다. 서둘러야 했다.

"팜파. 팜파."

밤비야가 볼일을 마치고 하워드를 부르고 있었다. 밤비야의 부름에 하워드가 뒤를 돌아본 찰나, 갑자기 땅이 뒤집어질 듯 요동을 치기 시작했다. 이번엔 지진이었다. 그 와중에도 밤비야는 하워드를 향해 오고 있었다. 거대한 바위들이 공처럼 튀어 오르고 있었고 거목들이 뿌리째 뽑혀 쓰러지는 와중에 지진을 못 이긴 나무 하나가 밤비야를 향해 쓰러지고 있었다.

"밤비야, 피해!"

하워드가 소리쳤지만 밤비야는 천진난만한 얼굴로 계속 하워드에게 다가오고 있었다. 하워드는 온 힘을 다해 몸을 날렸다. 쿵— 둔탁한 소리가 주위에 울려 퍼졌다. 하워드는 정신을 차리고 밤비야를 살폈다. 다행히 다친 곳은 없었다. 그러나 지진의 강도는 점점 더 높아지고 있는 듯했고 그와 함께 숲 전체가 도미노처럼 무너지고 있었다. 더 있다가는 가루도 안 남을 게 뻔했다. 하워드는 밤비야를 안고 죽을힘을 다해 차로 돌아왔다. 그리고 있는 힘껏 액셀러레이터를 밟았다. 도로는 이미 쓰러진 나무들로 엉망이 되어 있었다. 하워드는 갈대처럼 넘어지는 나무들을 피해 전속력으로 차를 몰았다. 돌 파편이 튀고 나뭇가지가 차창을 후려쳤다. 그러나 하워드는 멈추지 않았다. 간신히 3킬로미터가량 달려가자 들판이 나타났다. 하워드는 들판 한가운데에 차를 세웠다. 그리고 밤비야를 끌어안은 채 지진이 지나가기를 기다렸다. 차가 춤을 추듯 요동쳤다. 바위산이 레고 블럭처럼 무너지고 나무들이 쓰러지며 지르는 비명이 세상을 삼키고 있었다. 지진은 무려 오 분간 지속됐다. 이윽고 배를 채운 지하 괴물이 지평선 저편으로 사라진 후에야 하워드는 조심스럽게 고개를 들었다.

"괜찮니? 다친 덴 없어?"

하워드가 걱정스럽게 물었지만 밤비야는 의외로 담담하게 하워드의 품에 안겨 가쁜 숨을 몰아쉬었다. 하워드는 주위를 둘러봤다. 조금 전 지나온 길은 쑥대밭이 되어 있었다. 도로 주위를 포위하듯 둘러싸던 숲은 앙상한 그루터기만을 남겨놓은 채 평야로 바뀌었고 바위산이 있던 자리는 오히려 움푹 파여 분지로 변해 있었다. 저 멀리 보이는 마을에서는 검은 연기가 피어오르고 있었다. 보지 않아도 그곳에 어떤 재앙이 닥쳤는지는 충분히 상상할 수 있었다.

"이건 평범한 지진이 아니야."

기록된 지진 중 가장 강력했던 지진은 1960년 칠레에서 일어났던 지진으로 모멘트 9.5였다. 방금 지진은 9.5를 뛰어넘을 것 같은 진도였다. 만약 같은 지진이 뉴욕에서 일어났다면 모든 것이 태초의 모습으로 변해 있을 게 분명했다. 시계는 이제 오후 네 시 이십오 분을 가리켰다. 하워드는 깨진 차창을 떼어내버리고 차를 몰기 시작했다. 종말이 코앞까지 다가와 있었다.

안데스산맥에 가까워질수록 밤비야는 기묘하게 변해갔다. 이상한 말을 자주 반복했고 온몸에 한기가 도는 듯 웅크리고 앉아 몸을 떨었다.

"Imix-Eznab-Akbal-Baktuchenchen-Yaxul-Moanbeyap."

하워드는 말의 뜻을 물었지만 밤비야는 같은 말을 되풀이할 뿐이었다. 주문을 외울수록 밤비야는 무아지경에 빠져드는 듯했지만, 그런 와중에도 밤비야는 확고하게 방향을 선택했다.

그들은 어느새 안데스산맥으로 들어섰다. 지평선 너머로 이어진 도로 저편에 도저히 넘을 수 없을 것처럼 안데스산맥이 버티고 있었다. 몇 시간째 목적지도 모르고 달리고 있자니 답답했다. 그러나 밤비야가 지명을 알고 있을 리 없었다. 그저 철새가 망망대해에서 서식지를 본능적으로 찾아가듯 방향을 가리키고 있었다.

차창을 스쳐지나던 건물들은 남부 포르투갈풍으로 바뀌어 있었다. 표지판은 75킬로미터 전방에 쿠스코라는 도시가 있다고 알려주었다. 그런데 한 가지 의문점이 들었다.

그들이 들어선 곳은 더이상 마야의 땅이 아니었다. 잉카 문명의 발상지였다. 잉카는 문자가 존재하지 않았을 뿐 아니라 스페인 정복자들에 의해 철저히 파괴되었기 때문에 거의 모든 것이 베일에 가려져 있는 미지의 문명이었다. 하지만 한 가지 공통점이 있었다. 바로 잉카인의 신, 비라코차였다. 비라코차는 마야의 케찰코아틀, 쿠쿨칸과 비슷한 특성을 지닌 신이었다. 그것이 유일하게 연결된 단서였다. 문명의 고리가 끊어진 지 사백 년이 지난 지금 정체불명의 소녀를 믿고 남아메리카 대륙을 종단하던 하워드가 추리할 수 있는 건 그게 전부였다. 밤비야는 점점 더 안데스산맥 안쪽으로 인도하고 있었다. 길은 비포장도로로 변해 있었고 골짜기는 깊어만 갔다. 유칼립투스 나무들은 시간이 지날수록 커져만 갔고 산은 깎아지르듯 가팔라졌다. 이제 시간은 저녁 일곱 시를 넘어서고 있었다. 서서히 밤이 찾아올 시간이었다. 그런데 하늘은 대낮처럼 밝았고 태양은 하늘 중앙에 고정된 듯 멈춰서 움직이지 않았다.

"여섯 번째 날, 시간이 멈추니 낮이 밤이 되고 밤이 낮이 된다. 달은 사라지고 검은 태양이 세상을 불태우니 사람들은 신을 찾으나 신은 이미 그 자리에 없더라."

태양이 지지 않는다는 건 지구가 자전을 멈췄다는 것을 의미했다. 만약 그것이 사실이라면 모든 물리법칙이 한순간에 무너지게 된다. 뉴턴의 만유인력은 치명적인 영향을 받을 것이고 지구 주위를 돌던 달 역시 공전을 멈추게 될 것이다. 바다에서는 파도뿐만 아니라 밀물과 썰물이 사라지고 해양 생물이 몰살될 것이다. 상상도 못 할 대재앙이었다. 인류는 물론이고 지구상의 모든 생명체가 한순간에 절멸하고 지구는 태초의 모습으로 돌아가게 되는 것이다. 추상적이고 모호하던 예언은 가장 직접적인 모습으로 현실화되고 있었다. 하워드는 지진으로 인해 여기저기 부서진 고물차를 몰고 앞으로 나아갔다. 그가 할 수 있는 일의 전부였다.

붉은 지붕들이 도시 전체를 축제처럼 뒤덮고 있던 쿠스코를 지나 우루밤바강을 건너자 산등성이로 이어진 좁은 비포장도로가 나타났다. 약 삼십 분가량 구불구불한 도로를 따라가자 산 중턱에 있던 작은 마을이 나타났다. 산등성이를 따라 흙벽돌로 지어진 집과 계단식 밭이 운치 있게 늘어서 있었다. 마을 어귀에 들어서며 하워드는 주인을 찾았지만 아무도 보이지 않았다. 또다시 버려진 마을이었다. 하워드는 지도에서 정확한 위치를 파악하기 위해 마을 이름을 찾았다. 버스정류장에 커다랗게 마을 이름이 쓰여 있었다.

"아구아 칼리엔트."

하워드는 지도를 펼쳐 마을을 찾았으나 불행히도 워낙 작은 마을이라 표시되어 있지 않았다. 하워드는 하는 수 없이 다른 지명이 나타나길 기대하며 차를 몰았다. 마을을 벗어나는 도로 옆에 관광용 산악열차가 정차하는 기차역이 있었다. 산악열차가 있다는 건 인근에 유명한 관광지가 있다는 것이었다. 아니나 다를까 최종 목적지에 낯익은 지명이 쓰여 있었다.

Machu picchu

하워드는 그제야 밤비야가 향하는 목적지를 알 수 있었다. 그곳은 오백 년 전 콜럼버스가 향했던 공중도시였다. 그리고 걸리버가 여행했던 하늘을 나는 섬이었다.

마추픽추는 모든 것이 베일에 가려진 신비의 도시다. 1911년, 하이람 빙엄에 의해 발견된 이곳은 16세기 스페인의 정복자 프란시스코 피사로에 의해 멸망한 잉카 문명의 마지막 도시다. 혹자는 스페인인의 공격을 피해 산속 깊숙이 세운 것이라고도 하고 혹자는 군사를 훈련시켜 후일 스페인에 복수하기 위해 건설한 비밀도시라고도 한다. 마추픽추가 주목받은 또 다른 이유는 이곳에 사용된 건축 기술 때문이었다. 성채를 짓는 데 사용된 돌은 매끄럽게 다듬어진 다각형 바위였다. 큰 것은 길이 6미터, 폭 4.5미터에다가 무게가 이백 톤이 넘는 것들이다. 그 육중한 돌을 해발 2,430미터까지 운반한 방법도 미지수였지만 그 바위를 물 한 방울 새지 않을 정도로 정교하게 맞춘 세공 기술은 고고학자와 건축가들 사이에서 여전히 미스터리로 남아 있었다. 밤비야는 그런 미지의 도시로 하워드를 이끌었다.

하워드는 이제껏 자신이 지나온 모든 단서가 연결되어 있다는 걸 인정할 수밖에 없었다. 걸리버와 콜럼버스, 라퓨타와 마추픽추, 예수와 케찰코아틀, 그리고 사뮈엘 베케트. 이 모든 것은 또다시 촐킨에 예언된 종말의 날과 맞닿아 있었다. 하워드는 인류의 역사 전체가 신의 문을 열기 위한 거대한 열쇠처럼 느껴졌다.

이제 산길은 차 한 대가 겨우 지날 정도로 좁아져 있었다. 그때 지진이 다시 두 사람을 습격해왔다. 하워드는 차를 멈추고 몸을 숙였다. 이번 지진은 지난번 것보다는 약했지만 여전히 위협적이었다. 지진은 갈수록 빈도가 잦아지고 있었다. 그것은 거대한 클라이맥스를 위한 전주곡처럼 느껴졌다. 가파른 절벽을 타고 돌덩이들이 쏟아져 내렸다. 마추픽추로 다가갈수록 밤비야의 웅얼거림은 신들린 주술사가 지르는 고함으로 바뀌었고, 몸부림은 격렬해져 경련에 가까웠다. 하워드는 이 몸부림이 일종의 신내림 같은 것이라고 느꼈다. 밤비야의 작은 몸은 공명하는 악기처럼 처절하게 울리고 있었다. 안타까웠지만 힘껏 안아주는 것 외에 달리 방도가 없다. 이윽고 지진이 멈추자 하워드는 서둘러 차를 출발시켰다.

"조금만 참아. 밤비야. 이제 거의 다 왔어."

하워드는 달리는 내내 밤비야를 안았다. 깎아지른 듯한 골짜기를 지나자 드디어 마추픽추로 이어진 길이 나타났다. 마추픽추가 있는 산의 정상은 안개에 가려 보이지 않왔다.

관광객을 위해 만들어진 산길은 마추픽추까지 이어져 있었지만 하워드는 중간에 차를 멈출 수밖에 없었다. 지진으로 길이 막혀 있었기 때문이었다. 쓰러진 유칼리나무는 중장비를 동원해야 간신히 움직일 수 있을 만큼 컸다. 마추픽추까지는 아직도 상당한 거리가 남아 있었다. 하지만 이 낡은 차로 여기까지 온 것도 천운이었다. 하워드는 몸부림치는 밤비야를 업고 차에서 내렸다. 이제부턴 걷는 수밖에 없었다. 밤비야는 식은땀을 흘리며 무의식중에 주술 같은 문구를 웅얼댔다.

시계는 여덟 시 사십 분을 가리키고 있었다. 종말의 시간까지는 사십일 분 정도가 남았다. 하워드는 산길을 달리기 시작했다. 얼마쯤 가자 원시림이 사라지며 평원이 나타났다. 그리고 그 너머에 마추픽추가 모습을 드러냈다. 마추픽추는 경이로움 그 자체였다. 계단식으로 조성된 밭이 피라미드처럼 도시 아래까지 이어졌고 그 위에 돌로 만들어진 수백 채의 고대 가옥이 라퓨타를 연상시키며 신비롭게 자리를 지켰다. 인간들의 발길로부터 보호하려는 듯 도시 주변을 흰 구름들이 둘러싸고 있었고 그 너머로 와이나픽추(Huayna Picchu)를 비롯한 안데스의 산들이 보였다. 인간이 만들었다고 생각되지 않을 정도로 신비로운 광경이었다. 하워드는 비 오듯이 흐르는 땀을 닦으며 도시로 향했다. 그런데 그 순간 산이 움직이기 시작했다. 그것은 이전의 진동과는 수준이 달랐다. 안데스산맥이 만들어지던 태초의 파괴력을 연상시킬 정도로 강력한 지진이었다. 주위를 둘러싼 모든 산이 이리저리 흔들리며 무너져 내렸다. 동시에 발아래가 갈라지기 시작했다. 하워드는 있는 힘을 다해 달렸다. 갈라진 틈은 먹이를 쫓는 사자처럼 맹렬히 따라와 하워드의 덜미를 잡고 말았다. 그들은 낭떠러지로 추락했다. 그러나 천만다행으로 거미줄처럼 뻗어 있던 나무뿌리가 그들을 살렸다. 떨어지는 와중에 뿌리를 붙잡은 것이었다. 하워드는 간신히 나무뿌리에 의지해 매달렸다. 그는 위기의 순간에도 밤비야를 놓치지 않았다. 두 사람의 몸무게를 한 손에 의지한 채 간신히 버티고 있었다. 아래는 끝도 보이지 않는 깊은 어둠이 입을 벌린 채 먹이가 떨어지기를 기다리고 있었다. 갈라진 틈으로 모습을 드러낸 태양이 보였다. 태양은 검은 점에 대부분을 침식당한 상태였다. 그것은 하늘에 떠 있는 검은 눈동자를 연상시켰다. 눈동자는 파멸해가는 인류를 매섭게 응시하고 있었다. 시간이 없었다. 하워드는 죽을힘을 다해 갈라진 틈에서 기어올랐다. 밤비야를 살폈으나 다행히 다친 곳은 없었다. 하지만 밤비야는 온몸에 경련을 일으키며 미친 듯이 문구를 외우고 있었다. 하워드는 고개를 들어 마추픽추를 바라봤다. 강진에도 도시는 무사했다. 산기슭을 따라 지어진 고대의 건물들이 하워드를 기다리고 있었다. 안데스산맥을 배경으로 수천 개의 계단이 미로처럼 얽혀 있었다. 두 사람은 천신만고 끝에 신의 문이 있는 고대 도시에 도착하고야 말았다. 하지만 퍼즐을 완성시키기 위해서 마지막 조각이 필요했다. 하워드는 위성전화기를 꺼내 들었다.

"그렇지 않아도 전화를 하려던 참이었어."

벤저민이 기다렸다는 듯 전화를 받았다. 하워드는 가쁜 숨소리로 인사를 대신했다.

"하워드. 괜찮은 거야?"

그의 목소리는 다급했다.

"아니, 괜찮지 않아. 거긴 어때?"

"맨해튼 앞바다가 육지로 변했어. 엠파이어스테이트 빌딩은 폭격을 맞은 것처럼 잿더미로 변했고 브루클린다리가 주저앉았어. 정부가 시민들에게 대피령을 내린 상태야. 거대한 해일이 몰려오고 있대. 시민들이 피난을 가느라 도로는 아수라장이 됐어."

예상대로였다. 비단 뉴욕뿐만이 아닐 것이다. 지구의 모든 도시가 전쟁터로 변해 있을 게 분명했다. 산이 다시 으르렁거렸다.

"부탁한 건?"

"드디어 마지막 문구를 해석했어."

반가운 소식이었다.

"어떤 내용이야?"

"Imix-Eznab-Akbal-Baktuchenchen-Yaxul-Moanbeyap. 이것이 종말을 막는 내용의 문장이야."

순간 하워드는 멈칫했다. 그것은 밤비야가 오는 내내 중얼댔던 문구였다.

"이걸 해독하면 이런 내용이 돼. '정화의 날 선택된 자가 신의 문 앞에서 『구원의 서』를 읽게 되면 신의 목소리가 들릴 것이다.' 이건 전에 말했던 첫 번째 문구야. 그리고 이게 조금 전 해독한 두 번째 문구 내용이야. '신이 고개를 돌릴 때 선택된 자의 피가 제단 위에 흘러야 한다. 그것이 신의 분노를 잠재울 수 있는 유일한 길이다.' 잘 들어. 종말을 막기 위해선 신의 문만 열어선 안 돼. 문이 열리는 순간 선택받은 자가 자신의 목숨을 신에게 바쳐야 하는 거야. 그것만이 종말을 막을 수 있는 유일한 방법이야! 하워드, 내 말 듣고 있는 거야?"

벤저민이 다급하게 외쳤다. 하지만 하워드는 아무런 대답도 할 수 없었다. 그는 들고 있던 전화기를 던져버렸다. 하워드가 애타게 기다리던 소식은 비수가 되어 하워드의 심장에 꽂혔다. 종말을 막을 수 있는 유일한 열쇠는 바로 밤비야의 목숨이었다. 이 어린아이는 그것을 처음부터 알고 있었을 터. 하워드는 품에 안겨 오들오들 떠는 밤비야를 바라봤다. 아이의 작은 몸이 더욱 가냘프게 느껴졌다.

"오오, 세상에! 말도 안 돼. 난 할 수 없어!"

하워드가 비통하게 소리쳤다. 서서히 진동하던 산은 다시 격렬하게 움직이기 시작했다. 이제 시간은 이십 분도 채 남지 않았다.

"분명 잘못된 해석일 거야. 다른 길이 있을 거야."

하워드는 밤비야를 안고 마추픽추로 달려갔다. 가파른 산등성이에 위태롭게 서 있던 성벽을 지나 계단과 연결된 사각의 문을 통과했다. 터질 듯한 심장을 움켜쥐며 미로처럼 연결된 건물 사이를 빠르게 지나쳤다. 그러자 도시 중앙에 있던 광장이 나타났다. 푸른 잔디가 깔린 광장은 도시 전체가 보일 정도로 넓었다. 하늘에는 죽어가던 태양이 내려다보고 있었고 주위를 둘러싼 산맥들은 손을 뻗으면 닿을 듯 선명했다. 그의 주위에는 이백여 채에 달하는 고대의 건물들이 겹겹이 세워져 있었다. 이중 하워드는 어디로 가야 할지 갈피를 잡지 못했다. 신의 문을 열 수 있는 장치가 있는 건물을 골라야만 했다. 마추픽추에 대한 아무런 정보도 없던 그로서는 일일이 모든 건물을 확인하는 수밖에 없었다. 하지만 그러기에는 시간이 너무 촉박했다. 그런데 그때 밤비야가 깨어났다. 광장에 들어서는 순간 소녀가 경련을 멈추더니 몽유병 환자처럼 일어나서는 어디론가 걷기 시작했다.

"밤비야! 어딜 가는 거야?"

하워드가 물었지만 소녀의 귀에는 들리지 않았다. 소녀는 무아지경에 빠져 있었다. 신들린 사람처럼 흐느적거리며 북쪽에 세워져 있던 가장 높은 건물을 향해 걸어갔다. 위를 올려다보니 거대한 자연석 위에 세워진 그 건물은 곡선 형태의 벽으로 둘러싸여 있었고 동쪽을 향해 세 개의 창문이 나 있었다. 세 개의 창문 사원이었다. 밤비야는 신전으로 이어진 계단을 오르기 시작했다.

하워드도 뒤를 따랐다. 계단을 모두 오르자 하늘과 연결된 신전이 모습을 드러냈다. 신전은 지극히 단순했다. 사방이 돌로 지어진 벽으로 막혀 있을 뿐, 동쪽으로 난 창 외에 아무것도 없었다. 천장도 없었고 신을 형상화한 조각이나 벽화도 보이지 않았다. 하지만 밤비야의 목적지는 신전이 아니었다. 밤비야는 신전을 지나 마추픽추에서 가장 높은 정상으로 향했다. 그곳에는 돌로 된 커다란 테이블이 놓여 있었다. 약간은 비스듬한 사각형의 바위였는데 높이는 1.5미터가량 됐고 올라설 수 있게 두 개의 계단이 있었다. 그리고 그 위에 정체를 알 수 없는 직사각형의 바위가 놓여 있었다. 인티와타나(Intiwatana)였다. 이것을 해시계라고 주장하는 학자도 있었고 태양이 사라지는 것을 두려워한 잉카인이 태양을 잡아두기 위해 돌기둥에 묶어두는 의식을 행했던 장소라고 주장하는 이도 있었다. 하지만 하워드 눈에는 제물로 바칠 사람을 올려놓을 때 사용하는 것처럼 보였다. 그것이 하워드를 불안하게 만들었다.

밤비야는 인티와타나의 계단을 올라 제단에 올라섰다. 그리고 하늘을 바라봤다. 이제 태양은 테두리만을 남겨둔 채 검게 변해 있었고 세상은 칠흑 같은 어둠에 잠겨 있었다. 종말의 순간이 다가온 것이었다. 밤비야는 다음 의식을 기다리고 있는 듯 돌처럼 굳었다.

하워드는 품에 간직하고 있던 『구원의 서』를 꺼냈다. 그리고 제단으로 다가갔다. 계단에 올라서던 순간이었다. 갑자기 밤비야가 손바닥으로 박수하듯 인티와타나 위에 서 있던 사각형 바위를 내리쳤다. 둔탁한 굉음과 함께 바위가 갈라지며 숨겨져 있던 물체가 나타났다. 황금 물체에서 봤던 반원형의 홈이었다. 바위가 갈라지고 난 자리에는 직경 30센티미터 크기의 움푹한 반원을 중앙에 두고 방위처럼 네 개의 화살표가 새겨져 있었다. 그리고 그 중앙에 20센티미터 크기의 자석이 있었다. 모든 게 황금 물체에 있던 것과 똑같았다. 하워드는 조심스럽게 『구원의 서』를 내려놓았다. 그러자 밤비야가 고개를 숙여 『구원의 서』를 바라봤다. 중요한 순간이었다.

"밤비야. 할 수 있겠지? 네 손에 세계가 달려 있어."

그러나 밤비야에게는 아무 말도 들리지 않았다. 소녀는 자신의 의식 속에 갇혀 외부를 단절시켰다. 하워드는 심호흡하곤 책을 펼쳤다. 1,792개의 화살표가 저마다 다른 방향을 가리키며 모습을 드러냈다. 그와 동시에 책이 타들어가기 시작했다. 그러자 넋을 잃고 있던 밤비야가 미친 듯이 화살표를 외우기 시작했다.

"위 아래 왼 오른 아래 위 아래 아래 아래 오른……."

소녀는 주술을 읊조리듯 화살표를 외워나갔다. 불붙은 『구원의 서』는 테두리부터 타들어갔다.

"왼 왼 아래 위 위 오른 왼 아래 위 위……."

불타오르던 『구원의 서』는 이제 몇 페이지만을 남겨놓은 채 검은 잿더미로 변해가고 있었다. 그 와중에도 밤비야는 빼곡히 적혀 있던 화살표를 머릿속에 각인시키고 있었다. 책이 모두 불타는 데에는 채 삼십 초도 걸리지 않았다. 이윽고 책은 한 줌의 재로 변했고 밤비야가 제단 중앙의 자석을 잡았다. 그리고 막힘없이 자석을 움직이기 시작했다. 실로 놀라운 장면이었다. 소녀는 마치 화살표가 입력된 기계장치처럼 정확하게 자석을 움직였다. 너무 빨라서 손이 보이지 않을 정도였다.

"위 아래 왼 오른 아래 위 아래 아래 아래 오른……."

화살표 방향을 중얼거리며 자석을 움직이고 있었다. 그리고 드디어 마지막 화살표 방향을 가리킨 밤비야가 멈춰섰다. 1,792개의 모든 화살표를 따라 자석을 움직인 시간은 일 분도 걸리지 않았다. 주위의 모든 사물이 그녀를 따라 시간이 정지된 것처럼 멈춰 있었다. 하늘도 숨을 멈췄고 무너져 내리던 산도 제자리를 지켰다. 잠시 후 밤비야가 이물질을 뱉어내듯 구토했다. 소녀의 입에서는 수정처럼 맑은 물이 흘러나왔다. 그리고 의식을 잃더니 잿더미로 변한 『구원의 서』 위로 쓰러졌다.

"밤비야!"

하워드가 달려가 부축했다. 밤비야는 기절한 상태였다. 마치 이 순간을 위해 지금까지 간직해온 모든 힘을 쏟아부은 것처럼 기진맥진해 있었다. 하워드는 맥박을 확인했다.

약하긴 했지만 다행히 심장은 정상적으로 뛰고 있었다. 하워드는 고개를 들어 태양을 확인했다. 예언대로라면 이제 종말의 징조는 사라져야 했다. 그러나 불행히도 태양은 변화가 없었다. 오히려 남아 있던 마지막 테두리마저 사라지고 거대한 흑점으로 변해 있었다.

남은 길은 하나뿐이다. 벤저민이 해석한 두 번째 문구였다. 그러나 그것은 하워드에게 너무도 가혹한 일이었다. 이제껏 단 한 번도 사람을 죽여본 적 없던 하워드에게 아무런 죄도 없는 아이를 죽여야 한다는 건 참혹한 형벌이었다. 심지어 그는 자신의 자식, 제이미를 살해했던 존 콕스마저도 죽이지 못했었다. 하워드는 떨리는 손으로 정신을 잃고 쓰러진 밤비야의 얼굴을 쓰다듬었다. 눈을 감고 누워 있는 모습이 이 순간 더욱 생생하게 제이미의 기억을 떠올리게 했다. 그때 도시를 둘러싸고 있던 거대한 산들이 하나씩 사라지기 시작했다. 그것은 마치 태초에 지구가 탄생하던 모습처럼 장엄했지만 무시무시한 광경이기도 했다. 지금까지 방어막에 둘러싸여 있는 것처럼 미동도 하지 않고 꿋꿋이 서 있던 마추픽추도 흔들리고 있었다. 이제 종말은 이 분밖에 남지 않았다. 하워드의 귓가에는 종말의 징조 속에서 죽어가는 사람들의 비명이 들리는 듯했다. 그들은 원시로 돌아가는 지구 저편에서 신을 찾으며 애처롭게 울부짖고 있었다. 그중에는 하워드가 사랑하는 이들도 포함됐다. 헬렌, 우르슬라, 해리, 벤저민, 그리고 인간들에게 신을 빼앗긴 린지. 하워드는 떨리는 손으로 뒤춤에 있던 베레타를 꺼내들었다. 그리고 밤비야의 심장을 겨눴다.

"미안해, 밤비야. 날 용서해라. 하지만 어쩔 수 없어. 이게 유일한 길이야."

그의 눈에서 하염없이 눈물이 흘러내렸다. 저만치 하워드가 올라왔던 길이 지면 속으로 사라지고 있었다. 이제 돌아갈 길도 없다. 하워드는 총알을 장전했다. 그리고 방아쇠에 손가락을 가져갔다. 밤비야의 얼굴이 너무도 가냘파 보였다. 하워드의 손가락에 힘이 들어갔다. 그런데 마지막 순간, 제이미의 얼굴이 밤비야의 얼굴에 겹쳐졌다. 두 아이가 환하게 웃고 있었다.

"안 돼. 난 도저히 못 하겠어."

하워드는 총을 내려놓고 말았다. 그는 바닥에 주저앉아 흐느꼈다. 그는 차라리 자신을 쏘는 게 훨씬 쉬운 일이라고 생각했다. 그때였다.

"너는 신을 믿느냐?"

누군가가 물었다. 그 목소리는 속삭이듯 작고 낮았지만 영혼을 울리듯 거부할 수 없는 힘이 있었다. 하워드는 놀라서 고개를 돌렸다. 누군가 죽어가는 하늘을 배경으로 하워드를 바라보고 있었다. 그는 긴 머리에 깊고 파란 눈을 하고 있었으며 낡은 군용 야상을 입고 있었다. 여전히 맨발이었다.

"사뮈엘……."

하워드는 온몸을 포박당한 듯 움직일 수가 없었다.

"신을 믿느냐고 물었다."

사뮈엘의 눈은 영혼을 꿰뚫듯이 날카롭게 날아왔다. 그의 시선이 하워드의 몸 세포 하나하나를 깨웠다. 하워드는 아무런 말을 못 하고 있었다. 그의 머릿속은 이제껏 배워왔던 모든 언어를 한순간에 잊어버린 것처럼 텅 비어 있었다.

"그분을 믿지 않는데 어찌 여기까지 왔느냐. 다시 한번 묻겠다. 신을 믿느냐, 하워드."

그것은 마치 전 인류에게 묻는 마지막 질문처럼 느껴졌다.

"네, 믿습니다."

하워드가 피를 토하듯 애절하게 대답했다.

"그럼 그분의 말씀을 믿느냐."

사뮈엘이 조금씩 다가왔다. 그것은 마치 전 우주가 하워드를 향해 한 걸음 내딛는 것처럼 웅장하게 느껴졌다. 하워드는 무의식적으로 무릎을 꿇었다.

"네, 믿습니다."

하워드는 죄인이 된 것처럼 고개를 들 수가 없었다.

"그런데 어찌 그분의 말씀을 따르지 않느냐."

"전 할 수 없습니다. 전 도저히 할 수가 없습니다."

하워드가 바닥의 흙을 움켜쥐며 울부짖었다.

"네 딸 제이미 때문이냐?"

"아닙니다."

"아니면 밤비야에 대한 연민 때문이냐?"

"모르겠습니다."

하워드는 머리를 땅에 댄 채 눈물을 흘렸다. 눈물에는 지금껏 살아오며 느꼈던 수많은 감정이 함께 녹아내리고 있었다. 눈물과 함께 지나온 애욕의 시간이 그의 몸에서 빠져나오고 있었다. 마치 어머니의 뱃속으로 들어가 다시 태아가 되는 듯한 느낌이었다.

"너는 이곳까지 오면서 무슨 답을 얻었느냐?"

사뮈엘의 목소리는 아버지이자 스승의 목소리였다.

"네가 이곳까지 오게 된 것은 모두 그분의 뜻이었느니라. 그리고 네가 이곳에 왔다는 건 그분의 답을 얻었다는 뜻이다. 다시 한번 묻겠다. 무슨 답을 얻었느냐."

"그분을 찾았습니다."

하워드가 대답했다. 그러자 사뮈엘의 입가에 옅은 미소가 떴다.

"그럼 이제 결정하도록 해라. 저 소녀를 택하겠느냐, 네가 그토록 증오하던 인류를 택하겠느냐."

사뮈엘은 대지를 비추는 태양처럼 따스한 시선으로 하워드를 내려다보고 있었다. 하워드가 눈물을 닦으며 일어섰다. 그리고 다시 총을 들었다. 그의 얼굴은 눈물과 콧물 그리고 침으로 얼룩져 있었다. 총구가 심하게 떨려왔다. 그의 흐릿한 시선은 애처롭게 쓰러져 있는 밤비야를 향하고 있었다. 하워드는 천천히 방아쇠에 손가락을 가져갔다. 그러나 마지막 순간에 그는 다시 총을 내려놓을 수밖에 없었다.

"못 하겠습니다. 못 하겠어요."

하워드가 주저앉으며 울부짖었다.

"어리석은 것. 난 너희의 죄를 사하기 위해 목숨을 버렸거늘 넌 어찌 하찮은 소녀 한 명을 구하기 위해 세상을 버리느냐."

사뮈엘의 목소리가 천둥처럼 울려 퍼졌다.

"전 주님이 아닙니다. 전 어리석고 하찮은 한 인간에 불과합니다."

하워드는 차라리 이대로 먼지가 되어 사라지길 바랐다. 그는 나약한 인간에 불과했다. 그리고 딸을 잃고 상처 입은 아버지였다. 그러자 사뮈엘이 다가와 하워드의 총을 들었다. 하워드는 놀라서 사뮈엘을 바라봤다.

"네가 못 하겠다면 내가 대신 그분의 말씀을 이루리라."

사뮈엘이 총을 들어 밤비야를 겨눴다. 하워드는 숨조차 쉴 수 없었다.

"안 됩니다. 그러실 순 없습니다."

하워드가 막으려 했지만 얼어붙은 발이 떨어지지 않았다. 사뮈엘은 주저하지 않고 총알을 장전했다.

"내가 너와 함께 있어 네가 어디로 가든지 너를 지키며 너를 이끌어 이 땅에 돌아오게 할지라. 내가 네게 허락한 것을 다 이루기까지 너를 떠나지 아니하리라."

사뮈엘의 목소리가 천둥처럼 대기 속으로 퍼져나갔다. 하워드가 가장 좋아하던 성경 구절이었다. 그러나 하워드가 알고 있던 문구와는 차원이 달랐다. 그것은 마치 모세가 시나이산에서 들은 그분의 말씀처럼 의미심장하게 한 단어 한 단어가 날아와 영혼에 각인되었다.

"안 됩니다! 제발……."

하워드가 밑바닥에 남아 있던 모든 힘을 끌어모아 소리쳤다. 순간 사뮈엘의 얼굴에 미소가 떴다. 지난번과는 달리 슬픔에 싸인 미소가 아니었다. 찰나와도 같은 짧은 순간 스쳐지나간 미소였지만 수많은 말을 하고 있었다. 세상에 대한 사랑과 연민, 그리고 용서의 미소였다.

영원 같은 시간이 이어졌다. 그리고 잠시 후 세상을 잠에서 깨우듯 거대한 굉음이 안데스산맥을 뒤흔들었다.

탕!

총소리가 대기를 뚫고 세상 저편까지 이어졌다. 총알은 정확히 밤비야의 심장을 향해 날아갔다. 순간 하워드는 반사적으로 몸을 날렸다. 자식을 잃은 아버지의 슬픈 몸짓이었다. 자식을 세상과 바꿀 수 없는 아버지의 사랑이었다. 총알은 희미해지는 안데스산맥의 호흡 소리를 지나 하워드의 심장을 관통했다.

태초의 정적이 안데스산맥의 고지를 메웠다. 시간은 정지했고 대기는 고개를 숙였다. 식물들은 숨을 죽였으며 파도는 눈을 감았다. 잠시 후 세상에 지친 하워드의 천근같은 육신이 제단 위에 쓰러졌다. 그리고 그의 심장에서 뜨거운 피가 흘러내렸다. 피는 제단을 적시고 밤비야의 몸을 타고 흘러내렸다. 그것은 에덴동산에서 흘러내린 네 개의 강줄기를 연상시켰다. 잠시 후 밤비야가 깨어났다. 밤비야가 옆에서 죽어가는 하워드를 발견하고는 소리쳤다.

"팜파, 팜파!"

여전히 하워드의 귀에 그 말은 파파처럼 들렸다. 밤비야는 하워드의 손을 잡고 울부짖었다. 소녀의 따뜻한 온기가 식어가는 하워드의 손에 전해지고 있었다. 하워드가 힘겹게 고개를 들어 밤비야를 바라봤다.

"다행이야, 제이미……. 네가 살아서."

밤비야는 하워드의 가슴에 얼굴을 묻고 오열했다. 하지만 하워드는 그 어느 때보다도 편안했다. 그의 의식이 점점 흐려졌다. 그는 죽어가며 생각했다. 이렇게 죽게 돼서 다행이라고. 이보다 더 행복한 죽음은 없다고. 이제 그에겐 어떤 고통도, 어떤 증오도 남아 있지 않았다. 그는 기쁘게 죽어가고 있었다. 그의 희미한 시선에 사뮈엘이 나타났다. 아니, 그는 사뮈엘이 아니었다. 그분이었다. 그분은 눈부신 빛 속에서 인자하게 미소를 지으며 하워드를 내려다보고 있었다.

"하워드. 선택된 자는 밤비야가 아니었다."

그분의 말씀이 메아리처럼 울리며 그의 영혼을 위로하고

있었다. 하워드는 그제야 롱기누스의 창에 적혀 있던 마지막 사도가 누군지 알 수 있었다.

"잘했다. 내 아들아. 잘해냈어."

그리고 그분은 빛 속으로 사라졌다. 그분이 사라지고 난 하늘에는 찬란하게 빛나는 태양이 하워드를 비추고 있었다. 그리고 다시 타오른 새로운 태양 저편에서 한 줄기 따스한 빛이 광명처럼 뻗어왔다. 신의 문이었다. 하워드는 의식을 잃으며 빛 속으로 들어갔다.

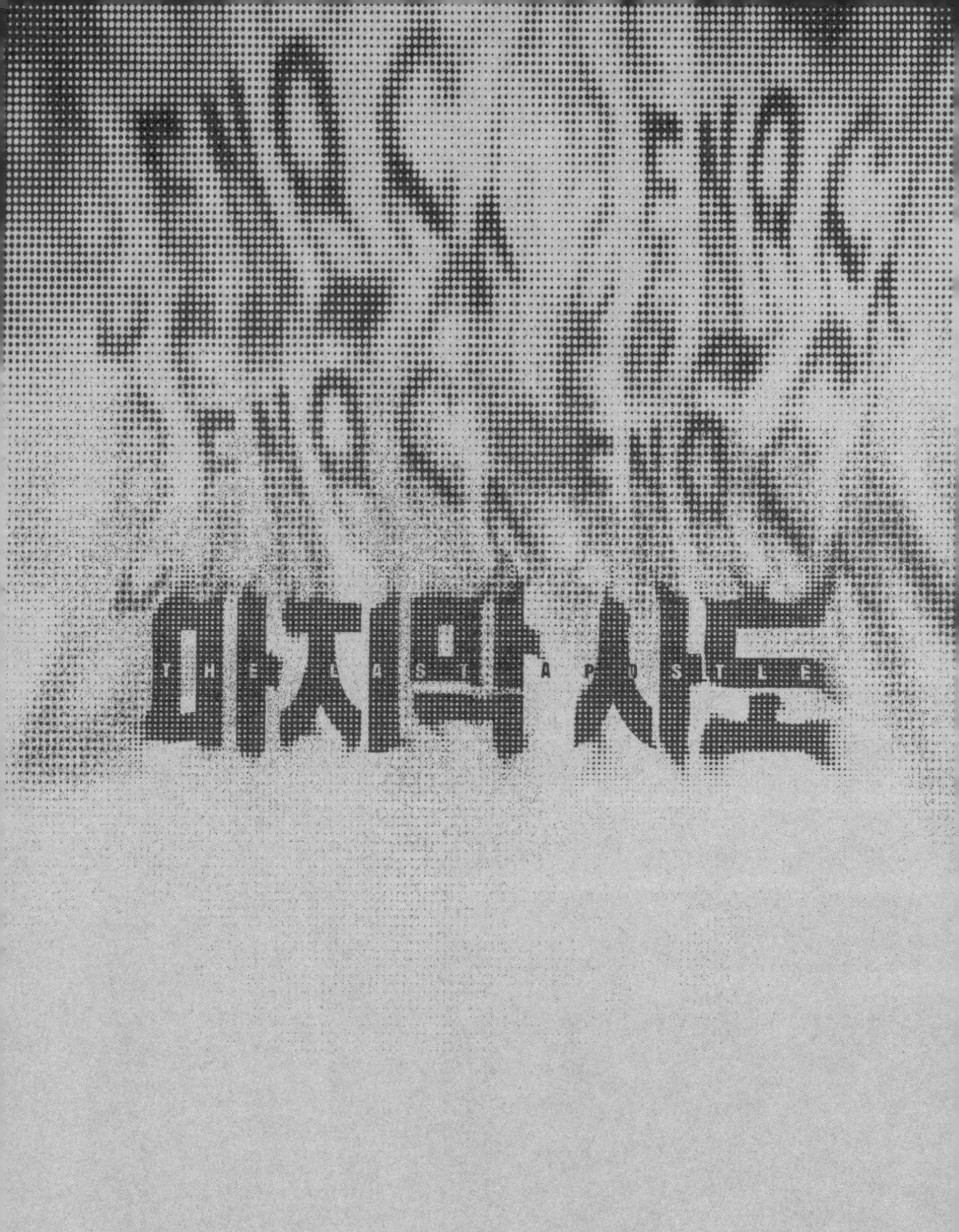
마지막 사도
THE LAST APOSTLE

에필로그

–

사람들이 땀 흘려 일하고 있었다. 도시 여기저기서 삶의 의지가 연기처럼 피어올랐고 바벨탑처럼 무너진 잔해 속에선 미래에 대한 희망들이 반짝였다.

하워드는 폐허 속에서 피어난 새싹을 응시하며 한 건물 안에 앉아 있었다. 그가 있던 곳은 워싱턴 D.C.의 FBI 본부였다. 평소 같으면 숨소리조차 삼켜버리는 취조실이었지만 주위는 온통 보수공사를 위해 울려대는 기계 소음으로 가득했다. 그런 와중에도 하워드는 구름 위에 앉아 있는 듯 편안한 미소를 지었다.

"하워드 씨. 당신이 진술한 내용을 모두 읽었소."

그를 취조하고 있던 사람은 FBI 국장이었다. 그는 며칠째 집에 못 들어갔는지 땀으로 얼룩진 셔츠를 입고 있었고 턱에는 수염이 덥수룩하게 자라 있었다. 국장은 어디서부터 말을 꺼내야 할지 몰라 난감한 눈치였다.

"그러니까 당신 얘기는 종말이 목전까지 왔었고 당신이 그걸 막았다는 거요?"

"내가 막았다고 하지 않았소. 나는 그저 그분의 뜻에 따라 예정된 길을 갔을 뿐이오."

하워드의 목소리는 그 어느 때보다도 차분했다. 국장과 함께 있던 요원이 어이없다는 듯이 피식 웃었다. 국장은 바쁜 와중에 이런 헛소리를 듣고 있어야 하냐는 듯 짜증스러운 표정을 지었다. 하지만 국장에게는 인내심이 있었다.

"좋아요. 그건 그렇다 치고. 당신이 만났다던 사뮈엘 베케트 말이오. 당신 말대로면 그 사람이 예수라는 얘긴데 내가 조사해본 바에 의하면 그런 사람은 존재하지 않소. 물론 사뮈엘 베케트라는 인물이 실존한 건 사실이지만 당신이 말한 것처럼 몇백 년을 산 괴물 같은 존재가 아니란 말이오. 그가 1911년에 영국 웨일스에서 이민온 것은 사실이오. 그러나 그는 1945년에 필라델피아의 거리에서 객사한 것으로 나와 있소. 가족이 없었기 때문에 시에서 장례를 치러준 것으로 기록되어 있더군. 뿐만 아니라 당신이 말한 아인슈타인의 유언장도 찾을 수가 없었소. 프린스턴의 고등연구소에선 금시초문이라며 대답할 일말의 가치도 없다고 답변을 보내왔소. 당신이 사뮈엘을 만났다고 주장한 사람들도 모두 당신이 미친 사람이라고 대답할 뿐이더군. 혹시나 해서 독일에 헬가 그라비츠의 정보를 요청했지만 그 사람은 일주일 전에 사망했다고 하고 멘데스의 염소도 당신의 말을 전적으로 부인하고 있소. 어떻게 생각하시오?"

국장이 물었지만 하워드는 미소를 지을 뿐이었다. 국장은 답답한 듯 담배를 물었다.

"그럼 마지막으로 묻겠소. 당신은 사뮈엘이 쏜 총에 심장을 맞은 후 신의 문으로 들어갔다고 진술했소. 그리고 거기서 '그분'을 만났다고 했지. 당신이 말하는 그분이 정확히 누구요?"

국장이 날카롭게 물었다.

"주님이십니다."

하워드가 주저하지 않고 대답했다.

"그러니까 신을 말하는 거요?"

하워드가 고개를 끄덕였다. 국장은 어이가 없다는 듯 웃었다.

"빛 속에서 당신은 그분의 목소리를 들었다고 했소. 그분과 열 개의 문답을 나눴다고. 그런데 재밌는 건 그 문답이 전부 구약성경에 나오는 말인 걸 아시오?"

국장이 진술서를 흔들어대며 물었다.

"하지만 내가 들었던 그분의 말씀은 성경에 적힌 것과 달랐습니다."

"뭐가 달랐다는 거요?"

"그건 당신이 직접 그분의 목소리를 들어야만 알 수 있습니다."

하워드의 목소리는 확신에 차 있었다. 국장은 더 대화가 안 된다는 듯 담배를 비벼 끄고 취조실을 나섰다. 그가 향한 곳은 취조실과 연결된 방이었다. 방에는 사제복 위에 검은 코트를 입은 은발의 노인과 수녀 한 명이 앉아서 취조

과정을 지켜보고 있었다. 바티칸에서 파견된 라누치오 추기경과 린지 수녀였다. 추기경은 처리 불능의 난제를 떠안은 듯 난감한 얼굴을 하고 있었다. 그에 반해 린지 수녀는 미소를 지었다.

"저 사람을 어떻게 하면 좋겠습니까? 저로서는 판단이 서질 않는군요."

국장이 추기경에게 말했다. 그의 손에는 큼지막한 봉투 하나가 들려 있었다.

"당연히 저 사람을 당장 정신병원에 넣어야죠. 그리고 남은 평생을 정신병원에서 지내게 할 거예요. 그가 했던 말도 절대 이 방 밖으로 새어 나가선 안 될 거고요. 한마디로 이 일은 애초부터 없었던 걸로. 그렇게 해주신다면 바티칸에서 대단히 감사하게 생각할 겁니다."

추기경이 단호하게 말했다.

"하지만 종말론에 관한 맹신과 신을 직접 만났다는 얘기만 빼면 제가 보기에 멀쩡한 사람입니다. 죄목이라곤 메트로폴리탄 미술관에 있던 낡은 책을 훔친 것 외에는 없고요. 그걸로는 정신병원에 평생 가둬두기는 힘들 것 같은데요. 그리고 한 가지 흥미로운 사실이 있습니다."

국장은 들고 있던 봉투에서 뭔가를 꺼내 추기경에게 건넸다. 엑스레이 사진이었다.

"하워드의 가슴을 찍은 사진입니다. 여길 보세요."

국장이 가리킨 곳은 심장 바로 뒷부분 척추뼈였다. 관절 사이에는 손톱만한 물체 하나가 박혀 있었다.

"진술서에 따르면 사뮈엘이 쓴 총알이 심장을 관통했다고 되어 있어요. 우리는 옷을 벗겨 하워드의 가슴을 살폈지만 총상을 발견할 수 없었죠. 심지어 모기에 물린 자국 하나 없더라고요. 확실한 증거자료를 남겨야 하니 확인차 엑스레이를 찍어보았는데, 사진에 이게 나온 겁니다. 이걸 보세요. 각도를 보면 분명 심장을 관통하고 척추에 박힌 게 분명해요."

국장은 믿을 수 없다는 듯 사진 속의 물체를 바라보고 있었다. 그런데 추기경이 다짜고짜 엑스레이 사진을 빼앗고는 국장의 주머니에서 라이터를 꺼내 불태우려 했다.

"이러시면 곤란합니다. 이건 엄연한 증거물이에요."

그러자 추기경이 무섭게 노려봤다.

"그럼 국장은 저 사람이 이대로 걸어나가 재림한 예수가 되길 원하는 거요?"

"저 사람은 자신이 예수라고 말한 적 없어요."

국장이 반박했다. 그러자 추기경이 반대편에 있는 커튼을 활짝 젖혔다. 창 너머에는 인파가 거리를 메우고 있었다. 그들은 구호를 외치고 있지도 않았고 피켓을 들고 있지도 않았다. 모두 조용히 누군가가 나오기를 기다렸다.

"저 사람들을 보고도 그런 말이 나오시는지? 그가 무얼 주장하건 그건 저희의 알 바가 아닙니다. 사람들이 어떻게 생각하느냐가 중요합니다. 이대로 저 사람이 걸어나가 지금까지 한 얘기를 사람들에게 퍼트린다고 생각해보세요. 세상은 또 다른 대혼란에 휩싸일 겁니다. 그건 국장님이 이제껏 겪어보지 못한 어마어마한 혼란일 텐데 감당하실 수 있으시겠어요?"

국장은 한숨을 내쉬었다. 그로서도 하워드는 골칫덩어리였다.

"알겠습니다. 추기경님 말씀대로 하죠."

국장이 체념한 듯 말했다.

"그 진술서는 제게 주세요."

추기경이 봉투를 가리키며 말했다.

"아까도 말했다시피 이건 증거자료입니다. 함부로 드릴 수 없습니다."

"다시 한번 말씀드리자면, 그가 한 말 중 대중에게 공개될 만한 것은 아무것도 없습니다. 그가 진술한 내용은 미치광이가 지어낸 허무맹랑한 말뿐."

추기경은 진술서를 빼앗으며 말했다. 국장은 한숨을 내쉬곤 방을 나섰다. 국장이 나가자 추기경은 곧바로 진술서에 불을 붙였다. 하워드의 지난 한 달이 귀퉁이부터 잿더미로 변해갔다. 추기경은 반 이상 타들어간 걸 확인하곤 진술서를 쓰레기통에 던져 넣었다.

"저는 하워드의 말을 믿습니다."

린지 수녀가 입을 열었다. 하지만 추기경은 대답하지 않았다.

"그가 주님을 만났다는 걸 믿습니다."

린지 수녀가 다시 말했다.

"린지 수녀. 신은 지금 있는 정도로 충분하오. 그러니 두 번 다시 이 얘기를 입 밖에 내지 마시오."

추기경이 차갑게 말했다. 린지 수녀도 더는 입을 열지 않았다. 그녀는 창 너머에서 차를 마시는 하워드를 바라보았다. 하워드도 린지 수녀의 시선을 느꼈는지 창을 봤다. 그의 입가에는 따뜻한 미소가 떠 있었다. 그것이 린지 수녀를 위로했다. 추기경은 이 이상 볼일이 없다는 듯 냉정하게 방을 나섰다. 린지 수녀는 하워드와 만나고 싶었지만 불가능한 일이었다. 또한 하워드를 위해서도 좋은 일이 아니었다. 하지만 린지 수녀는 실망하지 않았다. 이제 그녀는 자신이 해야 할 일이 무엇인지 잘 알고 있었다. 그녀에겐 그 누구에게도 빼앗기지 않을 확고한 믿음이 있었다. 그리고 그 신심을 자신만의 방식대로 세상에 전할 생각이었다. 거기에는 바티칸을 변화시키겠다는 의지도 포함되어 있었다. 그러기 위해선 참고 때를 기다리는 수밖에 없었다. 그것이 바로 이번 일을 겪으며 린지 수녀가 깨달은 것 중 하나였다. 린지 수녀는 자리에서 일어나 추기경의 뒤를 따랐다.

햇살이 따스하게 스며드는 복도에는 추기경과 린지 수녀의 발소리만이 울리고 있었다. 햇살이 복도에 그린 무늬 위를 묵묵히 걸어가던 린지 수녀가 문득 떠오른 듯 입을 열었다.

"그런데 추기경님. 하워드가 하느님께 했던 질문 말입니다."

추기경은 묵묵히 복도를 지나고 있었다.

"그중 마지막 질문은 성경에 없는 거 아시죠?"

앞서가던 추기경이 멈춰 섰다. 그는 뒤도 돌아보지 않은 채 침묵을 지켰지만 린지 수녀는 알았다. 추기경 역시 하워드의 말을 믿고 있다는 걸.

사람들이 모두 떠난 방에는 하워드의 진술서가 쓰레기통에서 마지막 불꽃을 피워내고 있었다. 그가 공들여 적은 하느님과의 대화가 한 줄 두 줄 타들어갔다. 연기를 내뿜으며 불타던 진술서는 점차 재로 변했다. 그런데 맹렬히 타오르던 불꽃은 운명처럼 마지막 열 번째 문답에서 멈췄다.

하워드가 물었다.

"주님. 저희는 앞으로 어떻게 살아가야 합니까?"

그러자 주님께서 말씀하셨다.

"네가 행했던 것처럼 네 자신을 버리며 서로 사랑하라. 그 사랑을 역병처럼 세상에 퍼트리며 살아가라. 그리하면 이 땅에 천국이 설 것이다."

<마침>

마지막 사도
THE LAST APOSTLE

작가의 말

-

『신의 달력』이라는 제목으로 초판이 나온 지 십 년이 지난 이 책을 재출간하니 감회가 새롭다.

사실 이 책은 내 인생에서 의미가 깊은 책이다. 지금의 나를 만들어준 밑거름이자 두 번 다시 쓸 수 없는 고통의 책이기도 하다.

이 책을 구상하게 된 시기는 감독이 되기 위해 영화를 준비하던 30대 초반이었다. 당시 나는 영화에 경도되어 감독이 되고자 고군분투하고 있었다. 그야말로 쥐꼬리만한 용돈을 받으며 영화를 만들고자 안간힘을 썼지만 세상은 그리 만만한 곳이 아니었다. 투자는 물론이요, 캐스팅도 요원했고 제작사에서는 끊임없이 시나리오 수정을 요구했다. 그야말로 영혼의 바닥까지 긁어모아 영화의 꿈을 좇던 시절이었다.

하지만 터널은 끝이 보이지 않았다. 지금도 그 시절을 생각하면 끔찍하다. 언제 끝날지 모르는 터널을 숟가락 하나로 뚫고 있는 기분이었다.

당시 내가 유일하게 기댈 곳은 종교였다. 나는 매일 기도했다. 신이시여. 제발 제 꿈을 이루어달라고. 그럼 무슨 대가든 치르겠다고.

하지만 신은 대답이 없었다. 그러면서 조금씩 종교의 근본에 대한 궁금증이 생겨나기 시작했다. 종교의 근본. 바로 신의 존재 말이다.

나는 종교를 역사적으로, 실존적으로 접근하기 시작했다. 과연 성경은 누가 만들었으며 그들은 어떤 인간인가. 종교의 시작점은 어디였으며 신은 언제부터 존재했는가. 그리고 과연 신은 실존하는가.

그렇게 몇 년을 요원한 영화를 움켜쥔 채 신을 찾았다. 구약과 신약을 읽고, 이들과 백 년간의 사투를 벌인 이슬람의 코란을 펼쳤으며, 길가메시 전설과 고대 마야의 신화들 속에서 신의 존재를 추적했다. 그러면서 자연스레 이 소설을 구상하게 되었다. 대략 오 년 정도 걸렸던 것 같다. 나는 주인공인 하워드와 함께 소설의 마지막 부분에 도달했다. 하지만 문제가 발생했다. 그렇게 몇 년간 신을 좇아 역사 속을 뒤졌지만, 여전히 신의 존재는 묘연했다. 중요한 건 내가 신을 만나지 못했다는 사실이었다. 그렇지만, 나는 어떻게든 결론을 내려야 했다. 그리고 그 결론은 지금과는 달리 '신은 존재하지 않는다.'는 것이었다. 나는 그렇게 어두운 결말을 그려내고 있었다. 그러나 결말을 완성하려는 순간, 내 마음에 걸리는 한 사람이 있었다. 바로 어머니였다.

어머니는 독실한 크리스천이셨다. 나를 위해 매일 새벽기도를 나가시고 항상 내 첫 독자이신 어머니께 신은 없다고 말씀드려야만 하다니. 나는 그럴 수 없었다. 어머니를 비롯해 신을 믿는 모든 사람을 위해서라도 "신은 없다."고 말할 수 없었다.

나는 그럴 자격이 없었다. 이런 생각으로 완성된 책이 바로 『신의 달력』이었다. (이번에 『신의 달력』을 개정판으로 출간하면서 제목을 『마지막 사도』로 바꾸었다.)

돌이켜보면 신은 이 책을 쓰는 내내 곁에 계셨던 것 같다. 그렇기에 이런 소설을 쓸 수 있었던 것이 아닐까. 그리고 또한 지금의 내가 있게 된 것은 아닐까.

어쨌건 십 년이 지나 이 책을 다시 보니 야망과 욕망 속에서 허우적대며 신을 찾던 젊은 시절의 나를 보는 것 같아 부끄럽기도 하고 애처롭기도 하다. 그리고 내 글 행간에 숨어 있는 흐릿한 신의 발자취를 보며 감사하기도 한다.

이 책의 재출간을 결정한 '재담'에 감사하며 독자분이 나의 치기 어린 신의 추적 과정을 즐겁게 감상하시길 바란다. 마지막으로 나를 위해 늘 기도해주시는 어머니께 이 책을 바친다.

2023년 1월의 어느 날 장용민